KB037950
崔北先生肖像
先生号七七又号三奇齋性品
奇怪遊於金剛時到金剛九龍淵
云下崔北此地不死何為北耶
畫法东國最善云
希園李漢喆寫

붓이 나의 국가였고,

붓이 나의 생이었다.

붓, 한 자루의 생

조선의 반 고흐, 칠칠이 최북 외전

최삼경
장편소설

작가의 말

몇 년을 머릿속에서 되뇌다 정작 쓰기 시작해서는 생각보다는 즐겁게 쓴 글이었지만 처음 써본 장편이라 구성도 집중도 어려웠다. 영·정조 시절에 대한 시대상도 허투루 알고 있었고, 당시 양반들의 문화는 물론 도화서 화원들의 생활 등에 대해서도 제대로 알지 못했기에 필요하면 자료를 찾아 공부하면서 써야 했다. 무엇보다 인터넷이라는 매체는 얄팍한 지식에 매여 사는 나에게는 축복이었다. 도시괴담처럼 떠도는 최북에 대한 여러 일화들을 접하며 이것들을 재구성해내는 일은 재미있었다. 혹여 잘못된 정보일지도 모르고 작품에 각색을 했을지도 몰라 불안하기도 했지만 조선조에 화가로 지내는 예인들과 하층민들의 삶은 꼭 그려내고 싶었다.
특히나 북이 자신의 눈을 찌르기까지 그를 떠밀었던 신분적, 예술적 절실함과 광기에 대한 한을 어찌 풀어가야 할지는 쓰면서도 계속 떠오르는 화두였다. 우리 문화의 중흥기로 알고 있던 영·정조 시대가 그 많은 사회 변화를 이루고자 하는 열망과 성장에도 불구하고 기실은 엄혹한 정파 간의 정쟁이 고조된 시기였고, 이때 정권을 잡은 노론의 정치 이념에 따라 이후 조선말의 역사가 어찌 흘러갔음을 우리는 잘 알고 있다.
최북에 관한 논문은 많지 않았으나 그가 젊은 시절 만주 쪽을 한 바퀴 여행했다는 이야기를 보고 우리 민족의 시원이랄까, 우리의 국토를 넓혀 보고 싶어서 저 샤먼의 태동이라는 바이칼 호수까지 나아갔다. 나름 최북이라는 예술가가 처한 사회적 상황과 예술적 고민을 잘 버무려 멋진 캐릭터를 하나 만들어보고 싶었으나 다시 읽어봐도 욕심뿐이었던 것 같다. 혹여 이 소설에서 조금이라도 재미나 고민거리를 만날 수 있었다면 순전히 그동안 나에게 애정 어린 눈길과 손길을 주신 분들의 공덕이다. 어쨌거나 처음 쓴 장편소설이다. 돌아가신 부모님과 사랑하는 나의 가족, 또 주위의 지인 분들에게 깊은 감사를 드린다. 그리고 무엇보다 이 소설로 화인으로 뜻 모를 삶을 살다 간 최북과 화마(畵魔)에 붙잡혀 살다간 이 땅의 모든 예인들의 신산했던 삶에 조금이라도 위로가 되길 바란다.

2023년 봄날

춘천 봉의산 기슭, 수졸산방에서

최삼경 올림

|차례|

붓, 한 자루의 생

붓, 한 자루의 생

관와아집도

가끔 지나간 겨울이 그리운지 찬 기운 서린 천둥 바람이 불기도 했지만 다 흘러간 일이었다. 봄은 이래야 한다는 주장을 하는 것처럼 곳곳에 부는 바람이 훈훈하였다. 때는 사월, 종달새 지저귀고 지천으로 꽃이 피어나고 있었다. 흡사 뜸이 드는 솥에서 영양 가득한 김이 골짜기 사이사이에서 피어오르는 것 같았다. 너울너울 따뜻한 기운이 겨울을 버틴 산과 나무를 수고했다며 쓰다듬는 중이었다. 이 기세에 힘을 입은 것인지 만물이 몸을 풀고 물을 들였다. 땅 것들도 덩달아 가녀린 새순을 저마다의 힘으로 밀어 올리다 더러 성질 급한 것은 먼저 지기도 하였다. 때마침 조금 날리다 그친 비에 질세라 이곳저곳에서 생강꽃도 벚꽃도 막 불씨를 댕기는 것이었다. 이처럼 환한 날, 경기도 안산의 어느 마당에서는 도도한 퉁소 소리와 웃음소리, 먹의 향기가 자욱하였다.

"거~ 배치는 표암 형님이 시키신 대로 해야 하네."

나긋한 외모와는 다르게 두터운 목소리의 허필이었다.

"그 가만 구경이나 하게. 자네야 맨 나중에 감독이나 하면 될 일이지."

균와아집도(筠窩雅集圖)

말은 험하나 얼굴에 웃음이 가득한 추계의 추임새였다.

이미 정한 순서대로 차곡차곡 채워진 종이에는 대강의 구도와 인물이 잡혀 있었고, 이제 막 최북이 채색을 하고 있는데 꼭 붓이 땀이라도 흘릴 듯 정성을 기울이는 모습이었다. 그림에 색을 올리는 것은 낡은 지붕에 새 이엉을 얹는 일 같은 것이라고 생각하고 있었다. 하여 늘 즐겁고도 부담스러운 일이었다. 이렇게 완성된 그림에 허필이 붓을 들고 나섰다. 그림의 완성이자 여럿의 정성과 마음이 담긴 그림을 더욱 곧추어야 할 화제(畵題)를 쓸 차례였다. 잠시 생각에 잠겼던 허필이 이내 세필로 막힘없이 적어 내려갔다. 이번 연회에 참가한 사람들과 이 그림이 그려지는 배경과 과정을 적는 일이었다.

서탁에 기대어 거문고를 타는 사람은 표암 강세황이고, 그 곁에 앉은 동자가 김덕형이다. 바로 옆에서 담뱃대를 물고 있는 이는 현재 심사정이다. 먹을 입힌 중옷에 건을 쓰고 바둑을 두고 있는 이는 호생관 최북이고, 마주 앉아 있는 사람이 추계이며, 바둑 두는 것을 구경하는 이는 연객 허필이며, 그 앞에 단원 김홍도가 퉁소를 불고 있다. 인물을 그린 사람 역시 김홍도이고 소나무와 돌을 그린 사람은 현재 심사정이다. 그림의 포치는 표암이, 채색은 호생관이 입혔다. 계미년 4월 10일, 균와의 연회에서 모인 내용을 연객이 남긴다.

1763년의 일이었다. 후일 세간에 〈균와아집도(筠窩雅集圖)〉라고 알려지게 되는 그림이 막 완성된 것이었다. 표암 강세황은 당대의 문화 권력자였다. 고매한 인격과 빼어난 시서화(詩書畵) 삼절의 솜씨로 당시 사대부들은 물론 예술가들에게 두루 존경을 받고 있었다. 게다가 이번 야회에는 몇 년 전에 거두어 애제자로 삼고 있는 김홍도와 함께여서 더욱 힘이 들어가는 듯했다. 이번 그림에서 본인은 큰 구도를 잡고 제자인 홍도는 인물을 그렸는데 당대 빼어난 화인들과 어울려 흠 없이 잘 그렸으니 스승으로서 흐뭇하지 않을 수 없었다. 그렇지만 자리의 좌장격인 그는 언제나 온화한 얼굴에 흐트러지지 않는 절도를 보였다. 아마도 그게 본인의 품격은 물론 지금까지 안산야회를 이끌어온 자산이 됐을 것이다. 북은 비록 표암이 자신보다 나이가 한 살 어렸지만 이런 됨됨이와 그릇의 크기가 큰 것을 알았기에 기꺼이 새가 나무에 들 듯 몸과 마음을 열어 품었다. 야회라고는 하지만 그리 넉넉한 모임은 되지 못했다. 안산은 성호 이익의 거처가 있던 곳으로 때마침 그때까지 출세와는 거리가 멀었던 표암의 처갓집이 있어 자연스럽게 하나의 문화 거점이 되었던 곳이다. 여기에 심사정과 꽃그림으로 유명했던 김덕형과 허필 등이 모여들었다. 심사정은 조부가 영의정에 이르렀지만, 역모로 몰려 간신히 목숨을 부지하는 처지였다. 쏟아지는 햇살을 따라 김홍도의 퉁소 소리가 고음으로 올라가자 이에 맞춘 듯 웃음소리가 낭자해졌다.

북은 멀뚱히 이 모습을 바라보았다. 이제 곧 차례가 오리라! 자세를 곧추세우고 탁주를 한 사발 들이켰다. 훗날 자신이 기억될 자리에서 이렇게 근사한 풍경은 드문 모습이 될 것이라는 생각이 들었기 때문이다. 비록 기울어진 집안이라도 양반가와 호형호제하며 함께 그림을 그리고 시를 짓고 술과 묵향에 몸을 맡기고 앉아 있는 호생관이라니. 이만하면 그림쟁이로서 그럭저럭 괜찮았던 삶이 아니었겠나. 그것은 잘난 양반들과 이만한 교유를 한다는 자랑이 아니라 이런 교유가 사회 부적응자이니 미친 성정을 지닌 술주정뱅이니 하는 자신에 대한 낙인을 조금이라도 씻는 자리가 되기 때문이었고 여기에 당대의 어떤 흐름에 뒤처지지 않는 자신의 위치를 확인시켜주는 자리이기도 했다.

그래도 사람들은 한쪽 눈을 스스로 찌르고, 기행을 일삼던 괴이(怪異)로나 알아주겠지. 어쨌거나 상관없는 일이었으나, 아직도 그림에 기어코 채워 넣지 못한 갈증이 남아 있으니 이를 어찌 설명하겠는가. 누가 나의 그림을 알겠누. 누가 나의 이 뼈저린 마음을 알겠누. 말이 많은 세상이지만, 그 말이 기껏 무엇을 설명해줄까. 그런 말로 지금 이 바람 한 줄, 햇살 한 줌을 제대로 표현이나 할까. 우리 삶이 어디로 달려가는지, 그 삶의 끝에 무엇이 있는지 알기나 할까. 안들 그것을 또한 어찌 알려줄 것인가. 두 눈으로 살다 한쪽 눈으로 살아온 생이 거진 반반인데 세상은 그다지 달라 보이지 않았다.

봄날, 마당 한구석에서 한잔 술을 길게 마시고 하늘을 바라보는 와중에 든 생각이었다. 좌중의 취흥은 봄바람에 낭창낭창 아지랑이처럼 일렁이고 있었지만, 지난해 사도세자의 죽음을 두고 세론은 아직 가라앉지 않고 있었다. 또한, 영조 최대의 치적이라 할 탕평책과 균역법이 시행되고 있었지만 힘의 축은 확실하게 한쪽으로 기울었고, 바야흐로 노론의 시대가 시작되고 있었다.

어린 식은 산이 좋았다

식(埴, 최북의 초명)은 어쩐지 산이 좋았다. 예닐곱 살이 될 때부터 가을이 채 가기 전 땔나무를 하느라 매일 산을 오르내렸다. 손바닥을 들여다보듯 하며 새로운 길을 낼 정도로 지겹게 오르내린 산이었지만, 매번 오를 때마다 다리에 힘이 붙었다. 가을에 잎이 다 져버려 시무룩한 산도 좋았고, 흰 눈을 뒤집어쓰고 바람에 흔들리는 나무들이 무어라 괴성을 질러도 좋았다. 그런가 하면 가지 끝에 파랗게 새싹이 돋는 이른 봄이 되면 이상하게 몸이 가렵고 기분이 좋아졌다. 그러니까 사시사철 산이 좋았다. 심심하면 놀아주고, 배고프면 먹을 게 나왔다. 어쩌다 골이 잔뜩 난 날이면 그냥 지게작대기를 흔들며 산을 헤매다 보면 저절로 기분이 좋아졌다. 그러고 보니 좋은 것도 많았지만 다치기도 부지기수였다. 그루터기에 부딪쳐 무릎이 깨지기 일쑤였고, 쐐기에게 물리는 것은 일도 아니었으며 심지어는 벌이나 뱀에게 물려 기절까지 했던 일도 있었다. 그렇지만, 어쨌든 산이 좋았다.

몸은 힘들지만 누구의 잔소리도 듣지 않으며 온전히 내 생각대로 몸을 놀리고 일을 할 수 있어서 그랬을 거라는 생각이 든 것은 좀 더 자란 후였다. 덩치가 크지도 작지도 않았지만 그의 낫질은 매서웠고, 눈빛은 날카로웠다. 장정이 질 만한 커다란 나뭇짐을 지고 지게작대기를 흔들며 콧노래를 부르는 그는 또 천진하고도 명랑하였다.

식은 눈이 내리는 계절에 태어났다. 사실 식의 출생에 관한 이야기는 분분하다. 추운 겨울 날 슬그머니 어느 주막 마루에 놓여 있었고, 대충 싼 누더기가 빳빳해지는 섣달 보름밤, 아기의 마지막인 듯 우는 울음소리에 주모가 겨우 거두었다는 얘기도 다 술 좋아하는 그 성정의 기원을 찾는 호사꾼들의 이야기일 뿐이었다. 결국 다 후대에 만들어진 이야기들이다.

기실 그리 잘살지는 못해도 그는 어엿한 중인 계급의 아버지 최경의 아들로 태어났다. 워낙 무뚝뚝하고 계산적인 성정의 아버지였지만 늘그막에 본 아들에게는 그 손속에 따뜻함이 배여 들었다. 그렇지만 최경은 차가운 사람이었다. 험한 세파에 이렇다 할 배경도 없이 자수성가한 처지인 데다 숫자 하나로 죽고 사는 강팍함 때문이었는지 늘 날카롭게 벼리어 있었다. 그는 손에서 치부책을 놓는 법이 없었다. 관아의 창고에 차입되는 물품을 관리하거나 명절을 맞은 저잣거리에서 유세를 떼는 장사치들의 금전 계산을 맡아하기도 하였다. 비록 어느 한군데 매인 곳은 없어도 추수철 등을 맞게 되면 관아 일도 많았고 서서히 상경기가 살아나고 있어서 이런 저런 일들이 많았다. 그러니 북한산과 도봉산 사이쯤에 살았던 최경은 새벽달을 보고 나가서는 저녁달을 보며 들어오는 일이 허다

했다. 그러다 일이 바빠지면 잠을 자고 들어오는 날도 많았다. 당시 한성에는 큰 시장 셋이 있었는데, 동쪽에 배오개, 서쪽에 소의문, 중앙에 운종가가 있었다. 아버지 최경은 이 세 곳 중에서 배오개 시장 쪽이 주 무대였다.

어머니 한모는 일자 무식꾼인 데다 몸도 약했다. 가끔 성깔을 부리는 남편이었지만 순종적인지라 화를 내다가도 허허 웃고 마는 식이었다. 그 어미는 코딱지만 한 밭에다 푸성귀를 심어 건사를 하는 일도 벅차했다. 손이 귀해 식에게는 위로 누이가 하나 있었지만 그마저도 나이 터울이 많은지라 잘 놀아주지도 않았다. 어미는 언제나 아들보다는 남편이어서 지아비가 집으로 돌아오면 어미로서의 역할은 그것으로 끝이었다. 아버지 최경은 식을 불러 이리저리 봉당에 공깃돌을 몇 개씩 옮겨놓으며 수를 합하거나 빼는 연습을 시켰다. 어려서 자수성가한 사람답게 성질도 급해서 모든 일을 자신이 직접 해야 직성이 풀렸다. 집안에는 벽에 대나무를 일정한 크기로 잘라 배열해 걸어놓은 산대가 있었다. 최경은 식에게는 물론 아내에게도 그 근처에는 얼씬도 말라고 했다. 최경은 어쩌다 집에 일찍 들어오는 날이면 그것을 하나하나 꺼내 닦기도 하고 이리저리 놓아보기도 했다. 궁금해진 식이 어머니에게 물으면 그것이 아버지가 수를 놓는 도구이고, 곧 너도 배울 것이라는 말만 되풀이했다. 공깃돌로 열을 채우면 다시 크기가 다른 돌을 하나 더하는 등 아버지가 가르치는 것은 크게 어려울 것은 없었으나 식은 그런 일이

헛일처럼 재미가 없었다. 금방 지루해져서 하는 둥 마는 둥 어깃장을 놓으면 최경은 "이것아, 이 공깃돌에 니 목숨이 달려 있다. 우리 집안은 그래도 이것 때문에 먹고사는 것이니 이제 너도 싫다 말고 배워야 한다."며 그 큰 주먹으로 꿀밤을 먹이곤 했다.

그러거나 말거나 식은 늘 활달하였다. 그의 놀이터는 집보다는 윗마을의 쇠락한 양반네 집이었다. 양반네 집이라고는 하였지만 사랑채 한 켠을 내어 아이들 공부하는 서당으로 쓰고 있어서 사람들의 발길이 많은 곳이기도 하였다. 식은 어쩐지 멀리서 퍼지는 그 먹의 향이 좋았다. 일고여덟 살 어간의 또래도 있거니와 층층마다 쌓인 서책을 펴보는 재미도 좋았다. 이래저래 잔소리를 하는 이는 나이 많은 그 집 마름뿐이었지만, 그도 심하게 무어라 하지는 않았다. 식의 아버지도 학문의 필요성을 알았는지 가끔 쌀말을 올려 보낼 뿐 말리지 않았다. 마름을 두었다지만 겨우 개울 논 몇 마지기와 집 주위 비탈의 거친 밭이 다였으니 양반네 집이라 하기에는 변변한 규모도 없었다. 하지만 무슨 이유인지 벼슬을 살지도 못했는데, 지나는 현감 등이 꼭 들러 인사를 하고 해서 동네에서도 허투루 대하지는 못하였다.
몇 대째 동네 훈장을 지내며 무너져가는 그 양반네 집의 마름은 기실 상하관계가 아니라 훈장 댁의 농토를 대신 경영해주는 역할을 하고 있었다. 농번기 때는 동네 머슴 두셋을 사서 모내기와 밭갈이를 하면서 한편으로 양반네 안살림도 챙겨야 했다. 다 찌그러진 집안이지만, 자못 그 자존심은 아직 형형하였으니 이 부조화의 안팎을 균형 있게 유지하는 일이 생각만큼 쉽지 않았다. 주인 영감은 지천명을 한참 지나 이순을 바라보는 나이였지만 허리가 꼿꼿하였다. 처음에 식이 자신의 집에 와서 이러저러 노는 모습을 지켜보다가 헛기침 한 번 하는 것으로 그만이었다. 반(半) 허락이 떨어진 것이었다. 그에게 하나 있다는 자식은 어디 절에 들어가 몇 년째 과거공부를 하고 있는데 크게 기대를 거는 눈치도 아니었다.

그리하여 식은 평소에는 집에서 땔나무를 하든가 물을 길어 오고, 할 일이 없으면 윗마을로 놀러 다니는 생활을 하게 되었다. 특별히 무슨 난리가 난 것은 아니었지만, 굶주린 사람들이 지천인 시절이었다. 식 또한 무엇이 들어갔는지 모를 멀건 죽을 먹을 때가 많았지만 좀 커서는 옥수수밥이나마 배불리 먹으며 자랐다. 그래도 산원으로 일하는 아비를 둔 덕분으로 풍족하지는 않았지만 굶지 않았으니 괜찮은 시절이었다. 또래 아이들처럼 소여물이며 땔나무며 논두렁 새참 나르기 등 얕은 농사 잔심부름에 동원되었지만, 윗마을 양반 댁 훈장 수업도 어깨 너머로 들으며 서첩도 기웃거릴 수 있었다. 주인 영감도 식이 어슬렁거리며 책을 들추어보는 것을 보면 헛기침을 하며 못 본 척하는 것이었다. 그러다가 무료해지면 식이 마당에 지게작대기로 강아지며 고양이, 꽃 그림을 그린 것을 보고 무엇이냐 물어보고 고개를 끄덕이기도 하였다.

아마 그때쯤이었을 거다. 시난고난 앓던 어머니가 병으로 세상을 떠났다. 무뚝뚝하고 말이 없던 아버지 최경은 더욱 일을 도맡아 하는지 집으로 들어오지 않는 날이 많아졌다. 그럴 때쯤 식사며 빨래며 엄마 대신 살림을 꾸렸던 누이가 양주 어디메로 시집을 갔는데, 이는 어린 식에게는 묘한 상실감을 주었다. 어쩌면 어머니를 잃었을 때보다 더 큰 슬픔 같은 게 느껴진 것인데 누이를 데리고 간 떠꺼머리 사내가 마냥 싫었다. 어쩐지 어긋난 심사가 된 식은 아이들이 흘린 종이때기에 숯검뎅이로 어머니와 누이의 얼굴을 되는대로 그렸다. 처음에는 괴상한 얼굴을 하고 있었으나 그릴수록 눈과 코의 균형이 맞아갔다. 종이가 귀했으니 마당이고 담벼락이고 곱돌을 찾아 그리고 또 그렸다.

그러던 어느 날, 주인 영감이 식을 불러서는 "아버지에게 함 건너오시라 해라." 하는 것이었다. 최경은 동네 훈장이 찾는다는 소리에 이상한 예감이 들어 바쁜 중에도 돼지고기 다리 짝에 쌀 두말을 지고 올라왔다.

어쩔 줄 몰라 하는 최경을 흘낏 보면서 훈장이 말을 꺼냈다.

"내가 저 아이를 가르치는 훈장도 아니고 또 그렇다고 후견인도 아니지만 동네 어른으로 한마디하겠네. 이보시게, 장차 저 아이를 어찌 하려고 저리 내놓고 키우시는가?"

이에 경은 연신 머리를 조아리는 것이었다.

"아이고 어르신, 송구합니다. 태생이 미천한 데다 사는 일이 퍽퍽하다 보니 어르신께 심려를 끼쳤습니다. 어찌 저도 건사를 하고 싶지만 저 아들놈이 나랑은 영판 사는 태가 다른 것 같아 말도 들어먹지 않고 감당하기 쉽지 않습니다. 또한, 일가에 돌봐줄 손길이 없으니 이참에 거둬주셔서 소소한 일거리도 시키고, 제 이름자나 쓸 수 있게 눈을 트이게 해주신다면 조금이나마 쌀이며 옷가지 등을 정성껏 마련해보겠습니다."

"내 비록 어쩌다 시골에 쇠락한 지붕 밑에 살고 있지만, 아직 정식으로 제자를 거둔 일이 없었네. 일찍이 당나라의 대 문장가였던 한유 거사께서 스승의 도리를 설파하신 게 있다네. 스승은 도를 전하고(傳道), 업(召命)을 전하며(受業), 의혹(迷夢)을 풀어주는(解惑) 사람이라고 하셨네. 한유의 이 말씀은 그 이래로 우리 유림의 가르치는 자와 가르치는 일의 기준이 돼주었네. 그런데 내가 여즉 제자를 두지 않았던 이유는 문자의 허망함도 그러려니와 또 그만한 자질을 갖춘 재목을 찾지 못함도 있었다네. 그렇지만, 자네 아들 식은 비록 한미하게 태어났지만 그 재주가 일찍이 이 변두리에는 없었던 것이네. 그리하여 내 오늘 저 식을 내 제자로 삼아보려 자네를 불렀다네."

최경은 크게 기뻐하며 마당가에 무츠로미 서 있던 식을 불러 옆에 세우고는 세 번 절을 하였다. 비록 누가 일러주지 않았으나 그래도 세상 많은 일을 겪은 그였기에 눈치껏 하는 대응이었다.
"내 비록 늙고 힘이 빠진 늙은이에 불과하지만, 하나의 나무를 심고 가꾸는 마음으로 자네 아들을 거두어보겠으니, 이제부터 자네는 아들 걱정은 줄이고 생업에 매진하시게."
최경은 다시금 절을 하고 눈물을 뿌렸다.

훈장은 그날부터 식을 끼고 앉아 붓 잡는 법, 벼루에 먹 가는 법, 서책과 종이를 보관하거나 사용하는 법 등등 기초부터 차곡차곡 가르치는 한편 동리 아이들이 없는 저녁 시간을 이용해 본격적으로 한문 수업도 시작했다. 어린 식은 웬일인지 또 열심히 천자문을 땅바닥에 써가며 외우고 또 외웠다. 습자지처럼 빨아들이는 식의 능력에 놀란 훈장은 두 달도 안 돼 그를 동몽선습이나 소학을 배우는 자리에 끼워 앉혔다. 붓글씨 쓰는 일도 다른 아이들이 없는 새벽이거나 저녁 무렵에 따로 가르쳤다. 종이가 귀한 시절이었다. 비싸기도 했지만 종이 자체가 귀했다. 그 좋다는 옥판선지는 언감생심이었고, 화선지 구경도 쉽지 않았다. 그래서 하얀 분판(粉板, 기름과 아교를 섞어 갠 석회분을 바른 네모난 나무판으로 여기에 먹물대신 물을 묻혀 글씨를 쓰면 회색빛으로 나타나 먹으로 글씨를 쓰는 효과가 난다. 종이를 대신했던 붓글씨 연습용 장치)을 뉘어놓고 같은 획을 여남은 번씩이나 되풀이하여 거듭하여 쓰도록 재촉하였다. 옆에서 훈장이 보고 있다 생각하면 어느새 이마에 땀이 맺혔다. 훈장은 '한 일자 하나를 쓰더라도 땅을 생각하고 하늘을 떠올리라'고 일렀다. 붓을 들고 글씨를 쓰며 살짝 다른 생각이라도 하는 기미가 보이면 불호령이 떨어졌다. 그러는 사이 식의 몸피도 점점 단단해지고 한자 실력도 늘어갔다.

그러던 어느 해 가을, 갑자기 아랫마을에서 아버지가 죽었다는 소식이 들려왔다. 형제도 먼 일가친척도 없는 식인데, 이제 부모도 없는 처지가 되었다. 양주 어디쯤으로 시집을 간 누이는 그새 소식이 돈절하여 결국 오지 못했고, 식 혼자 마을 어른들과 장사를 치러야 했다. 남은 거라곤 두 칸짜리 집에다 손바닥만 한 밭뙈기였다. 소문에는 큰 이문을 남기는 장사를 둘러싼 암투에 희생된 것이라고도 하고, 믿었던 양반가에 배신을 당했다고도 하지만 어린 식에게는 이 모두가 알 수 없는 일이었다. 그래도 아버지 최경은 자신의 장례비인지 적지 않은 돈을 허리춤 전대에 단단히 차고 있었을 뿐 아니라 집의 소유권을 아들 식의 이름으로 한 서류를 작성해 명토를 박아놨다고 한다. 이때가 식이 열네댓쯤 되던 해였다. 막막해진 식을 위로해준 이는 훈장 선생과 먹뿐이었다. 비로소 훈장은 그를 자신의 서재로 불러 들였다.
"식아, 이제 여기가 너의 거처이고 너의 세상이다. 네가 쓰는 글씨와 그리는 그림이 무엇이고, 장차 어떻게 쓰여야 할 것인지도 잊지 말아라. 세상은 풀을 먹는 순한 짐승뿐만이 아니라 승냥이나 늑대도 또한 살아가는 곳이다. 네가 세상에 그들과 맞설 것은 무엇이냐. 붓이 너의 이빨이 될 것이고 네가 살 길이다. 오로지 붓만을 생각하며 정진 또 정진하도록 해라."

어쩐지 비장한 훈장 선생의 말씀에 식은 왠지 모를 송구함에 절을 하고 붓을 잡은 손에 힘을 들였다. '이제 나는 하늘과 땅 사이에 나뿐이로구나. 누구도 나를 혈육이라 하지 않겠구나. 혈혈단신, 저기 있는 나무이고 여기 있는 나무가 됐구나.' 식은 지금까지 전혀 몰랐던 어떤 두려움을 느꼈다. 빈 종이를 대하는 것도 그랬고 두툼하게 먹을 머금은 붓을 잡을 때 그랬고 무엇보다 훈장 선생의 쏘아지는 눈을 바라보는 것이 그랬다.

선생은 식에게 한 장의 종이가 얼마나 귀하게 내 앞에 와 있는 것인지를 생각하라며 한 자도 헛되이 말라는 얘기를 자주 했다. 종이라고 해봐야 한 번 사용한 종이를 쪄서 다시 만든 것이어서 환지(還紙), 또는 재생지(再生紙)라고 불렀다. 환지는 짙은 재색에 가까웠으나 이마저도 귀한 시절이었다. 스승도 중요한 내용을 쓸 때만 새 종이에 썼고 보통은 재생지를 사용하기 일쑤였다. 그 재생지 위에다 쓰고 쓰다 더 쓸 수 없어 스승마저 '버리라' 했지만 식은 이를 걷어 오래도록 물에 담가놨다가 먹물을 빼서 다시 조심스레 말려 스승 몰래 그 위에 글씨를 쓰곤 했던 것이다. 먹물을 뺀다고는 했으나 그리 쉬이 빠지는 것도 아니어서 어떤 곳은 얼룩덜룩 검어 글씨를 써도 몰라볼 정도였으나 아무 상관이 없었다. 말 그대로 재재생지라 할 만하였는데 어린 식이 어디서 이런 꾀를 내어 이같이 했는지는 확실하지 않았다. 아마도 그의 짐작이 만든 일이었을 것이다. 분판을 사용하다가 이런 재재생 종이에라도 쓴다는 것은 엄청 큰 호사였다. 그래서 햇빛이 좋은 날에는 낡은 항아리에 물을 붓고 담아놨던 종이를 한 장씩 조심스레 떼어 한나절 마당 빨랫줄에 널어놓았다. 그렇지만 강한 햇살에 오래 놔두면 종이가 금방 바스러지거나 엉겨 붙기에 물기가 사라진 듯하면 뒤란 응달에 바람이 잘 통하는 곳에서 말리는 일도 식의 주요한 일이 되고는 하였다. 스승은 멀찍이서 이 모습을 보면서도 아무런 말도 하지 않았다.

'안개 속에서 길을 찾듯 조심조심하며 한 방향으로만 갈아라.' 훈장 선생은 벼루에 먹을 가는 마음과 자세에 대해서도 가르침을 주곤 했다. 그렇지만 같은 말이나 행동을 반복하는 식은 아니었다. 보통은 먹을 가는 동안 멀리 산그늘을 바라본다든가 눈을 지그시 감고 팔을 움직이기 마련이었다. 그렇지만 다리가 저리고 팔과 어깨가 떨어질 듯 아파도 어린 식은 멈추지 못하였다. 그것은 선생의 불호령이 무서워서가 아니었다. 무언가 갈면 갈수록 퍼지는 먹의 향이 좋았기 때문이다. 그것은 마치 발목 아래로 퍼지는 해질녘의 수그러든 햇살 같은 것이었다. 세상에 이보다 더한 평화가 있을까. 어쩐지 식은 이 하염없는 소모가 좋았다. 먹이 사각사각 소리를 내며 갈리는 휘황한 허무랄까. 애오라지 검은 것만이 아닌 무언가 짙은 어둠 같은 묵의 묵직함이 좋았다. 무언가 골똘한 사유랄까 그런 것이 있는 느낌이었다. 이제 이 검음은 붓의 놀림으로 아주 짙은 검음이 되든가 새벽의 여명 같은 옅은 밝음으로 피어날 것이다. 아직은 벼루에 갇혀 있는 어둠이지만 얼마나 많은 빛들을 뿜어낼 것이며, 또 얼마나 살아 통통 뛰는 형상을 만들어낼 것인가. 이렇게 먹을 갈고 있자면 훈장은 식에게 "먹이 이제 겨우 네 곁으로 들어섰구나. 장차 먹이 너를 칠하고 마침내 네 안으로 들어가야 할 것이다." 하는 것이었다.

언제부턴가 훈장은 먹을 갈고 있는 식에게 이런 뜬금없는 말을 하며 붓을 잡았는데, 그날은 대보름날 아랫마을에서 쓰일 고유문을 쓸 작정이었다. 심심찮게 마을 사람들에게 이런 부탁을 받는 훈장은 고뿔 걸린 것처럼 한참을 혀를 차다가 종당에는 고개를 끄덕이는 버릇이 있었다. 아마도 그 잠깐의 기다리는 시간에 어떤 글씨로 무슨 글을 쓸 것인지 하는 고민을 하는 듯하였다. 비록 시골에 밀려난 양반가였지만 아직도 그 열망만은 펄펄 끓었다. 평소에는 식의 재주를 인정하고 제법 자애로운 눈길도 보냈지만 그래도 반상의 구별이 엄혹한 시절이었다. 식은 먹을 갈거나 붓을 잡는 시간을 빼면 거의 그 집의 종처럼 일을 해야 했다. 이제 늙어 쇠약해진 마름도 근래에 들어서는 농사일만 대충 시늉만 할 뿐 딴전을 부리기 일쑤였다.

그렇게 두어 번의 가을이 지나가고 있었다. 머리가 굵어진 식은 먹을 갈면서도 뜬금없이 미래에 대한 불안감이 들이닥쳤다. 훈장 선생이 자주 아팠기 때문이었다. 이제 곧 혼자가 될 터인데 어찌 먹고살아야 할지, 이 붓이 나를 먹여 살리겠는지 하는 걱정이 들었다. 확신은 들지 않았지만 그래도 아버지처럼 산학 따위는 하고 싶지 않았다. 그래서 이런 걱정이 밀려들 때면 '머 못살면 말지, 먹이나 되고 말지.' 하는 말을 속으로 몇 번이나 되뇌는 것이었다. 그 와중에도 가끔 마름이나 친구들과 아랫동네 시장을 돌아보는 일은 즐거웠다. 한양 사대문과는 한참 떨어진 동네지만 이곳에도 장이 서면 제법 볼 만하였다. 좌우 양편으로 늘어선 수레나 멍석, 봉당마다 가득 찬 물건이 모래알처럼 늘어서 있고 홍청망청 사람들의 어깨가 부딪치고 왁자한 말들이 거리에 가득했다. 한양 사람들이 몽창 몰려왔는가 싶게 온갖 장사치들과 사람들로 그득했다. 식은 이런 모습을 보면서 절로 신이 났다. 생전 처음 보는 생선이며 과일이며 처음 보는 음식에 눈으로 먹을 듯이 번득거렸다. 그러다가 붓이며 벼루며 먹을 늘어놓은 소달구지 필방에서는 한참 시간을 뺏겼다. 농투성이들이나 시전 상인들의 주름 깊은 웃음이 이때는 모두 이웃 같고 친구 같았다. 한곳에 모인 사람들이 개를 잡기도 하고 난데없이 술판이 벌어지기도 했다. 서로 돈이 없는 처지였으니 탐나는 물건을 돈으로 바꾸지도 못하고 눈으로만 풍년이었지만, 서로 얼굴이라도 바라보면 마음이 풀어졌다.

식은 마름이 지어주는 등짐을 메고 허이허이 서당 집을 향하였다. 등짐에는 개다리 한 짝과 한약재가 챙겨 있을 터였다. 그렇게나 꼬장꼬장했던 훈장 선생이 며칠째 몸져누워 있었기 때문이었다. 훈장 선생은 앓기 전 식을 불러 종이 한 장을 내밀었는데, 거기에는 '삼기재(三奇齋)'라고 쓰여 있었다.

"화·서·시, 이 삼절에 두루 뛰어나라는 것으로 네게 주는 호이다."

짧고 힘은 없었으나 또렷한 목소리였다. 식은 절을 하고 소중하게 간직했다. 도봉산 자락의 어느 절에 있다는 훈장 선생의 아들도 아버지가 위독하다는 소식을 듣고 한달음에 달려왔다. 의원을 부른다, 죽을 끓인다, 약을 달인다, 그렇게 분주한 아들과 동네 사람들을 두고 며칠 기운을 차린 듯했던 훈장은 기어이 죽고 말았다. 죽음은 늘 그렇게 어이없고 스산하였다. 지체 높았던 양반가라고는 하나 가세가 기울었으니 빈한한 인심이었다. 손이 귀했던 집의 장사는 그저 평민보다 조금 격식을 갖추었을 뿐이었다. 그래도 스승은 죽기 전에 자신에게 신세를 지곤 했던 관리에게 '식이 산원(算員)을 하던 중인 집안의 자제'임을 증명하는 서신을 보내 중인 호패를 받을 수 있게 해주었다. 어차피 조선 초 엄중했던 신분제가 풀어져 양반도 아닌 중인 신분 확인서가 별무 소용이었지만 그래도 하층으로 휩쓸려가지 말라는 따뜻한 스승의 마음이었다.

훈장 선생의 하나뿐인 아들은 나이만 들었지 아직 장가도 가지 못한 샌님이었는데 남아 있던 집과 집안 가솔을 정리하고 남산 밑으로 이사했다. 먼 친척 소개로 그리한 것이라는데 아들은 그 바쁜 와중에도 식을 따로 불렀다. 식을 따로 앉혀놓고 아들은 빙그레 웃으며 식의 머리를 쓰다듬었다.

"내 슬픔이 크다고 하나 어쩌면 네가 더 망극해하는 것 같구나. 그동안 아버님 곁에서 말벗도 하고 심부름도 하고 수고가 많았다. 아버지가 돌아가시기 전에 네게 주라며 서찰을 주시었다. 그중 하나는 이것이고, 또 하나는 네가 커서 자리를 잡으면 그때 전해주라 말씀하셨다. 그 뜻은 모르겠으나 나중에 내가 찾아가 전해주도록 하마."

그러면서 비단 쪼가리에 말은 편지를 하나 주었다. 아들 말로는 당대 유명한 화가에게 쓴 것으로 도움이 될 터이니 꼭 찾아보라 당부하셨다는 말까지 전했다. 그렇지만 식은 혼자 남아 몇 달을 그곳에서 보내며 가보라는 곳으로 찾아가지 않았다. 앞날이 두려웠지만 어쩐지 후련한 기분이 들었다. 이렇게 몇 년 사이에 식은 완벽하게 혼자가 되었다.

북한산 정착

얼마 전부터 북한산 석가봉 아래에서 웬 더벅머리 총각이 보이기 시작했다. 며칠 그러다 말겠거니 했지만, 커다란 바위 옆에 움막을 짓더니 아예 밥을 해먹으며 땅을 파고 흙을 다지고 가마니를 깔았다. 혼자 지은 탓인지 기둥도 삐뚤고 서까래도 엉성하였다. 주위에 나무껍질과 나뭇잎으로 지붕을 씌웠지만 용케 비는 새지 않았다. 뒤로는 높은 절벽이 바람을 막아주었고 앞으로는 한양 땅이 내려다보이는 곳에다 굴뚝까지 낸 움막이었으니 이만하면 산속에서는 호사였다. 북한산은 그리 높지는 않았지만 문수봉, 승가봉, 노적봉, 석가봉, 미륵봉, 원효봉, 의상봉 등 30여 개의 봉우리를 거느리고 있는 명산이다. 어릴 때부터 산이 좋았던 식은 기어이 사람들의 만류를 뿌리치고 산속에 자리를 잡았다. 어렸지만 벌써부터 스승 몰래 배워놓은 술이 문제였다. 술을 좋아하는 성정상 저잣거리 어디에 있든 술을 먹게 되기 때문이었다. 붓을 제대로 잡게 될 때까지 그렇게라도 제 스스로를 통제할 생각이었다. 그렇게 토굴에 들어 어느새 봄과 여름 두 철을 보냈다.

아비인 최경이 남긴 집이 식에게는 요긴하였다. 임진란이 끝난 지

백여 년이 지났고 새로이 건물이 지어지고 길이 났지만 한양에는 집이 모자랐다. 시대는 변하고 있었다. 씨를 뿌려서 심는 부종법(付種法) 또는 직파법에서 모판에다 모를 기르고, 이 모를 논에다 심는 이앙법이 남도에서 시작해 기호지방 등에 자리를 잡아가고 있었다. 비록 천수답(天水畓)이라는 고질적 한계가 있었지만 기존 방법보다 두세 배 이상의 소출을 올렸다. 게다가 필요로 하는 노동력도 엄청나게 줄었으니 농부 일인당 네댓 배의 경작 능력을 갖추게 되었다. 이렇게 새로 개발된 이앙법 등으로 농가에는 일손이 남아돌았다. 자연 논에서 일거리를 잃은 농부들은 살길을 찾기 위해 도시로 몰려들었다. 당연히 집이 모자랐고 먹을거리가 부족했다. 그래서 외양간보다 못한 토굴 같은 데서 사는 사람들도 많았다. 양반들이 민가를 빼앗는 일도 종종 있어서 임금은 특별히 양반들의 '여가탈입(閭家奪入) 금지법'을 만들 정도였다. 다행히 식은 아버지가 남긴 집을 아버지와 같이 산원으로 일하던 주변 사람에게 삼 개월에 한 번씩 세를 받기로 하고 빌려주었는데 돈이 궁했던 식에게는 짭짤한 수입원이 돼주었다.

당초 혼자 그림과 글씨에 파묻히기 위해 산에 들었지만, 붓이야 어설프게나마 만들어 쓴다 하더라도 먹과 종이만큼은 저잣거리로 내려가서 구해 와야 했다. 특히 종이의 경우 장에서 파는 질 낮은 종이조차 값이 비싸고 게다가 도대체 차지가 돌아오지 않았다. 그래서 동네에 흔전만전한 닥나무를 베어 직접 종이를 만들어볼까

했지만, 혼자서는 불가능하다는 것을 알아차리는 데 걸리는 시간은 길지 않았다.
손바닥만 한 채마밭에는 이것저것 푸성귀를 심고 우악스럽게 장도 직접 담가보기도 했지만 쉬 익숙해지지 않았다. 겨울에는 운동 삼아 톱과 낫을 들고 지게를 메고 나섰다. 집채만큼 나무 등걸을 해 왔다. 집에 앉아 분판에 글씨나 그림을 그리다 졸리거나 집중이 잘 안 될 때는 도끼를 들고 나섰다. 도끼질에 쩍쩍 벌어지는 나무둥지를 볼 때면 식은 기분이 좋아졌다. 이렇게 장작이 쌓이면 지게로 져서 저잣거리에 내다팔았다. 들어올 때는 지게에 보리, 소금, 나물 등속을 지고 올라왔다.

벌써 북한산에 들어온 지도 햇수로 5년을 넘어들고 있었다. 이제는 북한산 석가봉(釋迦峰)이 손바닥 보듯 들어왔다. 식은 어릴 때 불리던 이름을 버리고 북(北)이라는 이름을 스스로 지었다. 북한산에 깃들어 살고 있으니 북이었고, 자신의 처지가 추운 한뎃잠 같은 것이어서 북이었다. 다행히 스승을 잘 만나 어설프게나마 논어 맹자를 읽었다. 여기에다 저잣거리에서 중국의 당·송 미술에 관한 서책을 빌려 읽기도 하고, 부지런히 사경도 했다.
"내가 너를 거둔 것은 너의 능력도 능력이겠으나 삶에 대해 생각하는 방법을 알게 해주고 싶었다. 음수사원(飮水思原), 제자는 스승이 파놓은 우물을 제 그릇대로 먹을 뿐이다. 그것을 많이 먹든 적게 먹든 다 네가 알아 할 일이다. 다만 우리 생은 노력하는 것이다. 너의 그 울뚝하는 성격을 다독여 더욱 낮추고 찬찬히 사는 모습을 볼 수 있다면 나에겐 보람이 될 것 같구나."

이 말은 스승이 몸져누운 어느 날 그를 불러 나직나직하게 일러준 것인데, 스승이 내리는 마지막 가르침이었다. 북은 힘들 때마다 스승의 이 말을 떠올리며 먹을 갈고 글씨를 쓰고 그림을 그릴 뿐이었다. 그렇게 공부를 하거나 그림을 그리다가 막히면 얼마 전 사귄 묵우(墨友) 이광사와 연통하여 술을 한잔하기도 했다. 보통은 이광사가 북에게 기별을 놓을 때가 많았다. 이광사는 잘나가는 양반가의 자제였는데 학문의 깊이가 엄청났으며 특히, 서예에는 약관의 나이에 벌써 골판이 서서 글씨의 중심이 잡혔다는 찬사를 들으며 글씨 좀 쓴다는 이들에게 질투와 찬사를 동시에 받고 있었다. 그런데 양반가의 자제일 뿐 아니라 서예계의 촉망받는 별이라 불리던 이광사가 까다로운 성격에도 불구하고 어찌된 일인지 중인 계급에 더벅머리 꾀죄죄한 북에게만큼은 스스럼없이 대했다. 두 사람은 단지 한두 번 만나 이야기를 나누었을 뿐인데 이내 막걸리도 함께 마시며 고담준론을 나누기도 하면서 의기투합하였다. 이광사는 북에게 삼묵법, 갈필법, 파묵법, 파필법 등 북이 아예 몰랐거나 관념으로만 알고 있는 각종의 기법들을 설명해주었을 뿐 아니라 실제로 글씨를 써보게 하고 고쳐주어 체득하게 하는 글씨 선생 노릇도 해주었다. 이광사는 이때쯤 원교(圓嶠) 또는 수북(壽北)이라는 호를 쓰기 시작했는데 그가 세련되고 해박한 선비의 표상쯤이라면 북은 좀 투박하고 아직 다듬어지지 않은 원석의 상태였다. 그렇지만 원교는 북의 그림 재주와 함께 그의 자존감이 좋다고 넌지시 얘기하곤 하였다. 그렇게 원교와 어울리며 북의 그림 그리는 재주가 한양의 또래에게는 서서히 알려지고 있었다. 그렇지만 북이 한양의 저잣거리에 머무는 시간은 길어야 이틀이었고 보통은 볼일만 보면 산채로 들어가기 바빴다. 북은 겉으로 보기에는 덩치도 그리 크지 않았고 곱상하게 생긴 데다 좀 내성적인 성격이었지만 불의한 일을 보거나 자신의 자존심을 건드리는 일이 생기면 누구에게도 타협을 하지 않는 거센 면모도 보여주었다.

산채에서 일어나면 북은 제일 먼저 세수를 하고 이불을 개키고 방안을 깨끗이 청소했다. 그러고는 인수봉 쪽을 향해 절을 세 번 하고 반 시진쯤 묵상을 하였다. 이 습관은 훗날까지 꽤 오랫동안 이어지는 중요한 일이 되었다. 어쨌거나 북은 이렇게 명상을 하고 난 뒤에야 조반을 해 먹고 지필묵을 펴거나 책을 읽었다. 아무리 급한 밭일이 있어도 그것은 늘 점심을 먹고 난 이후의 일들이었다. 북은 누구에게 말붙일 일도 없으니 말없이 열흘이고 보름을 넘길 때도 많았다. 그러다 오줌을 누러 밖에 나가서는 주변의 나무들이며 새에게 말을 걸고 시시덕거리기도 하였다. 누가 시킨 것도 아니지만 스스로를 유폐한 일종의 위리안치 시절이기도 하였다.

그날도 책을 읽다 그림을 그리다 한나절이 지나 태양도 서쪽으로 다 끌려간 쯤, 문을 열고 나서는데 마당 앞에 웬 중이 앉아 남령초를 피고 있었다.

“어이쿠! 놀래라~ 거 인기척이라도 하지. 누구시오? 애 떨어질 뻔 하였소.”

그러자 앉았던 자리에서 어느새 다가온 중이 북의 머리에 꿀밤을 놓더니, “이눔아. 여기 북한산에 살려면 산신령인 나 단월한테 신고를 해야지. 여기가 니 땅이냐? 니 맘대로 집을 짓고, 요넘아!” 하며 껄껄 웃는 것이었다. 이에 놀란 북이 “아, 은제 봤다고 이놈아 저놈아요? 그리고 왜 때리는 거요?” 하자 중이 또 껄껄 웃었다.

“너 오늘 운 좋은 줄 알아라. 사내가 무슨 애를 밴다고 애 떨어진다는 삿된 말로 놀래키느냐. 시방 조정에서는 세치 혀로 사회 기강을 어지럽히는 자를 잡아 가둔다고 난리라지 않느냐.”

“아니 뉘신데 되도 않은 흰소리를 하시오.”

“누구긴 이놈아. 네놈이 이곳에 방구들 깔 때부터 내려다보고 올려다보고 하다가 노는 꼴이 하도 가당찮아 인생을 어찌 살아야 하는지 갈쳐주려고 들렀지. 비쩍 말라 힘도 못 쓸 거 같은데 그래 꼴에 붓을 들고 사나 보네.”

“거 호랭이도 안 물어간다는 중님께서 왜 이리 말이 많소. 나중에 내 붓들이 다 쓰러지거든 극락왕생이나 빌어주소.”

“어허 참, 세상에 공짜가 어딨는가. 내 임자를 보니 극락왕생은 아직도 먼 훗날 얘기고, 어디 임자가 든다는 붓이 부린 조화를 좀 봐야겠네. 북한산자락에 깃들 만한가 어쩐가. 이 똘중의 눈에 들어야 그나마 살든 말든 할 것이제."

어디 지방 사투리인지도 모를 말로 흔전만전 가고 오는 농지거리였지만 북은 중에게서 날카롭고 맑은 눈매를 보았다. 이런 만남 자체가 뜻밖이었지만, 불가 쪽에 관심도 있던 터라 북은 고개를 끄덕였다.

"사는 게 누추하나 그간 그린 몇 점 내올 터이니 머라 타박이나 마시오."

북은 아직 제목도 화제도 적지 않은 그림 몇 점과 글씨 두루마기를 풀었다. 이를 본 중의 입꼬리가 올라갔다.

"오호, 고양인가 하고 따라 들었더니 호랭이였구만. 여보게, 스승도 없이 혼자 이러고 있는가?"

북이 내놓은 그림은 화첩에서 본 남종화를 모방한 그림 두어 점과 북한산의 낮 풍경 그리고 둔덕 위 소나무 가지 사이에 떠 있는 달을 그린 것이었다.

"이깐 붓에 무슨 스승까지요. 아까 산신령 말씀도 하셨으니 걍 이 북한산에 진 빚을 얼마나 갚을 수 있을까 하고 내놔본 것입니다."

"이보게 처사, 내 단월(斷月)이라고 하네. 큰스님께서는 나란 놈이 하도 괴이하니 단월(丹月)이라 법명을 지어주었지만 밤마다 그 달이 날 쫓아댕기며 어찌나 나를 괴롭히는지, 도대체 수행을 못 하겠더란 말이지. 그래 가만 가만 되짚어보니 그게 다 속세흔(俗世痕)이더라고. 쉽게 말해 엄마 생각이었다는 말일세. 혼자 앉아 밤하늘을 올려다보면 밝고도 그윽하게 달이 떠 있지 않은가. 그게 허물 많은 속세의 허상들이 뒷머리를 절절 끓게 하더란 말이야. 거 살부살조(殺父殺祖)란 말도 있지 않은가. 그래서 기어코 어머니, 달을 자르기로 했지."

단월은 갑자기 말을 마치고 부엌 쪽을 두리번거리며 다시 한마디 했다.

"그건 그렇고 이 좋은 날 어찌 곡식 담근 물 한 방울이 없다는 말인고. 이래 야박한가 말야."

북은 무슨 얘긴가 싶어 고개를 갸웃거리다 이내 알아챘다. 술을 내놓으라는 말이렸다. 일전에 원교가 남기곤 간 술이 생각나 고춧가루도 없는 짠지와 함께 내오니 단월은 크게 반색을 하며 한잔 들이켰다.

"이보게, 그 붓 한번 나에게 줘보시게. 공수래공수거라 해도 또한 세상에는 공짜가 없다고 하였으니 술값은 해야지 않겠나."

단월은 붓을 잡아 쥐더니 날듯이 써 내려갔다. "수졸재(守拙齋)" 멋진 예서체로 쓴 단아한 글씨였다.

"당호(堂號)일세. 내가 아직 자네 이름이 무언지도 모르지만 글타고 어찌 자네 이름을 새로 지어줄 수 있겠나. 다만 이 집의 이름을 이것으로 하시게. 잠깐 살펴보니 자네 재주가 승하나 성벽이 성말라 그 고집을 줄여 나가야 하네. 그래야 자네도 살고 자네 그림들도 살아날 것이네. 이 점 명심하시게."

북은 그 수려한 글씨와 서늘한 기운에 자신도 모르게 두 손을 모으고 공손히 인사를 하였다. 이에 단월은 껄껄 웃으며 북의 어깨를 가볍게 두드렸다.

"북한산의 복이지, 이렇게 멋진 처사님이 들었으니. 오늘 이 자리는 북한산 산신령께 우리 두 형제가 인사를 드리는 자리로 하세. 자네만 괜찮다면 나를 그저 형이라 불러줘도 그만이네."

두 사람은 많지 않은 술이었지만 작은 잔으로 주거니 받거니 하며 얘기꽃을 피웠다. 특히나 북이 어릴 적 천애고아가 되는 대목에서 단월은 웃기도 하고 끌끌 혀를 차기도 하였다. 어느새 어둑한 밤의 기미가 기슭을 따라 내려오고 있었다. 북에게는 이제 북한산의 어둠이 그렇게 검은 것만은 아닐 것 같은 예감이 드는 밤이었다.

사랑

11월이었다. 북한산 석가봉에는 겨울이 일찍 찾아왔다. 밤에는 벌써 서리가 내려 콧잔등이 시렸다. 겨울이 다가오면 내다팔 장작과 자신이 땔 나무를 쟁여놓는 것부터 해서 산속의 생활은 제법 바빠지게 마련이다. 가을 설거지와 겨울을 준비하는 일로 바쁜 와중에도 북은 가끔 대수롭지 않다는 듯 북한산을 한참 바라보곤 했다. 산은 계절의 변화 따위는 신경도 쓰지 않는 모양새였다. 꽃과 나무와 초록으로 가득하다가 어느새 붉은 단풍이 들다 잎 떨어지고 앙상해지는 시린 겨울이 와도 산은 그저 그대로의 자세로 세상을 내려다보았다.

그래도 생활을 해야 하니 가끔 저잣거리를 다녀와야 했다. 먹을 것도 먹을 것이지만 문방 재료를 구해 오는 일로 많은 시간을 허비해야 했다. 어쩌다 일을 보다가 늦어지면 주막집에서 자고 오거나 그래도 인연이라고 산(算)일을 하는 옛적 중인의 집이나 또는 드물지만 그림을 그리는 또래의 집에서 자고 오는 경우도 있었다.

그러던 어느 날 북은 문득, 그녀를 보았다. 알고 보면 난전 시장터나 운종가에서 몇 번 부딪쳤었다. 북은 어쩌다 산에서 꿩을 잡으면

운산촌사(雲山村舍)

이를 쌀과 바꾸려 운종가의 치계전엘 자주 들렀다. 그러면 옆에 늘어서 있던 생선전, 면포전 등에서 그녀를 보았다. 처음에는 그런가 보다 했는데 어느새 북의 가슴속에 들어앉았다.

가끔, 겨울 땔나무를 북에게 주문하는 여염집이나 양반가들이 있었다. 그가 해주는 나무는 튼실한 소나무나 참나무로 배달 후에도 직접 도끼를 들고 장작을 패서 쌓아주기까지 하니 인기가 많았다. 물론 시세에 값을 조금 더 쳐주니 북도 밑지는 장사는 아니었다.
그날도 아침 일찍 한 짐 져다가 신나게 도끼질을 하고 조금 늦은 점심도 얻어먹고 용채도 두둑이 받은 터라 기분이 좋았다. 그는 같이 그림을 그리는 이를 불러 막걸리라도 한잔 하자는 약속을 하고 잠시 도화서 부근을 어슬렁거렸다. 그러다가 그대로 삼거리 쪽으로 가면 바로 주막거리가 나올 것을 일부러 산 밑동네로 돌아 걸었다.
그 동네에는 솥과 냄비 등속을 만드는 몇몇 집과 옹기와 그릇 등을 굽는 몇몇 집 그리고 신발을 고치고 만드는 갖바치 집 몇 채가 더 있었다. 그중 살구나무 두 그루가 심겨진 집이라는 얘기를 어깨 너머로 들었던 터였다. 돌담이 무릎쯤에 쌓인 집을 지나 감나무, 밤나무가 있는 집을 지나니 자그마한 살구나무 두 그루가 서 있는 집이 보였다. 북은 자기도 모르게 침을 삼켰다. 낮은 지붕에 굴뚝이 쓰러질 것 같은 집에는 중개 한 마리가 짖지도 않고 꼬리를 흔들며 그를 쳐다보고 있었다. 안에서는 아무런 기척이 없었다. 더러 일찍 들어오는 날도 있지만 아마 아직도 아비 곁에서 일을 돕는 모양이었다.

그녀가 없다는 것을 확인한 그는 오히려 힘이 실린 걸음으로 청계천 다리 옆으로 갔다. 주막에서 만나기로 한 약속을 떠올렸지만 지금 북에게 그깟 약속 시간 좀 늦는 따위는 문제가 아니었다. 늘어서 있는 호미와 괭이, 낫 등속을 파는 대장간을 지나니 허리를 잔뜩 굽히고 일을 하고 있는 그녀의 아비가 보였다. 미간의 주름이 깊게 패인 얼굴이었지만 무언가 쉽게 범접하기 어려운 기운을 품고 있었다.

북이 잔뜩 힘을 주고 신발의 공이를 때리던 중늙은이 앞에 서서 어슬렁이자 그가 고개를 들었다.

"엥? 거 누간? 나뭇단 팔러 댕기는 총각 아님메? 여서 와 얼쩡대는 기가?"

북은 공연히 얼굴이 빨개졌다.

"혹시 땔감이 필요할지 몰라 지나다가 들렀소. 딸은 어디 간 거요?"

갖바치는 공연히 손에 들고 있던 나무망치를 탕탕거리며 "요 앞 개물에 가보라우. 다 늦게 서답질을 하고 드간다 하드만." 하고는 알 듯 말 듯한 표정으로 헛기침을 하는 것이었다. '개물은 무어고, 서답질은 또 뭔가' 그 뜻을 몰라 북이 오줌 마려운 강아지처럼 왔다

갔다 하자 옆에서 곰방대를 빨던 한 사내가 빙긋 웃으며 "머 그래 섰는가. 요기 개울에 빨래하러 갔다는 소리 아이가. 퍼뜩 가봐라." 하는 것이었다.

북은 괜히 얼굴이 빨개지며 뻣뻣한 자세로 인사를 하는 둥 마는 둥 몸을 허우적이며 개울가로 향했다. 마을 뒤쪽으로 도랑보다 조금 큰 개울에는 여자들이 삼삼오오 모여 배차를 다듬거나 그릇도 씻고 빨래도 하고 있었다. 몸집이 큰 아낙들 사이에서 빨래방망이를 두드리는 가녀린 란의 모습이 보였다. 북은 나무 옆으로 숨어 한참을 바라봤다. 이윽고 빨래를 다했는지 란이 함지를 힘겹게 머리에 이고는 비탈을 올라오고 있었다. 옆으로 올 때까지 끈기 있게 기다리던 북은 옆을 지나가는 란을 가로막으며 능청스럽게 말을 걸었다.
"가시나야, 은제 산채에 넘어 오거라. 나무 한 단 실어다 줄 터이니."
"어마 놀래라. 빨래 떨어질 뻔했잖아. 인기척 좀 하믄 어디 덧나나 화상아!"
란이 놀라서 대들었지만 북은 얼른 몸을 돌려 주막거리로 성큼성큼 걸어갔다. 그는 뒷머리에 쏟아지는 눈총이 간지러웠으나 끝내 뒤돌아보지 않았다. 하지만 그의 발걸음은 가벼웠고 한층 힘이 붙었다.

북은 그날 밤 꿈을 꾸었다. …진홍빛 치마를 걷고 백목단 같은 고쟁이를 훑었다. 한참 달아오르는데, 그녀의 살을 찾지 못했다. 몇 번을 다시 훑고 돌려도 구멍이 있을 곳은 다 막혀버렸다. 벌겋게 달아오른 그의 양물은 고통스러울 정도로 타올랐다. 울화가 치밀고 마음은 급해져 다시 위아래로 내달렸으나 구멍이란 구멍은 다 막혀 있었다. 뭐랄까 세상에서 혼자 내던져진 느낌이었다. 조급증이 일었다…. 기갈이 난 황소마냥 씨근대다 홀연 잠에서 깨니 그저 목이 말랐고 막막하였다. 전날 마신 막걸리 탓인지 오줌보가 터질 듯 부풀어 있었다. 북은 집 둔덕에 올라 시원하게 오줌을 싸면서 괜히 면구스러웠다. '어허~ 꿈도 망측하기는~~~' 한참 오줌을 누던 중에 괜히 얼굴이 달아올랐다. 기실 그가 이리 된 것은 란을 처음 보던 날부터였다.

그날도 북은 저잣거리로 나갔는데 도봉산 쪽으로 해서 가게 되었다. 북은 두어 달에 한 번은 도봉산 기슭에 있는 집을 들렀다. 그의 아비 집을 빌려 쓰는 산원(算員)에게 집세를 받아야 했기 때문이었다. 북이 집세를 받고는 돌아 나오려는데 기왕에 왔는데 이르긴 하지만 점심을 먹고 가라는 것이었다. 덕분에 술도 배부르게 얻어 먹고 궁궐 내 이런저런 소문도 듣고 불콰해진 기분으로 느릿느릿 걸어 나오는데 햇살도 좋았다.

기왕에 나왔으니 붓과 종이를 조금 살 요량으로 단골집을 들렀는데, 그날 그 단골집에서 북은 처음 란을 보았다. 딱히 얼굴이 예쁜 것도 아니었다. 오히려 선머슴아 같은 입성에 어딘가 뻣뻣했지만 그 눈을 본 순간 북은 구미호에게라도 홀린 듯 그만 빠져 들어갔다.

그녀의 이름이 란이라는 것도 아비가 신발을 만드는 갖바치라는 것도 다 그 가게 주인에게 들었다. 주인 말로는 그녀가 가끔 신발을 싸는 종이를 사거나 한글로 된 소설을 빌려 읽는다고 했다. 춘향전 같은 책은 벌써 열 번 이상을 빌려다 봤다고 했다. 북이 주인에게 무슨 책이 이리 많으냐고 묻자, "언문으로 된 소설은 나라 안에 수십 종을 넘어 백여 종에 이를 거요. 권수로만 따진다면 모르긴 해도 수만 권도 넘겠지요. 또 내용은 어떻겠소. 중국에서 들어온 이야기들이 대부분인데 가지각각 별별 내용이 다 있다오." 하며 주인은 곰방대를 두드리는가 싶더니 건너편에서 책을 고르고 있는 란을 가리키며 속삭였다. "저 계집은 좋은 가문에 남자로 태어났으면 아마 학자가 됐을 거요! 돼도 아주 떵떵거리는 대학자! 한 번 책을 손에 쥐면 집에 불이 나도 모르고 앉아 있을 년이라니까!" 그러면서 책방 주인은 혀를 끌끌 찼다.
북이 고개를 돌려 란을 향해 가볍게 눈인사를 건넸다. 란도 눈길을 피하지 않았다. 무언가 도발적인 눈이었다. 북은 자신도 모르게 말이 툭 튀어나왔다. "난 그림 그리는 최북이라는 사람이오. 산에서 가끔 나무도 해서 팔고…" 북은 웬일인지 주눅이 들어 말을 다

끝내지 못하고 입속에서 웅얼거리고 말았다. 그런데 놀라운 것은 그녀의 반응이었다. 그녀는 눈동자와 입술을 동시에 동그랗게 말면서, "그림? 그림을 그린다구? 어디야? 당장 가서 그림 보고 싶다." 하며 반색하는 것이었다. 뜻밖이었다. 반말이었지만 놀란 북은 얼떨결에 "그래." 하고 대답을 하고 말았다. 아직 그림다운 그림을 그리지 못한 터였다. 이제야 붓을 세울 줄 아는 정도인가? 내심 그러고 있었는데 냉큼 대답이 나와버린 것이다. 란은 그 동글동글한 눈을 반짝이며 당장이라도 따라 나설 기세였다. 하지만 북은 자신이 사는 꼴을 보여주기가 싫었다. 사는 게 너무 형편없기도 했지만 무어랄까 자신의 그림이 아직은 어떤 지경을 만들어 내지 못했다는 아쉬움이 더 컸기 때문이었다.

그날도 북은 토굴에 들어앉아 붓을 적시고 있었다. 기껏해야 분판을 사용하는 것이었지만 요사이는 글씨보다는 그림을 주로 그리고 있었다. 어차피 글씨 쪽에는 희망이 없었기 때문이었다. 그림 소재는 고개만 돌리면 곳곳에 천지였다. 북은 석가봉 주위의 풍광은 이제 눈을 감아도 다 보이는 지경이었다. 예전에 쌓아진 성벽으로 길게 이어진 곳을 따라 조금 올라가다 보면 대동문이 보였다. 그 위로 계속 올라가면 만경대를 거쳐 백운대로 이어진다. 북은 벌써 수백 번도 더 오르내린 길이었다. 백운대 근처 인수봉도 풍광은 빼어났으나 오르기가 어려웠다. 그래서 북은 마음이 어지러울 때면 곧잘 이곳 백운대에 앉아 한양 도성을 내려다보고는 하였다. 그날 북은 안개에 쌓인 백운대를 그리고 있었다. 발치에 내려다보이는 안개가 아니라 둥그런 바위를 둘러싼 안개에다가 나무를 한 그루 그려 넣을 작정이었다.

"짙게 할 게 아니라 옅게, 한 번이 아니라 여러 번…" 언젠가 북의 그림을 지켜보던 이광사가 불쑥 내뱉은 말이었다. 북의 성정은 부드러웠으나 어찌된 일인지 그의 글씨와 그림은 과격했다. 슥슥 한 획으로 그어 나가는 그림은 힘이 좋았으나 그만큼 투박하였다. 그렇지만 어찌 그림이 힘만으로 완성될 것이겠는가. 여운은 물론이거니와 점차 옅어지거나 짙어지는 기법에 애를 먹는 북을 지켜보았던 이광사의 조언이었다. 막걸리를 먹다가 거두절미 튀어나온 말이었지만 북에게는 가슴을 뛰게 하는 말이었다.

'아! 그렇구나. 저녁의 그 붉은 노을이며 아침의 햇살이 어찌 한꺼번에 한 획으로 왈칵 왈칵 닥치는 것이겠는가?' 북은 껄껄 웃음을 터뜨리며 커다란 양재기에 막걸리를 한가득 붓고는 한입에 털어 넣었다. 그 후 몇 달째 틈만 나면 먹의 번짐과 싸우고 있는 중이었다. 비록 그가 쓰는 종이라야 각종의 폐한지를 모아 재생한 종이였지만, 귀한 연습 재료였다. 종이에 따라 번지는 먹의 농담은 매번 다르기 때문에 처음 종이 여가리에 옅게 나무나 풀을 그리며 종이의 특성을 파악해야 했다. 그러고는 조금씩, 조금씩 바위도 그리고 나무도 그리고 이윽고 그윽한 소멸, 공백을 그려 넣어야 했다. 이렇게 땀을 흘리고 있을 때 밖에서 인기척이 났다. 가끔 길 잃은 중이 찾아와 길을 묻고는 하였다. 북한산은 산세가 제법 깊고 그 안으로 크고 작은 절들이 흩어져 있기 때문이었다. 그렇지만, 혹시 단월 형님이? 하며 급한 마음에 문을 열었다.

란이었다. 그녀가 이곳까지 찾아온 것이었다. 아, 정말 종잡을 수 없는 처자였다. 예전에 저잣거리 문방가게에서 삼각산 어디에 사느냐 물어서 그냥 북한산 대동문 옆 석가봉 근처에 있다고 무심히 대답했었다. 그런데 수유리에서 가까운 곳으로 올라온 것도 아니고 칼바위 능선 쪽으로 올라왔다고 한다. 사내들 걸음으로도 세 시진 이상은 족히 걸리니 아마도 반나절 이상은 걸었을 것이다. '아니 아무리 그래도 험한 산길을 그것도 여자 혼자서… 미친 거 아닌가?' 그리 생각하면서도 북은 놀랍고 반갑고 심사가 복잡했다. 란은 배가 고팠는지 아침에 쪄놓은 감자 몇 개를 볼이 미어지게 먹었다. 아직도 얼떨떨한 북은 근처 샘터에서 맑은 물을 떠 왔다.
"아, 이제 배가 부르네. 어디 그림이나 봐요."
북은 뭐라 대꾸도 못하고 주섬주섬 윗목 바람벽에 쌓여 있는 화선지를 쳐다봤다. 란은 환하게 웃으며 윗목으로 갔다. 말이 윗목이지 구들도 놓이지 않아 냉골이었다. 가마니가 깔려 있는 윗목에는 화선지들과 책들이 허리쯤 쌓여 있고, 어디서 주워 온 개다리소반에는 붓과 벼루가 몇 개 놓여 있었다. 벽으로는 베로 목화솜을 대충

얽어 만든 요와 이불, 허름한 옷가지들이 개켜져 있고 천장 아래로는 조와 귀리, 보리쌀 등속이 끈에 매달려 있어 참으로 빈한한 모습이었으나 란은 아무렇지 않은 듯 화선지를 뒤져볼 뿐이었다.

"와, 아까 산에 오르면서 본 풍광이네. 멋지다!"

맨 위에 놓여 있는 그림을 보던 란의 입에서 탄성이 터져 나왔다.

"긴가민가했는데 진짜 그림을 그리네?"

"봐줄 만한가 어쩐가?"

"저도 여기저기 다니면서 그림을 보긴 봤는데… 음 지금까지 본 것보다 좋네요. 아자씨!"

"아자씨라니? 나 아저씨 아닌데…."

"어머, 그럼 뭐라고 부를까나? 나보다 나이가 많을 거인디."

"글쎄, 뭐… 그래도 아저씨는 너무했다."

북은 괜스레 면구스러워 문을 열고 밖으로 나왔다. 한참 뜨거웠던 여름이 지나고 어느새 선선한 바람이 불고 풀벌레 소리가 가득한 가을이 오고 있었다. '아, 하늘은 왜 저리 높고 푸른 것인지….' 북은 툇마루에 앉아 공연히 지게작대기를 들고 처마 기둥을 툭툭 쳤다. 어느새 따라 나온 란이 북 옆에 앉았다. 그 모양이 함께 자란 오누이처럼 자연스러웠다.

"무섭지 않은감네? 밤에는 호랑이가 이 마루에 앉아서 꼬리로 이렇게 문을 두드릴 것만 같은데."

란이 엉덩이를 흔들며 문을 두들겼다. 그 모습이 영락없는 개구쟁이 같았는데 북의 심장은 속절없이 두근거리고 귀는 또 빨갛게 달아올랐다. 북은 괜히 백운대쪽으로 고개를 돌렸다. 마침 점심때를 지난 차라 북도 배가 고파왔지만 말은커녕 내색도 못 했다. '배가 고파서 죽는 것도 아닌데, 그런데 왜 이렇게 등인지, 허리춤인지 자꾸 가렵지?' 속으로 혼잣말로나 해보는 것이었다.

"그럼 아저씨는 몇 살이야? 난 열아홉인가 그란다."

란이 그 크고 깊은 눈동자를 들이밀며 북을 바라봤다. 북은 다시 또 천길 벼랑으로 떨어지는 느낌이었다. '뭐, 몇 살?' 그러다 정신을 다잡았다.

"내가 너보다 세 살은 많다. 그러니 오라버니라고 불러라."

간신히 말하고 나니 북의 얼굴이 또 빨개졌다.

"피~ 거짓말. 나한테 언니 소리 들으려고 일부러 나이를 속이는 거지? 부모님은 어디 계셔? 맞는지 함 물어볼 거야."

정말 대책 안 서는 처자였다. 평소의 성정대로라면 "어디 피도 안 마른 것이!" 하며 버럭 소리를 지를 일이었지만, 이상하게 란을 보면 지레 힘이 빠지는 북이었다.

"부모는 다 돌아가셨고 나 혼자 산다. 그리고 밤이면 호랑이랑 껴안고 자니까 니가 날 오라버니라 불러도 하등 이상할 게 없을 것 같구나."

소리를 지르기는커녕 찬찬히 상황을 설명해주는 북이었다. 그러자 란은 "어이쿠, 이런 데 혼자 살면 뭘 해 먹고사누." 하면서 북이 뭐라 할 사이도 없이 부엌으로 가서는 찬장을 열어 안을 들여다보았다. 북은 또다시 홍당무가 되었다. "찬장에 거미줄밖에 없네. 참말로… 산에 나가 반찬 구경이나 해야지." 하며 란은 끌끌 혀를 찼다. 점심은 고구마나 감자 한두 알 까먹고 마는 북이었지만, 오늘 따라 휑한 찬장과 쌀독이 부끄러웠다.

그새 어디서 찾았는지 호미를 들고 나온 란은 능선을 따라가며 무언가를 캐고 있었다. 산도라지와 더덕이었다. 북은 꼼짝도 않고 바라만 보았다. 어느새 이것저것 한 소쿠리 가득 소채를 캔 란은 도랑으로 내려가 씻고 다듬는가 싶더니 툇마루에 누워 하늘 구경을 하는 북 앞에 다가섰다.

"아무리 없어도 소금이나 간장은 있겠지?"

북은 일부러 심드렁한 표정을 지으며 뒤란 쪽을 바라보며 손짓을 했다. 그러고는 눈을 감아버렸다. '마음대로 해라. 내는 모르겠다. 그림이나 그리자.' 방안으로 들어가 붓을 들었지만 집중이 되지 않았다. 억지로 마음을 다잡고 앉아 그림을 노려보다가 먹을 갈았다. 얼마나 오래 얼마나 세게 먹을 갈았는지 손이 갈리는 느낌이었다. 하지만 그것도 잠시 어느새 란의 얼굴에 손을 올리는 상상을 하는 것이니, 북은 제 손으로 머리를 때렸다. 밖에서는 란이 부엌과 장독대를 부지런히 오가는 소리가 들렸다. 오늘은 그림그리기 틀렸다는 생각을 하고 있을 때, 란의 목소리가 들렸다.

"오라버니!"

순간 벌떡 일어날 뻔했던 북은 가슴을 쓸어내리며 짐짓 무심한 척했다. 배시시 웃으며 란이 작은 소반을 내려놓았다.

"자, 더덕구이와 도라지 무침 드세요."

고소한 냄새가 진동을 하였다.

란을 배웅한다며 따라나선 것이 어느새 청계천까지 왔다. 어려서 일찍 엄마가 죽어서 자기가 밥도 하고 빨래도 하고 집안일을 다 한다고 했다. 그래서 아까 더덕구이가 그렇게 맛있었던 모양이었다. 참기름, 들기름은 생각만 해도 사치인 살림이라지만 그런 게 없어도 어찌 그리 맛있는지, 북은 아직도 목구멍에 고소함이 고이는 느낌이었다. 란은 이제 됐다며 아부이가 저쪽 모퉁이에서 자기를 기다릴 거라며 그만 돌아가라고 했다. 북은 아쉬운 마음을 접고 돌아서야 했다. 그래도 아쉬워 돌아보니 란이 어떤 중늙은이와 반가이 인사를 하고 팔짱을 끼고 무어라 조잘대는 모습이 보였다. 아침녘 종달새 소리가 들리는 듯했다. 마중 나온 아비랑 있으니 걱정을 안 해도 되겠다 싶었다.

북은 기왕 내려온 김에 싸전에 들러 쌀 한 말을 사고 한참 망설이다가 큰 결심이나 한 듯 간고등어 두어 손도 어깨에 올렸다. 언제든 또 찾아오면 이거라도 내놓을 생각이었다. 그렇게 오던 길을 되짚어가며 북은 새삼 '내 길은 이 붓밖에는 없다!'는 생각을 공굴렸다. '항차 이 붓이 아니면 누가 나를 알아볼 것이며, 항차 내게 이

붓이 없다면 무엇으로 이 쓸쓸한 생을 살아낼 것인가?'

어둑해지는 산길이 무서울 법한 데도 북은 나뭇가지를 하나 주워 지팡이 삼아 휘적휘적 걸었다. 내일은 인수봉 쪽에 설치해둔 올무를 확인해볼 생각이다. 혹여 족제비나 오소리가 걸려 있으면 그 털로 붓을 함 만들어봐야지 생각했던 것이다. 북은 지금껏 갈필(渴筆)이라 하여 칡넝쿨을 일정한 길이로 잘라 초가리 부분을 나무로 잘게 두드려 붓을 만들어 써봤지만 영 자세가 나오지 않았다. 얼마 전에는 개털로도 붓을 만들어봤으나 쓰기가 곤란했다. 먹도 아까워 물로 상 위에 써보다가 치워버렸다. 그래서 아직은 붓을 직접 만들지 못하고 종로 필방에서 족제비를 잡아 오면 재료비 빼고 좀 헐하게 만들어준다는 약조를 받아놓은 참이었다. 그러고 보니 궁한 살림에 무얼 좀 해보려니 쉬운 게 하나도 없었다. 게다가 아침에 일어나도 혼자요, 산을 바라봐도 혼자요, 어둑어둑 어둠이 내려 집에 들어와도 혼자였다. 곤궁하고 외로울 때면 북은 곧잘 왕유의 시를 읊조렸다. 왕유는 당나라 때 시인이자 인문화로 일가를 이룬 문사여서 남종화의 개조로도 추앙을 받는 인물이었다. 북은 그런 번잡한 사회적 지위보다는 그의 시에 나타나는 단정함과 깔끔함이 좋았다.

비 개고 난 다음 산중에는 가을빛 나날이 짙어가 소나무 사이로 달빛 비치고 맑은 샘물 돌 위를 흐른다. 대숲이 버석이더니 빨래꾼 돌아오고 고깃배 지날 적 흔들리는 연잎! 꽃은 질 테면 져라. 임은 나와 함께 계시리니.

왕유의 「산거추명(山居秋暝)」이라는 시인데, 원문은 "空山新雨後 天氣晚來秋 明月松間照 淸泉石上流 竹喧歸浣女 蓮動下漁舟 隨意春芳歇 王孫自可留"이다. 북은 이 대목 중에 마지막 절구, "꽃은 질 테면 져라, 임은 나와 함께 계시리니"라는 대목을 가장 좋아했고, 이를 무슨 주문처럼 읊고 다니는 터였다. 달빛이니 샘물이니 대숲이니 연잎이니 하는 것은 결국 이 마지막 구절을 살리기 위한 배경이라 생각했다. 식자들은 여기서 임은 그러니까 임금 등을 뜻한다고 하였지만, 그건 하릴없이 갓을 쓴 그네들의 이야기였다. 그렇다면 나에게 임은 무엇이고 누구인가? 이런 생각에 미치자 북은 공연히 얼굴이 달아올랐다. 참으로 얼척없는 일이었다. 거기서 왜 란이 떠올랐는지.
북은 서둘러 종이를 매만져 가로로 깔아놓았다. 한참 동안 먹을 간 다음 붓을 적셨다. 한 자 한 자 글의 연유와 뜻을 헤아리며 왕유의 「산거추명」을 써 나갔다. '그림은 보는 게 아니라 읽는 것'이라는 뜻의 독화(讀畫)라는 말을 했던 소동파가 왕유의 그림과 시를 보고 언급했다는 '왕유의 시에는 그림이 있고, 왕유의 그림에는 시가 있다(詩中有畵 畵中有詩)'는 말을 떠올렸다. 소동파가 이렇게까지 왕유를 극찬한 그 이유를 이제야 조금 알 것 같았다. 시화일치

(詩畫一致), 그런 경지의 풍광을 그려내기는 어려울 것이지만 북은 왕유의 시를 그림으로 표현해볼 생각이었다. 먹의 향기가 온 방안에 그득해지고 밤은 점점 깊어져 소쩍새 울음마저 어느새 희미해졌다. 동백기름으로 피워 올린 등잔불도 까뭇까뭇 조는 듯 일렁이며 그림자를 키웠다.

산채에 한 번 들렀던 란은 속을 태우며 기회를 보다가 한잔 술에 기분이 좋아진 아비에게 말했다. 물론 먼젓번 산에 다녀온 것은 아비에게 말하지 않았다. 그냥 가끔 들리는 책방에서 친구랑 놀다 늦었다고 했다.

"아부이, 나 내일 산에 댕겨올라요. 거 붓인지 북인지 동인지에게 들러보려고요. 봐서 글씨 쓰는 거나 그림을 어찌 그리는지 보고 올라요."

란이 아비는 헛기침을 하며 공연히 남산 쪽을 바라보았다. "니가 어련히 할까마는 어디 말만 한 간나가 혼자 산을 넘나든다는 게야." 하며 딸의 얼굴을 한번 살폈는데 벌써 란의 눈길은 북한산을 향해 아련하게 바라기를 하고 있었다.

"허허 다 기울었구나야. 누가 같이 갔으면 좋겠는데…. 목이 컬컬하니 간만에 다모토리나 한잔 다오. 그리고 산에는 내일 일찍 출발해서 어퍼딩(빨리) 다니기요. 거 참말로."

억지로인 듯하지만 허락이 떨어진 참이었다. 란은 기뻐서 터질 듯

한 표정을 애써 가리며 부엌으로 내달렸다. 아껴놨던 도토리 가루를 꺼내 서둘러 묵을 쑤느라 솔가지에 불을 붙이려다 아궁이에서 나오는 연기에 눈물이 흘렀지만 웃음이 터져 나왔다. 명목은 아비 술자리 안주였지만 속내는 몰래 두어 모 끊어서 내일 산으로 갖고 갈 참이었다. 이런 속내를 아는지 모르는지 아비는 갑자기 분주해진 딸의 거동을 보며 눈꼬리가 가늘어졌다.

대접에 가득 채워진 소주. 그 잔술을 고향인 두만강변에서는 다모토리라고 했다. 한참 먼 산을 바라보다 개 짖는 소리에 정신을 차려 보니 어느새 개다리소반에는 다모토리와 묵이 올려져 있었다. '허허 시집을 갈 때가 되긴 되었구나.' 늙은 갖바치는 혼잣말을 하며 한 잔 마시고는 곰방대에 담뱃잎을 야무지게 재워 넣을 뿐이었다.

란이 아비의 회상

그렇게 한 대 깊숙이 빨면 아련한 현기증이 몰려 왔다. 그 아련함은 사십여 년 전 처음 담배를 피웠을 때의 추억을 끌어왔다. 란이 아비의 고향은 저 함경도였다. 어릴 때부터 두만강을 건너거나 헤엄쳐 연해주 간도 땅을 넘나들며 살았다. 이남 쪽에 집과 친구들이 있었지만 강 건너에는 친척들이 살았다. 오히려 강 건너 쪽의 땅이 더 비옥했고 농사도 잘 되었다. 하여 농사가 한가할 때는 부모들도 가끔 강을 건너가 며칠씩 놀다오고는 했다. 한번은 친구들과 강 건너 놀러갔다가 친척 등이 연길을 다녀올 거란 소식을 듣고 자기도 가면 안 되겠는가? 물었다. 이를 듣고 또 한 친구가 따라 나서길 원해서 나머지 친구들을 먼저 돌려보내고 합류하게 되었다. 무언가 마을에 귀중한 것을 갖고 올 것이라며 동리 사람 열댓 명이 나선 길이었는데 이렇게 무리 지어 가지 않으면 도중에 강도를 만나 위험해진다고 했다. 란이 아비는 돌아가는 친구에게 자신의 집에 들러 잘 말해달라고는 했지만 불안했다. 그렇지만, 이런 기회가 아니면 은제 가보랴 하는 마음으로 질끈 눈을 감았다. 란이 아비와 친구는 일행이 먹을 쌀과 반찬 등을 운반하고 먹을 것을 만드는 일을 맡는 조건이었다. 짐이야 말에 실어 나르니 힘들 일은 아니었지만, 수중에 돈 한 푼 없이 먼 길을 간다는 것이 걱정이었다. 그렇지만, 젊은이답게 낄낄거리며 분위기를 돋우었다. 다행히 마을과 마을 사이 짐을 옮겨다 주거나 머무는 마을에서 잠깐 일을 하는 등 소소하게 용돈을 벌 일이 생겼다. 그렇게 한 달여 넘게 걸어 일행은 연길에 도착했다. 연길은 과연 엄청 큰 도시였다. 그는 친구와 그동안 모아둔 돈으로 부모에게 드릴 옷감을 사고 나머지는 술을 사 먹었다. 술은 보리나 귀리를 발효시켜 만든 술이었는데 엄청 쓰고 독하였다.
란이 아비는 거기서 란이 어미를 만났다. 여진족 여자라 깊은 대화는 어려웠지만 두 사람은 서투른 말과 몸짓발짓으로 이야기를 나누다 웃다 그만 정이 들었다. 란이 아비가 이제 고향으로 돌아가야 한다고 하니 란이 어미는 왈칵 눈물을 쏟으며 막무가내로 란이 아비의 발목을 잡았다. 어쩔 수 없이 일행은 하루를 더 묵기로 했으나 그 다음날도 울며불며 아예 따라나선다며 짐까지 싸들고 나오자 일행은 웃지도 울지도 못할 지경이었다. 물론 제일 난감한 것은 란이 아비 당사자였다. 뭘 어찌 해보지도 못하고 고얀 자식이란 지청구를 들어야 했고 뭣보다도 자기 때문에 일정에 차질이 생겨서는 안 되겠기에 고민 끝에 일행을 먼저 출발하게 했다. 하루정도 달래서 진정시키고 내일 빠른 걸음으로 따라가겠다는 복안이었다.

여기까지 생각하던 란이 아비는 쓴 웃음을 지으며 담배를 한 모금 빨고 란이 만들어놓은 도토리묵을 한 숟갈 떠 넣었다. 란도 어느새 아비의 발치쯤에 바싹 다가앉아, "아부지예. 또 어마이 생각하는구나. 아바이는 어마이 생각할 때 얼굴이 젤로 행복해 보여요. 근데 이제 잊아뿌러요. 그만! 으이구 자꾸 애들처럼 왜 그래요." 하며 두 손으로 아비의 얼굴을 우그러뜨린다. 란이 아비는 또다시 허허 웃고 만다. 클수록 하는 짓이 지 어미를 닮아간다. 몸서리가 쳐지도록 그리워진다.

란이 아비는 끝내 발목이 잡혔고 두 사람은 연길에 둥지를 틀었다. 조선과는 달리 신분에 제한도 없었고, 여자들도 당당하게 자신의 주장을 펼치는 등 훨씬 자유로운 분위기였기에 란이 아비도 이곳이 마음에 들었다. 수중에 돈이 없으니 처음에는 날품을 팔았다. 붙임성 좋고 젊고 건강한 란이 아비는 일을 하는 데 있어서도 꼼꼼해서 사람들에게 곧 믿음을 주었고 문턱이 닳았다. 그렇게 신뢰가 쌓이니 몸값도 올라갔고 외진 곳이지만 허름하게나마 집도 하나 지었다. 이를 본 장인은 이만하면 되었다 생각했는지 그에게 자신의 대장간에서 일하게 했다. 장인은 근동에 소문난 야장(冶匠)으로 몇 대째 가업으로 내려오는 일이라 일거리도 많았고, 이문도 꽤 되었다.

불을 다루는 일은 신성하였다. 인류는 나약했지만 불을 다룰 줄 알면서 비로소 거친 동물을 다루고 세계를 정복하기 시작했다. 불과 쇠를 다루는 일은 그의 성격과 맞았다. 불의 온도를 높여 쇠를 녹이고 그 쇠를 담금질하여 더욱 강한 쇠로 변신시키는 마술이었다. 장인은 '대장간 불은 밥을 짓고 국을 끓이는 것과는 차원이 다른 일이고, 흙을 구워 그릇을 만들어내는 불보다도 훨씬 뜨거운 온도까지 올려야 하는 것'이니 자부심을 가지라 일렀다.
란이 아비는 여기서도 특유의 눈썰미와 야무진 솜씨로 가게를 번창시켰다. 그러다 보니 어서 성혼시키라는 주변의 성화도 덩달아 커졌다. 그예 서둘러 결혼을 하고 그 이듬해 아들을 낳고 그 다음 다음해 딸을 낳았다. 한 해 한 해 세월 가는 줄도 모르고 고향 생각도 잊을 만큼 부지런히 일하며 그렇게 자리를 잡아가던 어느 날, 고향에서 아버지가 죽었다는 연통이 왔다. 작고한 지 보름도 더 지나 당도한 부고였다. 란이 아비는 잠시 고민을 하다가 처와 장인에게 고향집에 다녀올 것이라 말하고 봇짐을 싸서 길을 나섰다. 아버지가 먼 길 가는 줄 어찌 알았는지, 아버지를 배웅하는 아이들 눈에는 눈물이 그렁그렁 맺혔다.

그렇게 고향집에 와서 장례를 마무리하고 혼자 된 어머니를 위로하고 이것저것 가사를 정리하니 어느새 달포가 지났다. 자기가 할 수 있는 것은 다 끝냈으니 란이 아비는 다시 연길로 길을 나섰다. 아예 노모도 모시고 가려 했으나 연로하기도 하고 살던 곳에 그냥 살겠다는 고집을 꺾을 수가 없었다. 다행히 남아 있는 동생들이 잘 모신다고 해서 그나마 가벼운 마음으로 서둘러 길을 나섰다. 토끼 같은 애들과 여우같은 마누라 생각을 하며 걸음을 재촉하는데 연길 쪽에 비적들이 들끓는다는 소식이 들려왔다.

이래저래 다급한 마음에 말을 사서 며칠 밤낮을 달려 도착했지만 이미 풍비박산이 난 뒤였다. 마을은 한차례 태풍이 지나간 것처럼 폐허가 돼 있었다. 대부분의 집이 불에 타서 쓰러져 잿더미만 남아 있었고 장인의 대장간에도 성한 물건 하나 남아 있지 않았다. 비적들과 맞서 싸우던 남자들은 거진 다 죽었고, 노인과 애들은 만신창이가 되어 있었다. 게다가 젊은 여자들은 노예로 끌려갔다는 것이었다.

처가도 예외일 수는 없었다. 아내는 비적들에게 납치되었고 세 살배기 아들과 돌도 못 지낸 딸도 난리 통에 죽고 말았다. 온 마을 전체가 무덤이 되었고, 흔한 개지(강아지) 한 마리 볼 수 없었다. 란이 아비는 절망했지만 사람들은 위로한답시고 죽음을 피해 집을 다녀온 것을 두고 '천행'이라고 했다. 천행이라니…. 가끔씩 비적이 나타나는 일이 있었으나 이번처럼 백여 명에 이르는 규모와 기동성을 갖춘 비적은 근래에 없는 일이라 했다. 옛적 만주족 잔당이라거나 청나라의 지원을 받는 무리라고도 했으나 확실한 것은 하나도 없었다. 현지 사람들은 요 몇 년 새 가장 큰 약탈 사건이라고 하면서 처음 며칠은 연길 당국에서도 진상 조사를 한다며 들락거렸지만 그걸로 끝이었다. 당국에서는 합동으로 장사를 지냈다. 장인 내

외와 일가도 그나마 무덤에라도 모시게 됐다.

한두 달여 무덤 같던 마을에도 조금씩 변화가 생겼다. 시간이 지나자 사람들은 부서진 집을 다시 짓거나 이곳이 싫다며 다른 곳으로 이사를 가버렸다. 그동안 넋을 잃은 듯 손을 놓고 있던 란이 아비도 마음을 다잡고 뼈대만 남은 대장간 터에 바람벽을 손보고 모로 쓰러져 있던 모루를 바로 세웠다. 이곳에서 기다리면 어떡하든 란이 에미가 올 것이라 생각하며 매일 아침저녁 정화수를 떠놓고 기도를 드렸다. 하지만 예전만큼 망치질에 힘이 붙지 않았다. 그렇게 1년 반쯤이 지난 어느 날, 지치고 쇠약한 한 여인이 동구 밖에 쓰러져 있었다. 마을 사람들이 그녀의 신색을 살피고는 란이 애비를 불렀다. 란이 어미였다. 방구들을 덥히고 미음을 떠 먹였다. 사나흘 골골 거리던 란이 어미가 기력을 차렸다. 비적 떼에 납치되어 흑룡강 위쪽으로 끌려갔다고 했다. 거기서 몇 달 동안 몹쓸 짓도 당하며 콩 농사도 짓고 베도 짜고 마구간 청소며 온갖 궂은일을 다 하다가 아낙네 셋이서 기어이 탈출을 했다고 했다. 동리에서 떨어진 나무 밑에 보리개떡과 마른 고기를 숨겨놓았다가 그믐밤을 기해 밤새 길을 걸었다고 했다. 낮에는 산에 숨었다가 밤에만 길을 걸었다고 했다. 그렇게 며칠을 걷고 오다가 먹을 게 떨어지면 품도 팔고 길을 잘못 들어 되돌아오기도 하고 오만고생을 다 했다고 했다. 그러다 아낙 하나는 병들어 앓다가 죽고 하나는 어찌어찌 길이 어긋나 잃어버렸다고 했다. 그러고는 입을 다물었다. 얘기를 더 들어보려고 란이 아비가 채근했지만 그녀는 더 이상 어떤 대답도 하지 않았다. 이런저런 일들이 더 궁금했지만 란이 아비도 더 이상 묻지 않았다. 그저 살아 돌아와 준 것만이라도 고마웠던 그는 지극정성으로 란이 어미를 챙겼다.

그렇게 몇 달이 지나고 건강을 어느 정도 회복한 란이 어미가 갑자기 이곳을 뜨자고 했다. 자꾸 부모 형제 생각이 나고 그때 도륙을 당하던 장면이 떠올라 견디기가 힘들다고 했다. 란이 아비는 아무것도 묻지 않고 어느 정도 복구된 대장간을 헐값에 팔고 말 두필로 마차를 만들어 세간을 싣고 떠났다. 그렇지 않아도 눈에 밟히는 어머니가 계시는 고향을 향한 걸음이었다. 그렇게 란이 아비의 연길 생활도 끝났다.

고향에 돌아온 지 사 년쯤 되었을 때 어머니도 돌아가셨다. 장례를 마친 란이 아비는 동생 식구들까지 데리고 한양으로 가자고 했다. 원래는 원산이나 개성쯤에 자리를 잡을까도 했었지만, 아무래도 없는 것들은 그나마 한양으로 가야 먹을 게 생기는 법이었다. 북쪽이라면 치를 떨었던 란이 아비가 식솔들과 청계천변에 자리를 잡고 어찌어찌 시작한 일이 신발을 만드는 갖바치였다. 처음에는 대장간을 차리려고 대중을 해보았는데 땅값이며 이런저런 장비 값이며 당장의 밑천으로는 어림도 없었다. 게다가 몸이 완전하지 않았던 란이 어미가 장거리 여행으로 병이 나 의원을 다니며 약을 먹기 시작했기에 옆에서 봐주면서 할 직업을 찾아야 했던 터였다. 그렇게 서른댓을 넘어서 시작한 갖바치 일이 란이 아비의 평생 직업이 됐다.

처음엔 여러모로 서툴렀으나 이것 역시 타고난 눈썰미와 성실한 손놀림으로 손님이며 세간이며 하나둘 자리가 잡혀갔다. 란이 아비가 마흔쯤 됐을 때 란이 어미가 입덧을 했다. 늦은 나이고 몸도 약한 터라 란이 어미는 애를 떼려고 몰래 간장을 퍼먹기도 해보았으나 혹시나 외로울 남편을 위해서라도 낳기로 결심을 했다. 그러자 하루하루가 그렇게 애틋할 수가 없었다. 달이 찰수록 몸이 약한 란이 어미는 고생을 해야 했고 예정보다 달포나 빨리 란을 낳았다. 란은 작았지만 다행히 먹성도 좋아서 걱정했던 것보다는 토실토실 살이 올랐다. 그렇게 란이 여섯 살쯤 되었을 때 란이 어미는 운명을 달리하고 말았다. 아이를 낳고 기력을 차리는가 싶었는데 기어이 숨이 차는 가슴 병이 도져서 몇 달을 앓아누웠다가 이내 목숨을 잃고 말았다. 늘그막에 얻은 딸은 그 어린 나이에도 죽음이 뭔지 알기라도 하듯 슬피 울었다. 그 모습을 보면서 란이 아비는 억장이 무너지는 것 같았다. 이렇게 주검들이 앞장설 때마다 그것이 다 자신이 잘못 생각하고 자신이 잘못해서 생긴 일 같았기 때문이다.

이때부터 란은 부엌일은 물론 집안 청소 등 살림을 도맡아 했는데 어디서 배웠는지 그래 태어났는지 몇 계절이 바뀌기도 전에 아내의 부재를 알아채지 못할 정도였다. 그런 딸이었으니 어찌 애틋하지 않을 수 있겠는가. 그랬던 딸이 어느새 커서 이제 자기 곁을 떠날 때가 되었다는 것을 요 며칠 알아채었다. '이제 곧 집낭(시집 간 딸)이 되겠구나.' 그러고 보니 란의 얼굴에 생기가 돋고 꿀이 흐르는 듯했다. 어느 때보다 목소리는 높아졌고 어딘가 흥분한 것처럼 보였다. 기실 딸이 좋아하는 그 북이라는 녀석도 두어 번 어깨너머로 보아온 참이었다. 다부지고 사내다운 점은 좋으나 조금 성마르게 보였다. 실제로 형제도 없고 부모도 다 돌아간 모양이었다. 직업도 그 좋은 산원을 그만두고 그림을 그린다니 영 마뜩치 않았다. 하지만 어쩔 것인가. 딸이 저리 좋아하는 것을. 란이 아비는 한숨을 길게 내쉬며 곰방대에 다시 불을 붙였다.

문화가 꽃피우다

임진, 병자 가혹한 양란을 거친 이후에도 백성들의 삶은 지난하였다. 가뭄이 돌면 백성들은 솔잎과 소나무 줄기, 칡뿌리, 메밀꽃이나 토란, 쑥, 아카시아 등으로 배를 채워야 했고 고구마, 피, 조, 기장, 메밀, 옥수수, 감자 따위의 구황 작물은 사시사철 요긴하였다. 전쟁 같은 직접적인 죽임은 없었지만 지독한 기근과 전염병이 돌았다. 그래도 다 사람이 겪고 헤쳐 나가야 하는 일이었다. 먹고살아야 하는 일이 여전히 목전에 닥친 시급한 것이었고, 사회는 점차 관념에서 현실로 눈을 돌리기 시작하였다.

제일 먼저 물건을 사고파는 시장의 성격이 달라지고 있었다. 당시 한양 도성 내에는 시전 상인들의 횡포가 극에 달하고 있었다. 시전은 일종의 상인 조합으로 싸전은 쌀을, 입전은 비단에 대한 판매 독점권을 갖는 식으로 특정 상품을 독점으로 팔 수 있는 권리가 부여되었고, 이는 대대로 세습되었다. 임진왜란이 끝난 후 집과 토지를 잃은 사람들이 먹고살 길을 찾아 서울로 몰려들었다. 당장 쌀이나 생필품을 시장에서 구입해야 했는데 이 가격이 저들 마음대로 형성되고 있었다. 물론 이 시전 외에 칠패(서울역 뒤)나 이현(광

장시장 부근) 등등에서도 장이 활발하게 서고 있었지만, 원칙적으로 이 물건들은 다 시전에서 구입한 것이라야 했다. 지방에서 서울로 물건을 팔러 온 상인이나 한양 근처에서 달걀 몇 개 팔기 위해 나선 사람 등 시장은 각종의 필요와 이해가 첨예하게 부딪쳤다. 그러니까 시전에서는 인삼이 필요한 사람이 베를 들고 나왔다면 먼저 포전에 들러 베를 돈으로 바꿔서 이 돈으로 인삼을 사야 한다는 것이었다. 쌀 팔아 비단을 산다는 말이 나오게 된 연유도 여기서 나온 것이다. 그런데 사람 사는 일이 어찌 원칙대로만 흘러갈 수 있겠는가. 때때로 서로의 물건이 필요한 사람끼리 교환을 하다가 시전 상인에게 걸리기라도 하면 반값도 안 되는 가격에 강매를 당하거나 아예 통째로 빼앗기는 일도 비일비재하였다.

그래서 많은 사람들이 드나들던 동대문이나 남대문 등 사대문 입구에서는 이들의 악다구니와 땅바닥에 쓰러져 우는 소리가 끊이질 않았다. 이 오래된 폐해를 알고 있는 조정에서도 먹고살기 위해 소규모 물건을 사고파는 것에 대해서는 단속하지 말라고 해도 소용이 없었다. 아마도 시전 상인들이 단속 관청이나 관리들에게 또 그만한 입막음을 하지 않았겠나 하고 혀를 차면 그만이었다. 기실 이런 금난전권의 특전을 시전 상인에게 준 것은 그들이 조정에 상당한 돈을 지급했기 때문이었다. 이전에는 공랑세와 좌고세라고 하여 일종의 상가 대여료와 영업세 성격을 띤 세금을 내던 차였으니 그럴 만했다. 조정에서는 폐단을 줄인다고 이런 세금을 없애나간다고 했지만 사신 접대와 국가 제례, 궁궐 수리 등 여전히 돈이 필요한 곳은 많았다. 이런 소용의 대부분이 시전을 통해 메워졌으니 이런 수탈적 성격의 폐해가 있었음에도 어쩔 도리가 없었다.

여기에 공인(貢人)이라 하여 정부로부터 일정한 공가(貢價)를 받아 관청에 필요한 물품을 파는 신흥 부류들도 나타났다. 일종의 조달 기능을 하는 이들은 토산물 대신에 쌀과 포, 돈을 세금으로 납부하게 된 대동법 실시 이후 체계적으로 육성된 집단으로 훗날 시전과 함께 조선조 상인의 주축을 이룰 정도로 빠르게 성장하였으나 그 폐단도 만만치 않았다. 그럼에도 불구하고 시대는 변하고 있었다. 물자는 풍부해지고 이익을 찾아내는 방법들은 보다 적극적이고 다양하게 변하고 있었다. 기존 한양 도성에서 벌어지는 시전의 규모보다 더 큰 상권이 형성되고 있었는데 그만큼 나라 전체의 생산성이 통제 불가능할 정도였다. 이는 바로 개성상인들을 위시한 전국 각지의 사상(私商)의 출현이었다. 함경도나 강원도 쪽에서는 의정부, 포천 등에 장이 섰고, 전라도, 충청도, 경상도 삼도에서 올라오는 물자는 송파, 마포, 뚝섬 등의 길목마다 대규모의 장이 서서 여기서도 막대한 세금 성격의 돈이 들어왔다. 이제는 굳이 금난전권을 내세워 백성들의 자유로운 교역을 막을 명분도 이유도 없어지고 있었다.

바야흐로 한양은 도성 안팎에서 이른바 새로운 돈과 조직이 출현하는 변화의 시기를 맞고 있었고 이는 또 사회 전 분야에서 막다른 시대를 열어주고 있었다. 이웃의 대국인 청나라는 옹정제의 명민한 치세로 탄탄한 국방과 정치조직, 융성한 경제와 도도한 문화를 그 주변에 떨치고 있었다. 젊은 임금 영조는 소론과 노론간의 힘겨루기 사이에서 간신히 즉위하여 주위의 걱정에도 탕평책 등 국가의 명분을 내세우며 짧은 시간이었음에도 임금의 권위를 높여갔다. 당시 영조가 어진 임금으로의 소임을 다하고 있었음은 소소하지만 세심한 왕의 결정들이 신하들과 백성들에게 잘 먹혀들고 있었다는 점으로도 알 수 있다. (『조선왕조실록』에는 "병조 정랑 정형복, 전 정랑 김상익을 파견해 제도에 기민구제를 살피게 하다. 해주의 곡식 수송에 부정을 저지른 타공 정수강을 용산 강변에서 주살하다. 서북의 무사로 활 잘 쏘고 용감한 자 2,3인을 선발하여 아뢰라고 전교하다. 진휼청에서 진구를 마친 뒤 떠돌며 빌어먹는 자에게 설죽하게 하다. 활인서의 구료를 독려하고, 감선으로 진휼에 성심을 기울이는 뜻을 전교하다. 충청 어사 김상익이 입본(立本)하여 이식을 취하는 폐단을 아뢰다." 등을 빼곡하게 기록하고 있다.) 노론이 세운 임금이지만 젊은 영조는 정사를 펼치는 데 있어 부드럽고 단호하고 기민하였다. 이렇게 나라 전체는 서서히 새로운 문화가 피어날 만한 토양이 만들어지고 있었다. 이러한 사회 분위기는 그대로 글을 쓰고 그림을 그리는 이들에게도 전해지고 있었다.

사대문 안이고 밖이고 간에 중국에 의존했던 글씨며 그림이며 사대부 문화를 이참에 조선 것으로 바꿔보자는 기운이 돌았다. 명(明)이 망하고 청(靑)이 들어서자 이제 "조선이 중화다"라는 이 나라 기득권층의 완고하고도 왜곡된 자부심과 뒤섞이며 희한한 분위기가 연출되고 있었다. 그러던 어느 날 주막에서 이광사가 문득 북에게 그러는 것이었다.

"자네 김생이라고 아는가? 옛날 신라 시대에 유명한 선비로 글씨가 좋았었는데 재미있는 이야기가 있다네. 고려 때 김생의 필법을 이어받은 홍관이라는 서예가가 진봉사(進奉使, 중국 황제에게 공물을 바치려고 파견한 사신)의 일원으로 송나라를 방문했을 때의 일이라네. 빈관에 머물고 있던 홍관을 찾은 이들이 있었는데, 그들은 송나라의 내로라하는 문인학사들이었다네. 홍관이 김생의 글씨를 꺼내 그들에게 보여주자 그들은 이구동성으로 왕희지의 진적을 보게 될 줄 몰랐다며 감탄사를 연발했다네. 홍관이 손사래를 치며 왕희지가 아니라 신라의 김생이란 사람이 쓴 것이라 하니 그들은 거짓말하지 말라고, 말도 안 된다며 자칫 싸움이 벌어질 뻔 했다지 않은가. 그러다 낙관과 제작방식 등 족자를 자세히 살펴보고 나서야 왕희지의 것이 아님을 인정했고, 그제야 김생을 일러 '해동의 글씨 성인'이라고 '해동서성(海東書聖)'이라고 추앙을 한 일이 있었다네. 그런데 말이야. 그렇게 글씨가 좋았던 김생도 한미한 집안에서 태어났다고 들었네. 허니 자네도 신세타령 말고 열심히 그리시게."

광사는 북의 어깨를 두드리고는 술잔을 한입에 털어 넣었다. 친구를 하기로 했지만 실제로는 일곱 살이 많았으니 북은 아직도 그가 어려웠다. 게다가 하는 말과 행동거지 모두가 형 같은 의젓한 풍모였다. 여기에 비록 지금은 쇠락해가고는 있었으나 정승 판서 출신이 즐비한 명문가 집안이었고 그 역시 작으나마 벼슬을 지내기도 한 터였다. 아무리 생각해도 자기와 친구가 되기엔 과분하였다. 하지만 이광사는 털털 웃을 뿐이었다.

"그 김생을 우리나라 글씨의 원조로 삼아야 마땅하지만 안타깝게도 고려 때는 왕희지의 행서(行書)나 구양순(歐陽詢)의 해서(楷書)가 주류를 이루었고 조선 초기가 되어서야 나름 우리 글씨라고 할 조맹부의 송설체(松雪體)나 한호(韓濩)의 석봉체가 자리를 잡았던 것인데 그것도 이제 싫증이 났는지 요새는 다시 왕희지체로 되돌아가는 현실이니 참으로 한심한 일일세."

이광사는 쩝 하고 입을 다시며 다시 한 잔을 시원하게 비웠다. 소론인 광사의 집안은 영조대에 들어서면서 노론과 힘겨루기를 하고 있어 하루하루가 벼랑 끝에 있는 느낌이었다. 그래서인지 광사의 얼굴은 어딘가 시름이 묻어 있는 표정이었다. 멍하니 앉아 있던 북은 앞에 태산처럼 앉아 있는 광사를 보면서 추켜세우듯 말했다.

"아, 우리에게는 천하의 이광사가 있지 않은가. 자네야말로 자네만의 글씨를 쓰고 있으니 이제 곧 조선의 묵객들이 다 자네의 글씨를 따라 쓸 것이고 장차로 중국의 묵객들도 자네 글씨에 찬사를 보낼 걸세."

북으로서는 좀체 하지 않던 입바른 소리였지만 광사는 의외로 냉담하였다.

"아무리 그래도 왕희지가 언제 적 사람이고 언제 적 글씨인가. 나라가 다르고 시대가 바뀌었는데도 그리로 몰려가는 일은 보기에 좋지가 않다는 말씀일세. 하기야 나도 붓을 처음 대할 때는 그랬으니 할 말은 없네만. 이런 면에서 얼마 전 장안에 화제가 됐다는 『필법(筆法)』이 아주 고약하다는 말일세. 글씨를 쓰는 이러이러한 여러 가지 방법만 알려주면 될 일이지 왜 유독 그의 글씨를 정통으로 삼느냐 이 말이지. 무슨 왕희지 귀신이 쓰인 먹물들을 들이마신 것도 아니고…."

이광사는 젊은 나이임에도 이미 자신의 글씨를 만들어가고 있었고, 왕희지를 비롯하여 고대의 글씨를 모두 섭렵한 그였지만 결코 만족할 수 없었다. 명망가 집안의 후예로 선대가 나름의 글씨로 그 명성이 사해에 떨치고 있었으나 자신만의 온전한 글씨를 만들지 못한 것에 대한 자책과 안타까움이 컸다. 붓을 들고 글씨를 쓴다는 것은 일단 그 자체로 왕희지를 벗어날 수는 없게 된 시대이기는 했다. 그렇지만 이제 그런 모사가 마음에 들지 않았고, 자신만의 글씨를 쓰고 싶다는 강한 열망에 잡혀 있었다. 또한 가학(家學)으로 배운 양명학 공부도 그에게 적지 않은 영향을 끼쳤다. 자신의 생각을 세워 실천하는 주체성의 학문이 광사가 생각하는 양명학이었다. 지금은 노론 쪽의 견제로 피지 못하고 있지만 언젠가는 이 배움이 학문의 본령에 설 것이라는 생각으로 남들 모르게 익히고 있었다.

어쨌든 글씨의 교본이라고 할 『필법』은 작품의 이론적 토대와 품평을 통해 조선 후기의 문사들에게 많은 영향을 주고 있었다. 북도 광사가 건네준 이 책을 읽고 깨우친 바가 적지 않았다. 그렇지만 글씨는 북의 주요 관심 분야가 아니었다. 그럼에도 불구하고 글씨는 묘한 즐거움을 주었다. 한자 자체가 형상을 반영하여 하나의 의미체계로 발전한 것인 데다가 제법 상상력을 동원해야 하는 시적인 부분도 있고 반전의 글씨도 있었다. 산(山)과 해(日)와 밭(田) 등이 그 생긴 형상을 따라 만들어졌다면 귀머거리를 뜻하는 농(聾)은 용(龍)과 귀(耳)를 결합시켜 신출귀몰한 용이 들었는지 못 들었는지 알 까닭도 이유도 없다는 비유를 결합시켰다고 할 것이다. 순할 순(順)은 기실 개천(川)에 머리(首)가 떠다니는 것으로 어찌 보면 공포 정치를 해야 백성이 순하게 말을 잘 듣는다는 것을 형상화한 것인가 하고 짐작할 뿐이었다. 이렇게 글씨가 함축적인 모양을 갖고 있는 것이니 그림은 당연히 이런 글자의 형상성에서 포괄되었을 거라고 막연히 생각할 뿐이었다. 고로 애초부터 글씨와 그림은 같은 뿌리를 둔 것들이었다. 다만 일정한 형식을 가진 형상을 통한 의미 전달이라는 원칙에 글씨가 조금 더 충실하였다고 볼 수 있었다.

그림도 그렇기는 하지만 글씨는 종이나 비단이 먹을 빨아들이는 속도가 빨라 한 번 쓰게 되면 수정하거나 첨삭하는 것이 불가능하다. 게다가 붓의 대나무 자루와 동물의 털로 이루어진 초가리 공간에 먹이 먹여지면 붓이 두툼해지며 예민하게 아래로 밀려들기 때문에 손이 떨리거나 멈칫하게 되면 바로 그 흠이 그대로 나타나게 된다. 그래서 붓을 한 번 잡으면 척추도 꼿꼿이 세우고, 붓도 꼿꼿이 세워 힘 있게 밀고 나가야 했다. 북은 이 팽팽하고 활달한 생동감이 좋았다. 붓이 미끄러져 나가는 속도감과 함께 풍기는 묵향은 세상의 어느 것보다 향기로워서 피부로 흡수되는 느낌이 들 정도였다. 글씨는 그 안에 고유한 형상과 기운을 담아야 하는 것이어야 했다. 형상이야 누구나 흉내를 낼 수 있는 것이라지만 그 안에 담긴 기운은 오로지 쓰는 이의 성정과 그것을 품는 생각의 깊이를 담는 그릇에 따라 달라지는 것이라 생각해왔다.
그렇다면, 그림이 이에 못하랴. 북에게 그림은 어릴 때부터 뭐랄까 운명처럼 느껴졌다. 아마 그림이 없었다면 북은 벌써 쓰러지고 말았으리라. 그림이 있어서 산중의 외로움을 이기고, 배고픔을 물리치고, 힘든 줄을 몰랐던 것이다. 그런 연유였을 것이다. 북에게 '그림은 이래야 한다, 또는 저래야 한다'는 등의 말들은 다 남의 다리를 긁는 것 같아 귀에 들어오지도 않았다. 북에게 있어 그림은 평가의 대상이 아니었다. 그림이 아니면 모든 게 의미 없는 삶 그 자체였다. 그러니 누구든 자기 그림에 대한 평가를 하려면 적어도 자기와 몇 날을 새워가며 얘기를 하고 서로 이해가 된 다음에야 논할 수 있을 것이라는 오만함에 젖기도 했다.

친구인 이광사가 해준 김생의 이야기가 아니더라도 그는 어릴 적 훈장에게 들은 홍세태에 대한 이야기를 기억하고 있었다. 북이 어머니와 아버지를 여의고 의기소침해 있을 때 어느 날 훈장 선생은 북을 불러다 먹을 갈게 하며 가만가만 얘기를 해주었다. 홍세태라는 시인에 대한 이야기였다. 이 홍세태는 어머니가 종이어서 천민이 되었는데 시를 잘 지었다고 했다. 당시가 숙종 때였는데, 이런 홍세태의 재주를 아깝게 여긴 권세가 김석주와 동평군 이항이 각기 은 100냥을 속량전으로 내놓아 노비 신분에서 벗어날 수 있게 해주었다고 했다. 당시 최고 권력자였던 청성군과 종실인 동평군에게 재능을 인정받았다는 것은 당시 사회의 관념상으로 보더라도 흔한 일이 아니었으니 홍세태는 이 둘을 아버지처럼 여겼다고 했다. 나중에 이항이 옥사로 인하여 처형되었을 때, 홍세태는 은혜에 보답하고자 손수 그의 시체를 염하였다고도 했다. 그리고 훗날 시적 역량이 더욱 숙성이 되어 숙종과 지금의 임금(영조)에게도 인정받는 시단의 기린아가 된 인물인데, 그림까지 잘 그려 여기저기에서 그의 그림을 원했다고도 했다. 그러면서 훈장님이 내린 결론은 '니도 열심 해라. 니가 그림이든 글씨든 몬할 끼 없다'는 것이었다.

이후 북은 글씨를 쓰거나 그림 그리는 패들만 아니라 문인들도 가끔 만나 떠들고 하였는데 나중에 알고 보니 스승에게 들었던 홍세태란 인물이 실로 대단한 데가 있었다. 양난이 끝나고 많은 부분에서 변화가 있었지만, 가장 자유롭고 열려 있어야 할 문학 분야에서도 '신분'은 여전히 모진 굴레로 작용하고 있었다. 그럼에도 당시에는 중인 이하의 평민과 천민들이 모여 시회를 여는 경우가 많았고, 이들은 서얼보다도 더 열악한 환경에서 문학을 해왔는데 세상에서는 이를 〈여항(閭巷) 문인〉이라 했다. 여항인은 '여염의 사람들, 벼슬을 하지 않는 일반 백성들'을 이르는데 이 여항 문인을 대표하는 자가 홍세태였다. 천출이었지만 한 시대를 주름잡을 만큼 시를 잘 지었다. 이 명성으로 통신사의 일원으로 일본에도 다녀왔고 미관이나마 관직도 얻었다. 이는 사회적으로도 영향을 미쳐 서민들이 책을 읽고 글을 쓰는 유행의 계기가 되기도 했다. 그는 그동안 사대부들이 독점해왔던 시단에 돌팔매를 놓고 싶었다. 상놈, 천출에도 훌륭한 시인들이 건재하고 양반, 상놈의 씨앗이 따로 있지 않다는 것을 알리고 싶어 했다. 이런 그를 인정한 것은 당시 대제학이었던 김창협이었는데, 어느 날 홍세태를 불러 한 가지 제안을 하였다.
"우리나라 시 가운데 채집되어 간행된 것은 많으나, 여항의 시만은 빠져 없어지고 전하지 않으니 애석하다. 그대가 채집해보라."
이렇게 하여 홍세태는 시를 쓰고도 가난해서 책을 만들지 못하는 이들의 시를 모아 문집을 만들 수 있었다. 전국 각지를 돌며 시를 모으고, 시사(詩社)를 만들고 여항인(閭巷人)들의 시를 가려서 『해동유주(海東遺珠)』를 편찬하기에 이르렀다. 책 제목인 '해동유주'는 '동방에서 잃어버린 구슬'이란 의미와 함께 '동방에서 시선집(詩選集)을 낼 때에 빠뜨렸던 구슬'이란 의미도 된다. 빛도 이름도 없이 사라질 뻔했던 여항 시인들의 작품이 오로지 그 덕분에 후세에 전해지게 된 것이다. 그는 사후 자신의 문집 출간을 위해 베갯속에 은전 70냥을 모아 죽기 전에 부인에게 문집 원고를 건네며 간행해줄 것을 부탁하였는데 그가 죽은 지 6년 만에 『유하집(柳下集)』이 나왔다고 한다.

이게 그가 글을 짓네 시를 쓰네 하는 동료들에게 주워들은 이야기의 큰 얼개였다. 북은 '좋은 사람이 되려면 좋은 부인을 얻는 일도 시급한 사안일 거'란 다소 엉뚱한 농담을 날리며 애기를 들었지만, 결국 삶은 제가 가진 재주, 제가 가진 걸음으로 가는 것이란 생각이 더욱 굳건히 들었다. 북은 홍세태가 지은 「잡흥(雜興)」이라는 시에 존경의 마음을 올리고 바람벽에 붙여놓았다.

시골 밭가에 기르는 늙은 암말은 (田家有老牝)
애초 하늘의 망아지로 태어났으니 (生得天馬駒)
용의 갈기 오색 무늬 털을 지녔고 (龍鬐伍花文)
이 세상에 둘도 없는 신골이건만 (神骨世所無)

특이함을 볼 줄 모른 촌사람들이 (里閭不見異)

서로 빌려가서 섶 달구질 끌게 하니 (爭借駕柴車)

귀 늘어뜨려 소말 뒤를 쫓을 뿐이요 (垂耳逐羊牛)

종일토록 몇 리 남짓 오다닐 뿐이네 (終日數里餘)

장안에는 큰 길이 확 뚫려 있건마는 (長安有大道)

이 말은 시골에서 생을 마치게 됐네 (此馬終村墟)

세상을 향하다

몇 번을 산채에 들락거리던 란이 그날은 기어이 집으로 가지 않았다. 북의 회유와 겁박에도 요령부득이었다. 마치 불 맞은 황소처럼 버티던 란은 언제 준비했는지 개다리소반에 술과 나물, 돼지고기까지 한 상 차려왔다.

"사실 아부이한테 어쩌면 못 올 거라고 했어. 내려가다가 발목을 삐끗했다고 할 거니 넘 걱정 말라요."

란이 막걸리를 한 잔 가득 채웠다. 북은 에라 모르겠다 하는 마음으로 한입에 들이켰다. 마침 달도 떠올라 방 문살이 환했다. 소쩍새도 달빛이 서러운지 고요한 산등성이 너머에서 소쩍 소쩍 울음소리도 들렸다. 소쩍새 울음소리를 듣고 있자면 왠지 모르게 울적해졌다. 저쪽 산등성이에서 이쪽 산등성이로 이어지는 울음소리는 숲에 퍼져 나뭇잎을 스치고 달빛에 젖어 점점 더 낮게 확연해진다. 소쩍 소쩍 산중에 소쩍새 울고 그보다 먼 데서는 우구구 우구구 승냥이 우는 소리도 길게 이어지고 있었다.

"이봐요. 북."

술을 한잔하고는 란이 짐짓 목소리를 굵게 하고 북을 불렀다.

"이봐요. 북, 오늘 따라 왜 이리 말씀이 없으신가요?"

추순탁속(秋鶉啄粟)

다분히 장난기가 서린 어투였다. 그래도 북은 아무 말이 없었다.

"이봐요. 북, 이렇게 야심한 시간까지 같이 있으니 기분이 좋지만 사실 난 좀 떨려요. 목석처럼 거서 그러지 말고 이리와 어깨라도 두드려주시오."

북은 갑자기 목이 말라 밭은기침을 하고 술을 마셨다. 심장은 쿵쾅거리고 무슨 말을 해야 할지 몰랐다. 남녀가 바뀐 듯 오히려 란이 더 적극적이었다. 란이 북의 손을 잡아끌더니 자신의 가슴에 가져다 대는 것이었다.

"여기가 당신의 집이에요. 여기 이 가슴에 당신이 들어섰잖아요. 봐요. 앞으로도 당신은 이곳에 있을 거예요. 영원히."

북은 감동으로 얼굴이 달아올랐다. 끝이 없을 것 같은 푹신한 가슴에 손을 얹으니 얼굴도 모르겠는 엄마 생각이 났다. 엉겁결에 북의 손에 힘이 들어갔다.

"앗! 아파요. 천천히-"

란은 두 손으로 북의 얼굴을 잡고는 입술을 부딪쳤다.

"헛!"

순식간의 일이라 북은 소리도 못 지르고 놀랄 뿐이었다. 도톰한 란의 입술이 닿는 순간 북은 입술이 불에 덴 듯하였다. 어느새 란의 혀가 북의 입안으로 들어왔다. 입술에 붙은 불이 혀로 옮겨지고 목구멍을 타고 내려가서는 북의 오장육부를 태우고 마침내 북의 온몸을 태우는, 그것은 걷잡을 수 없는 불이었다. 북의 두툼한 손이 란의 저고리 끈을 급히 보챘다. 배추속보다 흰 젖가슴이 쏟아져 나왔다. 떨리는 북의 손을 란이 북의 허리띠로 이끌었다. 어느새 벌거벗은 두 사람, 불덩이 같은 알몸과 얼음 같은 알몸이 이불 위에서 뒤엉켰다. 구름에 가렸던 달빛이 창호지 문살을 헤집고 들어왔다. 박같이 하얀 란의 엉덩이가 불 위로 오르고 북의 붉게 달아오른 쇠뭉치 같은 허벅지가 내리누르면서 두 몸이 하나가 되어갔다. 북한산의 한갓진 곳에 자리 잡은 작은 오두막은 두 사람이 뱉어놓은 숨결과 감창소리로 폭발할 것처럼 뜨거워졌다. 달은 그 후로도 한참을 오두막 처소를 비추다가 이내 새벽의 푸른 어둠 속으로 기울어져 갔다.

뜻밖에도 란이 아비는 크게 괘념치 않았다. 내심 조마조마한 심정으로 청계천을 찾은 것인데 북이 갑자기 칙사라도 되는 분위기였다.

"둘이 좋다면 무슨 날을 보고 말 게 있는가. 분가를 해도 일 없으니 당장 날을 잡고 델고 가시게. 집도 멀지 않으니 오며가며 지내면 되지 않겠는가!"

마치 이날이 오기를 기다린 듯이 란이 아비는 흔쾌히 둘의 혼사를 허락하였다.

"아부이요. 분가라니요. 저는 죽을 때까지 아부이랑 같이 살 것인데 어찌 분가를 해서 따로 산다요. 당치도 않은 얘기는 하지 마셔요."

란이 입을 삐죽 내밀며 한소릴 하였다. 그렇거나 말거나 란이 아비는 기쁜 마음으로 점심을 먹으며 반주를 했다. 란이 어미가 생각났다. 그토록 고생을 하고도 그녀는 신랑만 보면 늘 웃음을 띠었다. 그래서 그는 한 번도 아내가 죽었다는 생각을 하지 않았다. '여보, 우리 란이가 어느새 제 짝을 찾았소. 손바닥이 솥뚜껑 같은 튼실한 놈이니 얼마나 미더운지 난 이제 죽어도 여한이 없을 것 같소. 곧 당신 곁으로 가리다.' 멀리 처마 아래에서 혼자 술을 마시는 아비를 보며 란이 눈시울을 붉혔다. 아비가 무슨 생각을 하고 누구와 얘기를 나누는지 알고 있기 때문이었다. 아비는 한때 저 먼 곳 드넓은 땅을 누비던 대륙의 사나이였으나 지금은 다만 한 여인에게 머물러 살고 있었다. 십여 년이 넘는 긴 세월동안 다른 여자는 쳐다보지도 않고 딸의 밥을 짓고, 머리를 빗기고, 옷감을 끊어 손수 옷을 만들어 입혔다. 어미의 역할을 오롯이 대신해온 것이었다. 옆에 싸움이 일어나도 누가 시비를 걸어도 묵묵부답이었다. 실제로 그에게 신발을 주문했다가 제대로 대금을 치루지 않은 양반들도 많았다. 그들은 의도적으로 갖바치들에게 싸움을 유도해 관아에 양반 능멸죄로 엮어 넣기가 일쑤였고 이 꼴을 중간 상인이나 보부상들이 보고 배우던 때였다. 당시 장인들은 노예의 신분을 겨우 벗은 하층민으로 쌀이나 포, 식사를 제공 받으며 몇 달씩을 관아에서 물건을 만들어내야 하기도 했다. 그런데 이것이 전적으로 관아 아전들 마음대로였다. 아전들은 이런 지위를 이용해 란이 아비에게 '피장(皮匠)이 점점 모자라 큰일'이라 협박을 하며 잘 만들어놓은 신발들을 갈취하기 일쑤였다. 당시 장인들은 그 기술의 숙련도가 아무리 높다 해도 관노비와 비슷한 처지에 있었기에 여차하면 피장이란 이름으로 일 년 내내 저들의 명령을 따르며 살 수도 있었다. 그야말로 약한 자들의 인생과 돈은 그야말로 먼저 본 자가 임자라는 세태였다. 하지만 란이 아비는 어쩌다 시비가 일어 누가 몇 대 때리기라도 하면 때리는 대로 산만 한 덩치를 바로 세우고 아무 대응을 하지 않으니 상대편이 질려 지레 움츠러들기 일쑤였다. 이런 일이 몇 번 반복되자 이젠 그 누구도 시비를 걸지 않았다. 그도 일체 세상사에 관심을 끊고 신발을 만들었다. 또한 말도 없었으니 도력 높은 수행자가 다른 데 있지 않았다. 북은 도봉산 쪽의 집에서 신접살림을 하려고 했으나 란은 아비의 곁에 있으면서 수발도 들어야 한다고 그냥 아비 집의 한 방에 살림을 차리자고 했다. 같이 살다가 그림을 그리고 싶으면 여기도 좋고, 산채에 가서 그려도 좋지 않겠느냐는 것이었다. 막상 달리 대답할 만한 것이 없기도 하고 란이랑 지낸다면야 어찌되든 괜찮다는 생각에 한집에 살게 되었다.

잔치라야 대단할 것도 없었다. 청계천변 너른 마당에서 란의 친척 동료 서넛과 이웃들, 그림과 먹을 같이하는 북의 친구, 동료들 열댓 명이 다였다. 그중 이광사와 시를 쓰는 이단전은 일찌감치 와서 술을 권커니 잣거니 하며 분위기를 돋웠다. 또 언제 어떻게 듣고 알았는지 폐사된 개성의 안화사(安和寺)를 중창하려고 애를 쓰고 있다는 소문이 돌던 단월도 와서 장삼을 벗어놓고 평복을 입은 채 껄껄 웃으며 술을 먹고 있었다. 몇몇은 마당 평상에 앉아 지필묵을 꺼내놓고 이래저래 풍경을 그리며 떠들썩하게 웃고 있었다. 잔치를 보러 온 몇몇 처녀들은 자신을 그려달라고 막걸리를 권하며 애교를 떨기도 하였다. 예법이라야 깨끗한 정화수 떠놓고 맞절하면 끝이었다. 음식으로는 돼지 넓적다리 두어 짝과 닭 댓 마리, 소 내장 몇 근이 준비돼 있었다. 인근 한강에서 잡아 온 물고기도 한 솥 잡혀 그 귀하다는 댕기지(고추)가루와 섞여 끓고 있었다. 북은 벌써부터 좀 부끄러웠는지 중간 중간 술을 한 대접씩 마신 탓에 얼굴이 붉게 달아올라 있었다. 그동안 양반가에 고질적으로 벌어졌던 가채 풍습이 왕의 명령으로 족두리를 쓰는 것으로 바뀌게 되었다. 어떻든 가채를 하더라도 꿈도 꾸지 못할 형편이지만 족두리삼아 꽃 화관을 쓴 란은 서기가 돌도록 아름다웠다.

“거 신부가 부끄러움이 없네. 봐하니 시집을 처음 가는 솜씨가 아닌데?”

“신랑은 볼이 빨갛구만. 뭔 생각을 하는 겨, 오늘 밤 죽어나는 겨?”

간단한 예식이 끝나고 너남 없이 둘러 앉아 신소리를 해대며 고기를 뜯고 술을 먹었다. 웃음소리가 동네 밖으로 터져 나가자 지나가던 사람들도 슬몃 끼어들어 목울대를 바쁘게 놀렸다.

"이봐 북, 이제 어엿한 가장이 됐으니 돈 되는 그림을 그려야지. 그래야 힘이 붙어 애도 쑥쑥 잘 날 거 아닌가?"

이광사의 농이 계속 이어졌다.

"그런데 첫날밤을 어찌 하는지 알고는 있나. 내가 시범을 보여줄까?"

이 말에 닭다리를 뜯던 단월이 한마디 거들었다.

"예끼 이 사람아, 저 산에서 둘이 몇 날 몇 밤을 연습했다지 않는가. 며칠씩 틀어박혀 요란을 떨어대 산짐승들이 다 도망을 갔다니 여북하겠는가. 껄껄껄."

단월의 농에 좌중에서는 웃음이 터졌다. 사람들이 일제히 허리를 꺾었고, 모른 척 새침하게 앉아 있던 란이 얼굴은 빨갛게 물들었다.

첫날밤은 그렇게 손님들을 접대하다가 술에 취한 채 지나가고 란은 벌써 일어나 술국을 준비하고 있었다. 전날 흐트러진 부엌과 찬장을 정리하느라 부산했지만 그걸로 그만이었다. 그 후 며칠을 이래저래 바삐 지내던 북은 남의 눈도 있고, 아무래도 산에서 자는 게 편하겠다는 생각으로 란에게 산의 거처를 다녀오자고 했다. 저잣거리의 번잡을 피해 산으로 돌아오자 북은 괜히 기분이 좋아졌다. 북이 길게 휘파람을 불자 거짓말처럼 멀리서 새가 날아와 거처하는 움막의 나뭇가지에 앉아 뭐라 뭐라 지저귀었다. 이를 지켜보던 란은 신기해 손을 흔들며 좋아했다. 한참을 비웠던 처소라 쌓인 먼지를 닦고 쓸고 온기도 덥혀야 했다. 북은 불쏘시개로 불을 붙인 다음 장작을 충분히 던져 넣었다. 란이 바리바리 싸갖고 온 찬에다 술을 한잔 하자 북은 새삼 가슴이 따뜻해졌다. 저녁나절 시끄럽게 울던 새도 지쳤는지 어둠 속에 잠잠해졌다.

"이보게 란, 난 오늘이 우리의 첫날밤 같으오!"

"서방님, 소녀 가슴이 떨려서 무어라 대답할 마음이 없으요. 그저 요 며칠이 꿈만 같아요."

란이 배시시 웃었다. 아마도 농이었으리라.

"그란데 대관절 내가 무어라 당신의 신랑이라 할 것이요. 이리 오시오."

북은 짐짓 딴전을 피우며 두 팔을 벌렸다.

"그렇다면 오늘은 먼저 잠자기 없음입니다."

란도 환하게 웃으며 안겨왔다. 북의 넓은 품속으로 마치 어린 새가 둥지에 깃들 듯 란의 작은 몸이 파르르 파고들었다. 산중의 따뜻한 구들 위로 란의 가슴에서 허리에서 푸릇한 창포 향이 번져왔다. 그렇게 또 한 번의 뜨거운 밤이 지났다.

혼인을 했다고 해서 크게 바뀐 것은 없었다. 오히려 본격적으로 나무를 해다 팔아야 했고, 갖바치 일터 청소도 하고 필요하다면 잔심부름도 해야 하는 등 번잡한 일이 늘었다. 게다가 새로 들인 사위라는 놈의 면상을 보기 위해 찾아오는 근동의 사람들에게 불려

다니며 거북살스런 인사를 해야 했다. 그래도 북은 좋았다. 더 이상 혼자가 아니라 곁에 와 닿는 살붙이의 느낌이 너무 좋았다. 천애고아 단독자였던 자가 오래전 잃어버렸던 형제자매를 다시 만난 느낌이었다. 북은 이적지 자기가 그토록 외로운 존재였음을 몰랐다고나 할까. 그렇게 반년 가까이 란과 옥신각신 싸우기도 하고 포복절도 웃고 지내다 보니 이제 다시는 혼자 살 자신이 없어졌다. 그림도 글씨도 멀리하고 이물이물 풀어져가는 시간이 두세 달쯤 더 지나던 어느 저녁, 소반에 주안상을 들고 란이 들어섰다.

"간만에 술이나 한잔 하며 이바구나 합시다."

"무얼 맨날 보는데 이래 새삼스레…."

마침 목이 마르던 북이 헛기침을 하며 상 앞에 앉으니 냉큼 주전자에 든 술을 한잔 가득 따르며 란이 배시시 웃었다.

"그래. 요즘 우리 낭군님은 살 만하신가요?"

"허, 나야 살 만하다말다. 이쁜 마누라가 이래 술도 따르니 어찌 안 그렇겠소."

북은 환하게 웃으며 기세 좋게 술을 한 번에 털어 넣었다. 란은 좀 전과는 다른 왠지 조금은 씁쓸한 미소를 지으며 또 한 잔 가득히 술을 따랐다.

"그런데 요즘 내가 알던 북은 어디가고 내 앞에 웬 시정잡배가 앉아 있는 것이요?"

갑작스런 말에 숨이 턱 막힌 북이 멍하니 란을 바라보았다.

"이적지 내가 알던 낭군은 태산(泰山)처럼 우람하고 크고 굵은 사내였는데 어찌 이리 아녀자처럼 변한 것이오. 지금 내 앞의 사내가 붓으로 산을 만들고 붓으로 천하를 호령한다던 그 사내가 맞기는 맞소?"

란의 말이 칼이 되어 북의 가슴을 후벼 팠다.

"우리 아비도 이럴 바에는 다시 산채로 가서 붓을 잡으라 하시었소. 당신이 마당을 쓸고 장작을 내다파는 모습이 보기 싫다고 하시었소."

북은 몽둥이로 세차게 얻어맞는 느낌이었다. 물론 다시금 바깥으로 내쫓기는 그런 느낌은 아니었다. '그랬구나. 양반의 나라 조선에서 중인 신분으로 태어나 개돼지나 다름없는 취급을 받는 울분을 붓으로 삭히고, 붓으로 터뜨리자고 다짐했던 나 아닌가.' 북은 침통한 얼굴로 술을 한잔 들이키고는 단호하게 말을 했다.

"내 다시 산으로 올라가겠소. 가서 목표한 성과가 나올 때까지 내려오지 않을 작정이오. 당신도 내가 오라 하기 전에는 여기서 장인 어른을 도와드리고 올라오지 마시오."

그날로 짐을 싼 북은 다시 산을 올랐다.

'내가 대나무이고 내가 바위다.' 술을 한잔 했는지 아니면 힘이 다 했는지 북이 붓을 들고 휘청거리며 화선지 위에 서서 중얼거렸다. 봉두난발에 수염이 텁수룩한데 얼굴은 물론이고 배와 다리에도 먹이 묻은 몰골은 가히 우스꽝스러웠다. 부엌 부강지에는 온기가 하나도 없었고 산막의 천장과 벽면에도 먹 자국이 튀어 있어 볼만하였다. 북은 벌써 사흘째 곡기도 끊은 채 먹칠갑을 하고 있었다. 사생결단 대나무 안에 자신을 집어넣고, 자신의 붓 속에 바위를 들여놓기 위해 안간힘을 쓰고 있었다. 기실 북은 넉 달 전 산채에 들어 이렇게 미친 듯 그리다가 쓰러져 기절하듯 잠이 들었다 깨서 다시 그리기 벌써 몇 번째였다. 어찌 대상을 형상화해야 내 맘이 다 온전하게 흡수되는가. 그야말로 콧구멍 없는 소가 느끼는 답답함에 눈앞이 캄캄했던 것이다. 그러다가 어느 날 조심스레 자신을 부르는 소리를 듣고 문을 열었다. 그러자 거기에는 30대 후반의 머슴으로 보이는 사내가 "최북이 맞소? 옜소. 심부름을 왔소." 하며 간찰을 내미는 것이었다. 이광사가 산으로 사람을 보낸 것이다. 내용인즉, 긴히 할 얘기가 있으니 내일 도화서 근처에서 보자는 것이었다. 간찰의 쓰인 글씨를 보면서 최북은 그만 봉당에 쓰러질 듯 앉아 하늘을 보고 한숨을 내쉬었다. 이광사의 글씨는 언제 어디서 보아도 찰졌다. 방금 쪄낸 찹쌀 알갱이처럼 윤기가 흘렀고, 윤기에 더해 호방한 기세와 정밀한 밀도가 느껴졌다. '난 아마도 죽을 때까지 써도 이런 글씨는 못 쓸 것이야. 타고난 기재 이광사, 이 친구의 재주를 어찌해야 할지…' 북은 흩어진 지필묵을 정리하고 기왕 방청소도 하고 얼마 남지 않은 쌀을 몽땅 씻어 안쳐 밥을 했다. 그러잖아도 좀이 쑤시던 차였고, 목이 마르던 차였다. 이튿날 일찍 밥을 먹은 북은 그동안 그린 자신의 그림 몇 점을 들고 산을 내려갔다. 허랑한 걸음이 흔들린 듯했지만 가벼웠다. 내심으로는 '란도 살짝 보고 오리라' 생각을 했던 것이다.

도화서 근처, 주막도 아니고 그렇다고 여염집도 아닌 곳에 있는 그들만의 안가(安家)가 있었다. 어느 날 광사는 이곳을 미욱재(未旭齋)라고 이름을 지었다. 이룬 것보다 이뤄야 할 일이 많은 젊은 날이었다. 먼저 와 자리에 있던 광사가 북을 보며 농을 했다.

"아니 장개든 지가 언제인데 벌써 소박을 맞았나. 이 꼴이 다 무언가. 껄껄껄."

광사는 명문가의 조신한 부인을 얻어 벌써 아들 둘을 두고 있었다. 어디서 북의 고군분투 소문을 들었는지 씩 웃었다.

"그나저나 이번 사맹삭(四孟朔)에 화원 취재(取才)가 있다네. 시간 더 보내지 말고 시험을 치르는 게 어떻겠나?"

"이번 4월 보름인가 있다는 그거 얘기인가?"

"그렇다네. 뭐 도화서도 이제 장씨 집안물림이 심해져서 이래저래 시끄럽지만 그래도 이쯤해서 화원 신분이라도 꿰차야 나중에 함께 청나라 유리창(琉璃廠) 구경도 가보고 그러지 않겠는가. 껄껄껄."

광사는 앞에 놓인 소주를 반쯤 먹고 왼손으로 수염을 쓸었다. 자리가 자리인지라 광사가 비싼 술과 안주를 내놓은 터였다. 아직 해가 허리쯤을 비추는 낮이었고 북은 광사의 제안을 받고도 아무런 생각이 들지 않았다.
"아직 내 그림이라고 할 만한 게 없는데 시험이 무슨 소용인가?"
북은 나지막이 속맘을 털어놓았다. 그러자 광사가 북의 빈 술잔에 술을 가득 부으며 북의 어깨를 가볍게 두드렸다.
"이보게 친구, 나는 누구보다도 자네의 재주를 봐왔다네. 내가 열쳤다고 재주도 열정도 없는 이를 친구라 하겠는가. 자네는 이미 차고 넘치네. 이제 그 증명일랑은 그만하고 강호로 나가세. 나가서 당당하게 한 사람의 예인으로서 자네의 이름을 높이 세웠으면 하는 바람이라네."
광사의 말은 느릿했지만 묵직하고 힘이 있었다. 광사가 북을 얼마나 신뢰하는지 그 느낌이 북에게 고스란히 전해졌다. 이에 잠시 생각에 잠겼던 북이 입을 열었다.
"알았네. 알았으니 이번 술은 자네가 사고, 취재에 성공하면 내가 사기로 하세나. 허허허."
그러자 광사의 얼굴도 환해졌다.
"잘 생각했네, 이 사람아. 참 잘했네. 하하하."
이른 봄이라 벌써 식어가는 골목길에 두 사람의 웃음소리가 가득 채워졌다. 다정한 둘의 웃음소리가 길을 낸 골목으로 이광사를 떠밀 듯 먼저 보내고, 북은 맞바로 란을 보러 갈까 아니면 가는 길에 단골집에 들러 한잔 더 하고 갈까 잠시 머뭇했다. 그러다 필방을 들러 붓을 좀 살펴봐야겠다는 생각이 들었다.

가끔 들르곤 하던 필방에서 주인장과 얘기를 나누던 북은 이내 단골 주막에 들러야 했다. 뜻밖에도 필방에서 조지서(造紙署)를 다니는 이희용을 만났기 때문이다. 희용은 긴히 할 말이 있다며 그곳으로 오라고 하였다. 종이는 무엇보다 긴요했기 때문에 몇 차례 희용을 만나 쪼가리 종이를 얻기도 하고 술도 마시며 종이 만드는 이야기를 재미있게 들었던 터였다. 종이를 만들고 있지만 희용의 인품이 좋아 가끔 광사와도 함께 자리를 하던 스스럼없는 사이이기도 했다.

종이 만들기는 보통 1년생 닥나무를 베어서 삶는 것으로 시작되는데 커다란 가마솥에 종일 불을 때면 증기가 가득 피어오르고 생닥나무의 냄새가 엄청 독하다. 그렇다고 대충 찌지도 못하는 것이, 어떻게 찌느냐에 따라 종이의 질이 결정되는 것이라 숙련된 기술이 필요했다. 거적을 덮어 최대한 열손실이 없게 하는 것도 일이었다. 이렇게 찐 닥나무 껍질(楮皮)을 찬물에 담가 헹군 후 껍질을 벗기는 것이 흑피(黑皮)를 추출하는 과정이다. 이 껍질을 맑은 물에 담그고 발로 밟아 검은색을 빼는 과정이 이어지는데 이를 백피(白皮)라 한다. 여기에 메밀을 태워 재를 만들고 체로 걸러 잿물을 만들어 백피 50근에 잿물 3근을 섞어 다시 삶아 섬유 분을 골라낸다. 이것을 건져 노 같은 장대로 빨래방망이 두들기듯 찧고 빻아서 또 닥풀을 섞어 이리저리 저어서 한 발 한 발 떠내어 말리는 과정을 거친다. 그렇게 불린 닥나무 껍질을 이미 마른 종이에 겹겹이 대고 나중에 떨어지기 좋게 무명실을 그 켜 사이마다 집어넣고 그 위에 또 몇 겹을 반복해 쌓아 올린다. 백 장 정도 되면 판 위에 놓고 그 위에 평평한 널빤지를 올리고 큰 돌을 얹어 아래위로 고르게 습기가 스며들게 만들어야 한다. 이것을 망치로 이삼백 번 두드리고 또 종이를 마른 것과 습기가 있는 것을 섞어서 겹쳐 쌓아놓는다. 이런 과정을 몇 번이고 되풀이해야 하는 것이니 성질 급한 북으로서는 죽었다 깨어도 못할 일이었다.

주막을 들어서니 아직 이른 저녁이라 자리도 많았건만 희용이 외떨어진 멍석에 혼자 앉아 막걸리를 마시고 있었다.

"아니 어쩐 일로 자네가 나를 다 보자는 겐가?"

"어서 앉게나. 그래 그림은 잘 그려지는가?"

"그깟 놈의 그림이야 뭐 매양 그럭저럭이네만 무슨 일이 있으신가?"

"음~ 내가 요사이 아주 죽을 맛이네. 딴 게 아니고 공장 얘기네만, 조지서를 관리하는 박기만이라는 이를 내가 얘기했던가?"

"아니 처음 들어보는 작자인데, 근데 그자가 왜?"

"아 글쎄 이자가 박태진이라는 아버지 빽으로 벼슬을 시작한 자인데 조지서를 관리하게 되면서부터 종이를 조금씩 훔친 것이네. 자기네 집에서 쓸 거 조금 갖고 가는 거야 뭐 그럴 수 있겠는데…. 이제는 아예 내다팔아 용돈을 만들어 쓴다 이 말일세."

"아니 뭐 그따위 놈이 다 있는가."

"그래 내가 보다보다 한마디했지 뭔가. 분기마다 재료분과 종이 생산량이 기록되는데 이래서는 우리가 죽어납니다. 하고 말이야."

희용은 서둘러 막걸리를 잔에 따라 벌컥 마셨다.

"그랬더니 이 작자가 하는 말이 가관이야. '너희들이 그동안 빼먹은 거보다는 적으니 된 거 아니냐' 오히려 큰소리를 치더란 말이지. '내가 그동안 네놈들이 빼돌린 걸 모른 척할 터이니 그냥 국으로 조용이 있으라. 모난 돌이 정 맞는 법이야' 하면서 눈까지 부라리더라고."

희용은 아직도 그때를 생각하면 억울한지 부르르 떨었다.

"이보게, 자네도 알겠지만 여기가 어디 종이 한 장 쉽게 빼먹을 정도로 그리 허술한 곳인가? 그래서 앞으로는 생산대장에 매일 생산량과 재고 분량을 정확히 적어 넣겠다, 잘못하면 감사 때 나만 신세 망치는 수가 있다, 그리 말하고는 에라 모르겠다, 조퇴를 내고 나와버린 게 아니겠나."

"아니 이 사람아. 자네한테 어떤 불이익이 올지도 모르는데 괜찮겠나? 쯧쯧."

북은 힘을 내라는 듯 희용의 어깨를 가볍게 툭툭 쳐줬다.

"에이 드런 놈의 세상, 오늘 하루는 술이나 먹을 생각이네. 돈은 내가 낼 터이니 우리 오랜만에 코가 삐뚤어지게 마셔보세나. 허허허."

단골집이라 주모가 둘이 나누는 이야기를 들었는지 간밤에 강에서 잡았다며 피라미와 불거지, 미꾸라지가 든 매운탕 한 보시기를 내주니 분위기는 금방 활력을 찾았다.

"이보게, 어차피 그리되었으니 어쩌겠나. 그런 얘긴 치워버리고 종이 얘기나 들려주게. 중국에서 만드는 종이는 어떤가? 우리 것보다 좋은가?"

"그러세. 그깟 것 될 대로 되라지. 중국이 얼마나 큰 나라인가. 사람도 많고 그러니 중국은 하도 쓰이는 데가 많아서 그 생산량이 엄청나다네. 말에다 큰 맷돌을 걸어 닥나무 껍질을 갈아서 만든다는 소리까지 들었네. 그러다 보니 종이 조직이 고르지 못하고 쉬 찢어지기도 하고 두께도 들쑥날쑥하기 십상이라네."

"그럼 우리 것이 좋다는 얘기인가?"

"무조건 그런 건 아닐세. 중국에서 만드는 최고급의 종이는 우리 것이 상대가 안 될 정도로 우수하지만 보통 만들어지는 종이는 우리 것이 훨 좋다네. 우선은 손으로 직접 작업을 하니 잔털이 많아서로 잡아줘서 잘 찢어지지 않는다네. 종이라는 게 재질, 만드는 방법에 따라 여러 가지가 있다네. 고정지(藁精紙), 유엽지(柳葉紙), 유목지(柳木紙), 의이지(薏苡紙), 순왜지(純倭紙)…."

"아, 그만하시게. 자네는 곧 지장(紙匠)이 돼야 할 사람임세."

북이 희용을 치켜세우자, 희용이 빙긋이 미소를 지으며 '지장은 고사하고 내 생명에 지장이나 없었으면 좋겠네.' 하고 맞장구를 쳤다. 두 사람은 시간 가는 줄도 모르고 서로 술잔을 부딪치고 주거니 받거니 하며 이야기꽃을 피웠다.

앞서도 잠깐 얘기했지만 종이 만드는 일이 보통 힘든 일이 아니어서 나라에서도 세검정 부근에 조지서라는 관청을 만들고 종이 만드는 사람들을 지장으로 분류하여 적지 않은 봉급을 지급하며 특별 관리하고 있었다. 이렇게 만들어진 종이의 상당량은 중국에 조공으로 바쳐왔으며, 조선 후반으로 갈수록 그 소비가 기하급수적으로 늘어나 그야말로 눈코 뜰 새 없이 바쁘게 일해야 했다.

희용은 조지서에서 일한 지 내년이면 십 년이 된다고 했다. 십 년쯤 지나야 비로소 지장이 되어 봉급을 제대로 받게 된다고 환하게 웃던 때가 엊그제였다. 종이 만드는 얘기를 하다 보니 자연스레 책 만드는 장인 이야기가 이어졌다. 책 만드는 것도 관에서 만드는 것과 일반 시장에서 만드는 것으로 나뉘는데 특히 관에서 만드는 것은 제품과 작업에 대한 규제가 엄격했다.

"그 왜, 책 만드는 박종인이 있잖은가. 그가 글쎄 곤장 30대를 맞고 집에 누워 있다지 뭔가."

"아니 무슨 일이 있었길래 30대씩이나?"

북이 놀라 먹던 술에 사레가 걸린 듯 몇 번 기침을 했다.

"글쎄, 일본으로 보내는 자문(咨文)의 문서에 글자 한 자를 빠트렸다지 뭔가."

"그건 감독자의 잘못도 있지 않은가. 왜 꼭 장인들만 그 꼴을 당하는 건가."

"그래도 그만하면 다행이지 뭔가. 고약한 상급자를 만나면 곤장 80대까지도 맞을 수 있다니 말일세. 세상 참."

"아니 눈 두 개 달린 건 똑같은데 어떤 놈은 곤장을 맞고 어떤 놈은 곤장을 때리니 이게 무슨 꼴인가?"

둘은 아무 말도 없이 잔을 부딪쳤다.

당시에 물건을 만드는 장인들을 괴롭히는 절차는 다양하고도 교묘했다. 재료를 빼돌릴까 원료 구입을 통제하는 것으로도 모자라 물건의 규격품을 만들어 이와 똑같이 만들어야 했다. 물건을 만드는 사람들은 물건 만드는 재미를 느껴야 하는데 이런저런 통제가 해도 너무할 만큼 심했다. 장인들은 점점 일이 지루해졌고 그만큼 물건의 질도 떨어지게 되었다. 그러자 관에서 생각해낸 것이 물건을 만들면 그것을 만든 장인의 이름을 새겨 넣게 하는 것이었다. 물건에 하자가 보이면 바로 치도곤을 당할 판이니 울며 겨자 먹는 식으로 장인들의 고생은 이만저만이 아니었다. 이를 견디지 못하고 도망가서 유민이 되는 경우도 있었으나 대부분은 묵묵히 순종을 하며 아전이나 관료의 눈에 들기 위해 노역을 감내하고 있었다. 게다가 모난 것이 정 맞는다고 조금만 재주가 뛰어나다고 소문이 나면 관아나 양반들이 마음대로 불러 노비처럼 부리고는 마땅한 대우를 하지 않으니 자연 장인들은 자신의 솜씨가 외부로 알려질까 오히려 두려워하는 지경에 이르렀다.

"장인들이 자신의 빼어난 기술이 알려질까 겁을 내는 세상이라니 말 다했지 뭔가. 이런 사람들이 없으면 자기네들이 제대로 된 옷을 입을 수나 있나, 밥을 먹을 수나 있나 말일세. 왜 양반들은 이런 기술을 천하게 보고 마음대로 하려고 하는지…."

둘은 이런 얘기를 나누며 권커니 잣거니 마시고 있는데 갑자기 장정 두엇이 그들을 둘러쌌다. 행색이 양인은 아니고 논두렁 깡패쯤 돼 보였다. "어느 놈이 이희용인가? 박기만 대감이 보낸 선물을 주려고 왔네." 하며 희죽거렸다.

"무슨 말이오. 선물이고 뭐고 필요 없으니 다들 물러가시게."

이희용이 일어서는데 불문곡직, 한 사내가 묵직한 주먹을 희용의 안면에 가격하였다. 코를 붙들고 쓰러지던 희용이 발로 상대방의 배를 걷어찼다. 이에 북도 일어나 나머지 한 놈의 허리를 붙잡고 실랑이를 벌였다. 희용은 생각보다 빠르고 강했다. 어느새 준비했는지 몽둥이를 들고 설치는 두 놈을 삽시에 때려 눕혔다. 갑자기 벌어진 싸움이었으나 초저녁에 벌어진 일이었으니 다른 사람들은 보이질 않았고, 주모만 부엌에서 오글오글 떨며 내다보고 있었다. 굴신을 하고 쓰러진 한 놈의 멱살을 조이며 희용이 물었다.

"네 이놈들, 분명히 박기만이 시켜서 온 놈들이렸다. 그래 나를 찾아 흠씬 패주라고 했더냐?"

목이 쥐인 놈은 말도 못하고 고개만 끄덕였다. 아직도 분이 안 풀렸는지 희용이 다시 놈의 얼굴을 때리려 하자 북이 나서 말렸다.

"이보시게. 때리는 게 능사가 아닐 듯하네. 내게 생각이 있다네."

이에 희용이 놈들을 꿇어앉혀놓고 어찌해야 하나 하고 북을 쳐다보았다.

"네놈들이 여기서 죽을 때까지 맞겠느냐 아니면 이 길로 가서 이 희용이란 놈을 치도곤을 내주었다고 말하고 말겠느냐?"

북의 갑작스런 제안에 잠시 쭈뼛거리던 놈들은 손바닥을 비비며 고개를 끄덕였다.

"알겠습니다. 그리하지요. 대신 형씨들도 다른 데 말하면 안 됩니다."

"우릴 패는 값으로 얼마를 받았는지 모르겠으나 가서 그걸로 술이나 한잔들 하시게. 그리고 다시는 이런 지저분한 일은 하지 말고. 어여들 가게나."

북이 어여 가라며 손바닥을 훼훼 날리자 놈들은 꽁지가 빠지게 떠나갔다. 희용과 북은 손바닥을 한 번 마주치고는 이내 구겨진 옷을 바로잡았다.

"아니, 자네는 종이 만든다는 사람이 어째 이리 싸움을 잘하는 겐가?"

"그 망할 개종자가 하는 짓이 꼭 이따구구만. 그놈 애비가 거 뭐더라. 박태진이라는 놈도 악명이 자자하더니 꼭 저 같은 새끼를 낳았구만. 호로 새끼."

부엌에서 마음을 졸이며 이 난리를 지켜보던 주모가 어느새 쪼르르 달려왔다.

"이보시게들, 이제 얼른 집으로 가시게들. 있어 봐야 또 뭔 난리가 날지 모르네. 얼른 자리를 뜨시게들."

어차피 술자리 흥은 깨진 지 오래였다.

"기왕지사 다쳤다 하고 난 며칠 쉬어야겠네. 그래야 그 기만이란 놈이 고소해할 것 아닌가. 자네도 얼른 들어가시게. 이 일은 우리만 아는 일로 해야 하네."

"이거 간만에 만나 이 꼴이 뭐람. 하여튼 자네도 조심하시게. 앞으로 기만이란 놈과는 아예 상종도 마시게나."

북은 혀를 차면서 흩어진 짐 쪼가리를 들고는 부랴부랴 집으로 향했다.

화원을 선발하는 시험 과목은 당연히 그림 실기였다. 대나무(竹), 산수(山水), 인물(人物), 영모(翎毛, 날짐승이나 길짐승을 그린 그림), 화초(花草) 중 두 가지 과제를 그려 제출하면 되었다. 물론 그림마다 등급이 있어서 위에 순서대로 그림의 점수가 매겨진다. 그림이 심사원들의 마음에 들면 통(通), 보통이면 약(略)을 주는 식으로 점수를 먹이는 것이 상례였다. 대나무는 선비의 기상을 표현하는 것으로 일부에서는 대나무도 식물이니 화초에 합치자는 의견도 있었으나 대나무가 주는 압도적인 기상 때문에 무시되었다. 그만큼 조선은 유학이라는 가치체계가 일상의 모든 것에 스며 있었다. 화원이 되면 잡직으로 종6품까지 올라갈 수 있었으나 이 별제가 그들의 신분으로 닿을 수 있는 최고의 자리였다. 이들은 궁중에서 필요한 각종 그림 제작을 담당하였다. 왕의 초상인 어진(御眞)과 공신(功臣)들의 초상화, 중국과 일본 사신의 요청에 따른 그림을 제작하거나 의궤와 반차도(班次圖) 등 각종 기록화와 행사 때 필요한 물품 제작, 때로는 지도 제작에 투입되기도 하고 왕실의 의장물(儀仗物)을 만드는 등 오라는 데도 많고 하라는 일도 많았다. 미관말직이긴 해도 먹고사는 데는 걱정이 없을 정도는 되었으니 재주 있는 사람들이 선망하는 자리였다.

북으로서야 그림만 그리면 좋은 것인데 이렇게 관직에 나가는 시험까지 치러야 한다는 것이 내키지는 않았다. 하지만 북의 얘기를 들은 란과 장인이 너무 좋아하니 어쩌랴 될 대로 되라는 심사였다. 동문 밖에 시험 날이 공고되고 북은 지필묵 채비와 함께 그릴 소재를 연습하는 등 빈틈없이 준비해 나갔다. 그래도 술은 끊을 수 없어 란이 모르게 한두 되씩 먹고는 하였다. 시험 날이 되자 광사와 필재가 과장까지 나와 덕담을 나누었다.

"자네 너무 잘 그리지 말게나. 괜히 처음부터 너무 잘 그리면 선배 화원들 눈 밖에 나고 게다가 혼자 일만 많아지면 낭패이니 말일세."

과장에는 많은 사람들로 북적거렸다. 또 북의 응시 소식을 어찌 들었는지 그림쟁이 친구 서넛도 나와서 격려를 해주었다. 과장에 들어가야 할 시간이 되자 광사가 북의 손을 꼭 잡았다.

"조금 있다가 주막에서 한잔 하고 있을 터이니 쓱 긋고 빨리 내려오시게. 거 시간 걸릴 게 무언가?"

북은 아무 말 없이 씩 한번 웃어주고는 설레설레 과장으로 들어갔다. 그리고 반나절이 조금 지나 북이 제일 먼저 과장을 나왔고, 다음다음날 차석으로 합격했다는 방이 붙었다.

이것이 북이 스물여섯 살 때의 일이었다. 북이 차석을 한 이유가 나중에 밝혀졌는데, 북은 대나무나 산수를 그리지 않고 각각 메추라기와 게를 그려냈기 때문이었다. 공연히 점수 때문에 대나무를 그리고 있는 과생들을 보는 순간 욕지기가 나왔다고 했다. 그래서 그리려던 대나무를 과감하게 생략하고 그 옆에 게를 자세하게 그려 냈고, 그 그림의 파격적인 아름다움에 심사원들이 이구동성으로 그의 그림을 장원으로 밀었지만 일부 대신이 대나무와 게는 맞지 않는다고 극구 반대해 차석에 머물렀다는 것이다. 이 얘기를 목청껏 떠들며 몇 번이고 큰 대접에 술을 넘치게 따라 마시는 북을 보면서 사람들은 놀라기도 하고 혀를 끌끌 차기도 하였다.

도화서는 궁궐 내에 있지 않고 청계천 육조거리를 지나 광통교 부근에 있었다. 신입들은 처음 신고를 하기 위해 입궐을 했지만 평시에는 들어갈 일이 없었다. 왕실의 부름이 있거나 큰 행사가 있을 때, 선배 화원들이 들락거렸을 뿐 초임들은 먼저 그려진 도록들을 훑어보고 모사하는 일이 업무의 전부였다. 곧 일이 많아질 거라고 했지만 북은 영 일이 마뜩잖았다. 무엇보다 양반들이 그림을 대하는 태도가 싫었다. 자기들이 아쉬워 부탁할 때면 이것을 그려달라 저것을 그려달라 이렇게 그려달라 저렇게 그려달라 은근을 떨다가도 평소에는 그림을 한갓 잡기(雜技)로 여기기 일쑤였다. 화원 최고래 봤자 6급 별제에 머물러 있으니 이래서야 목숨을 걸고 그리는 것이 우습게 돼버리고 마는 게 아닌가. 한 두어 달 도화서로 출근하던 북은 생각했던 것보다 무미건조한 생활에 의욕이 사라지는 것을 느꼈다. 그렇지만 아내가 따뜻한 밥을 해서는 점심까지 나른다 어쩐다 난리를 치니 차마 어쩌지 못하고 시간을 보내고 있었다. 다만 도화서에 있는 그림 재료들을 충분히 쓸 수 있고, 또 그간의 도화서 그림들과 중국, 일본 등의 그림을 볼 수 있다는 점은 매우 좋았다. 중국의 그림이야 간간히 보아왔지만, 일본의 그림들은 대부분 처음 대하는 것들이었는데 나름 간명한 게 나쁘지 않았다. 특이한 것은 일본의 목판화였다. 아마도 일본에서는 이때쯤 목판화가 유행하기 시작했던 모양이었다. 일본 목판화는 보통의 일상생활을 그린 풍속화가 많았고, 야시시한 춘화(春畫)라 불리는 그림도 제법 많았는데 이를 '우키요에(浮世繪)'라 불렀다. 어딘지 동양화 전통의 양식이라기보다는 혁신적인 소재와 다양한 채색이 들어가는 등 새로운 그림이라는 생각이 들었다. 동양화 전통이라는 게 정신을 곧추세우는 묵의 정신이라고 할 것인데 이보다는 구성, 회화 쪽으로 많이 기우는 느낌이었다. 북은 그런 그림들이 나쁘지 않았다. 누구든 자신의 그림을 그려야 하지 않겠는가 하는 생각이 줄곧 드는 시간이었다. 그렇게 낮이면 배당된 그림을 그리거나 서류를 들척거리다가 저녁이면 집으로 가는 길에 단골 주막에 들르는 게 일상이었는데, 술값 삼아 이래저래 그리는 그의 그림을 보고 입소문이 나면서 어느 날부터 사람들이 주막에 구름처럼 몰려들었다. 이쯤 되니 그가 그리다 망친 파지 조각을 주워 좋아라 하는 사람들도 생길 지경이었다. 특히 그가 그리는 메추라기 단품은 하룻저녁 술값으로도 맞춤이어서 술에 취하면 끄적끄적 단골로 그리는 그만의 대표작이 되었다. 그렇다고 막 그려주는 것은 아니었다.

그러던 어느 날이었다. 참판을 지내다가 칭병을 하며 쉬고 있던 정배병이란 권문세가가 어떤 소문을 어떻게 들었는지 수소문해서는 북을 찾았다. 그는 선대 임금의 총애를 받은 가문의 적자이기도 해서 양반가에서도 신망이 두터웠고 그림에 대한 그의 심미안은 장안에 소문이 나 있었다. 그의 산수화가 세간에 이름을 날릴 만큼 그는 그림 실력도 만만찮았지만 무엇보다 〈인왕제색도〉로 유명한 겸재 정선이나 관아재 조영석과도 교유가 막역할 정도로 문화적 소양이 높았다. 하여튼 그림 좀 그린다 하는 치들이 그의 눈에 들려고 문턱이 닳을 지경이었는데 그가 북에 대한 소문을 들은 것이다.

"자네가 이번에 도화서 화원이 되었다는 최북인가?"

"예, 어르신, 화원 최북 인사 올립니다."

"아이고, 묵객끼리 무슨 예의인가. 다 물리치고 그 자네의 붓놀림을 보고 싶어 불렀다네. 실례가 안 된다면 부탁을 드리겠네."

이제 환갑에 가까워졌다는 노인의 얼굴에는 부드러운 미소가 흘렀다. 그 모습에 마음이 움직인 최북은 아무 대꾸도 없이 지필묵을 꺼내어 펴고 정좌했다.

"대감, 이대로 앉았으면 밤을 샐지도 모르겠습니다. 송구하오나 소주 두어 되만 주시면 어찌 속도를 낼 것도 같습니다만."

이 말을 들은 정배병은 한 손으로 수염을 쓸며 바깥으로 고개를 돌렸다.

"껄껄, 내 익히 삼기재의 소문을 들어 준비했으니 곧 나올 것이네."

마치 밖에서 이 소리를 기다리기라도 했다는 듯 개다리소반에 소주와 닭다리와 생밤이 그득하게 차려져 나왔다.

"역시 소문대로 풍류를 아시는 분이군요. 고맙습니다. 한잔 들이키고 다잡아보겠습니다. 그런데 무얼 그릴까요? 화제라도 주시면 좋을 텐데요."

북은 겉으로 이런 말을 하고 있었지만, 그의 눈은 방 안의 이곳저곳을 살피고 있었다. 거기에는 놀랍게도 득수(得守) 안견과 겸재(謙齋) 정선의 그림이 보였을 뿐 아니라 행서와 예서로 쓰인 편액도 두세 개 보였다. '아니, 이렇게나 깊이가 있었나?' 하며 놀란 북은 다시금 먹을 가는 손에 힘을 주었다. 북은 어차피 첫 대면이 중요한 것이라 생각했다. 기왕 그리는 거 제대로 그리자고 이를 악물었다. 잠시 명상에 잠겨 있던 북은 자신의 거처 위로 보이던 북한산 백운대를 떠올렸다. 높이 솟은 벼랑과 나무와 물 흐르는 소리를 다 표현하기에는 시간이 모자랄 터이니 바위와 도랑과 소나무 세 그루 정도를 그리기로 하였다.

북은 얼마 전에 구한 황모필을 꺼내 노려보다가 벼루에서 먹을 듬뿍 묻혔다. 처음부터 이렇게 먹을 잔뜩 바르는 것은 사실 금기 사항이었지만 바위를 그리자면 이렇게 굳센 선을 먼저 그리는 것이 북이 좋아하는 최근의 방식이었다. 예로부터 좋은 붓은 네 가지 덕을 갖추어야 한다고 했다. 먼저 붓끝이 뾰족해야 하고(尖), 붓끝을 눌렀을 때 털이 가지런히 눌러져야 하며(齊), 초가리가 둥글어 먹물을 잘 머금어 윤기를 더해야 하고(圓), 붓이 견고하고 탄력이 있어야(健) 한다. 얼마 전까지 북에게 황모필은 언감생심이라, 북은 개털이나 염소 털로 만든 것을 주로 써왔다. 어찌 보면 이번이 그가 새로 구한 황모필로 그리는 첫 작품이 되는 것이었다. 이윽고 북은 화선지 위에 붓을 들었다. 아연 팽팽한 긴장감이 들었다. 정배병은 딴 곳을 보는 척 헛기침을 하며 내려다보았다.

쓱~ 쓱~ 북의 어깨와 팔이 몇 번 움직이다가 멈췄다가 다시 움직였다. 처음에는 힘차게 자릴 잡았고 조금 망설이듯 내리뻗었다. 멈췄는가 하면 내딛었고 내달리는가 하면 멈춰 섰다. 북의 이마에 땀이 솟았다. 왼 팔꿈치로 땀을 닦아낸 북은 빈 잔에 술을 따라 벌컥 벌컥 소리를 내며 마셨다. 마지막 한 방울까지 아까운 듯 입맛을 다시며 내려놓은 잔을 보다가 이내 한 잔을 더 따라 마시는 그의 얼굴에 희미한 웃음이 떠올랐다.

"대감, 이 황모필로 처음 그림을 그렸습니다. 달포 전에 구해놓고 한번 그려야지 그려야지 하다가 아껴 왔는데 이제야 비로소 그렸습니다. 아마도 대감이 주신 술이 큰 몫을 한 듯합니다."

북은 삼기재라는 낙관을 찍을까 하다가 이내 다른 것을 꺼내 찍었다. '북(北)'이라는 글씨가 선명한 낙관이었다. 손수 곱돌에다 판 것이었다.

"과연 이래서 최북! 최북! 하는구나."

정배병의 감탄이 쏟아졌다. 아직 마르지도 않았음에도 바위는 바위대로 나무는 나무대로 서슬하고도 교교한 기운을 풍기었으며 어디 보이지도 않는 냇가에서는 물 흐르는 소리가 들리는 듯하였다.

"이 사람아! 처음 자네를 보고 과연 호주(好酒)가 그림을 그리겠나 했었네. 자네는 과연 붓이 아니면 살 수가 없는 사람이야. 훌륭하네. 그런데 이 사람아, 낙관이 이게 뭔가. 그냥 자네 이름이지 않는가. 인향만리(人香萬里)라 했네. 좀 다른 거로 생각을 해보시게."

정배병은 그림이 아주 마음에 들었는지 껄껄 웃었다. 그러고는 비어 있는 최북의 잔에다 그득하게 소주를 부었다.

"마침 잘 익은 술도 있고 안주도 있으니 마음껏 드시게. 내가 다른 것은 몰라도 가끔 불러 이렇게 밥과 술 한상은 낼 터이니 나랑 친구가 돼주겠나?"

나쁘지 않은 일이었다. 정배병 대감을 후견인으로 두었다는 소문이 돌면 부러워 죽을 인간들이 휘익 떠올랐다. 북은 벙싯벙싯 터지는 웃음을 애써 참으며 술잔을 들이켰다.

"어찌할 것인가? 자네는 화원이기도 하지만 그 이전에 예인(藝人)인 것이니 그럴듯한 호가 하나 있어야 하지 않겠나. 자네는 붓이 아니면 아무것도 아니네. 장차 붓이 자네를 알리고 붓이 자네를 이끌 것이네. 기왕이면 그런 뜻이 담뿍 담긴 것이 좋겠네만. 껄껄껄."

북은 머리를 조아리고 생각에 잠겼다.

'붓이 아니면 아무것도 아니다. 붓 때문에 먹고 산다. 붓이 숟갈이다. 그렇다면 호생관(毫生館)이 어떨까?'

북은 갑자기 눈앞이 밝아지는 것 같았다. 스스로가 보아도 아주 마음에 들었기 때문이다. 붓으로 먹고산다는 일은 그만큼 붓에 목숨을 걸라는 의미이기도 했다.

"어르신. 호생관이 어떻겠습니까. 붓으로 먹고산다, 붓 위에 걸린 생, 붓 끝에 걸린 그림, 어떠신지요?"

"크허! 자네 호니 자네 마음이지. 하지만 내가 한마디하자면 아주 마음에 든다네. 아주 절실하지 않은가. 껄껄껄!"
"그러면 이제부터 호생관으로 하겠습니다. 어르신의 큰 관심과 후의에 깊은 감사를 드립니다. 앞으로 이 호에 걸맞게 더욱 열심히 그릴 것입니다."
둘은 주거니 받거니 술을 나누며 밤이 이슥하도록 이런 저런 이야기를 더 나누었다. 북은 통금을 피해 겨우 집으로 돌아갔다.

어느 집에선가 좋은 일이 있는지 생선을 굽느라 비리고 고소한 냄새가 진동하였다. 전날 과음한 탓에 숙취로 머리가 깨질 듯 아픈 북은 일어나자마자 머리맡에 있는 자리끼를 들이켰다. 일어난 기척을 들었는지 란이 들어와 냉큼 앉았다.
"아니 어제는 누굴 만났기에 그렇게 곤죽이 되었소."
"허허, 천하의 최북을 보고 싶어 하는 사람이 한둘인 줄 아오? 이젠 임자도 줄을 서시오."
북이 껄껄 웃었다. 그러자 란이 북의 엉덩이를 툭툭 치며 말을 이었다.
"알았소. 내 안 보면 누가 아쉬운가는 이 애가 알 것이오."
란은 허리춤으로 손을 불쑥 집어넣으며 북의 양물을 잡아 꼬집는 것이었다.
"아~ 아프오. 이 사람이 왜 이러오."
북은 란의 허리를 안아 쓰러트렸다. 그러자 다시 일어나 앉은 란이 북의 손을 자기 배에다 얹으며 눈을 흘겼다.

"이보오. 이제 이 애의 아비가 될 사람이 이렇게 철이 없으면 되오? 안 되오?"

순간 북의 놀란 얼굴에 웃음이 활짝 피었다.

"아니 임자, 지금 무어라 그랬소. 아비? 아비라 했소? 회임을 했다는 것이오? 빨리 말을 해보시오. 정말이오? 아, 미치겠네."

북은 웃는 것인지 우는 것인지 감정이 복받친 듯 한참을 흐느끼더니 코까지 풀어댔다. 란도 흥분해서 말하길, 속이 메스껍고 달거리도 없어 아버지랑 근처 한약방에 들러 진맥을 받았는데 회임이라 했다고, 아버지도 뛸 듯이 기뻐하며 몸에 좋다는 한약도 한 재 샀다고 했다. 북은 벌떡 일어나 앉아 란의 손을 잡고 눈을 맞췄다.

"이보시오 임자, 정말 고맙소. 내가 이제부터 아비 노릇을 제대로 할 것이오. 아, 술도 끊을까? 애기한테 안 좋으면 술도 끊어야지. 아, 이거 어쩌나, 술 한잔 하며 고민을 해봐야겠네."

북이 너스레를 떨며 애들같이 안절부절 하는 모습을 보며 란은 웃음이 터져 나왔다. 지금껏 진지한 모습만 보이던 사내였는데, 이 모습이 낯설면서도 나름 귀여웠다. '덩치 큰 아기의 응석이 저런 걸까?' 란은 얼굴에 함박웃음을 지으며 한마디했다.

"애 먹을 거랑 기저귀 감 끊으려면 이제부터는 돈을 아껴야지요. 그러니 앞으로 술은 누가 사주는 거나 잡숴요."

북은 큰 손바닥으로 란의 얼굴을 감싸며 뽀뽀를 하려고 덤볐다.

"누가 보면 어쩌려고?" 하며 손사래를 치는 란과 "누가 보면 어때서?" 하며 더욱 치근덕거리는 북. 아침 댓바람부터 벌어진 소란. 이 소란을 마당가에서 한참을 그윽하게 듣고 서 있던 란이 아비의 얼굴에도 미소가 번졌다. 아마도 자신의 젊었던 시절이 생각났던 것이리라.

아무리 생각해도 이 모든 일이 기적 같았다. 고향을 떠나 이역만리 연길에서 아내를 만났던 일, 아내와 깨가 쏟아지던 날들, 그러다 몹쓸 일을 당했던 것이나 다시 두만강을 건너 고향에 살다가 이곳에 정착하기까지의 일들이 하나의 이야기처럼 펼쳐졌다. 더러 희미했지만 잊을 수 없는 시절이었다. 란이 아비는 봉초를 장죽 깊이 담아 깊이 빨았다. '그래도 우리 란이 최서방을 만나 이래 알콩달콩 사니 이 얼마나 고마운 일인가. 안 그런가 임자!' 하며 서쪽 하늘을 무심히 쳐다보았다.

도화서 생활

얼마 전 북의 재주를 높이 사 호의를 보인 정배병이란 양반도 있었지만 이런 경우는 아주 드물었고 거개는 다 환쟁이라 그림쟁이라 무시하고 아래로 보기 일쑤였다. 걸핏하면 불러다 초상화를 그려라, 소나무를 그려라, 어디서 그림을 갖고 왔는지 한참 수준이 떨어지는 그림을 보고 평을 해달라, 숫제 시집살이가 따로 없었다. 물론 괄괄하고 까칠한 북의 성정은 이미 널리 알려진 까닭에, 자칫 봉변을 당할 수도 있다는 것을 잘 알기에 북을 부르는 일은 드물었지만, 그와 같이 들어간 동기들은 아주 곤욕을 치르는 경우도 있었다. 보통은 이럴 경우 선배 화원들이 몇 가지 행동 지침을 알려주기도 하였지만 그게 대처가 서툴거나 타고난 인성이 달라서 알려준 요령만으로 모두가 도랑을 건너는 것은 아니었다.

한번은 그의 옆자리에 있던 이명섭이란 동기가 얼굴이 반쪽이 되어 등원하였다. 밤새 한잠도 자지 못하였다고 했다. 그래 옆에 있던 동료가 무슨 일이냐고 묻자 이명섭이 사연을 늘어놓았다.

"말도 말게. 지난밤에 경종 임금 때 잠깐 대사헌을 지냈다는 집에 불려갔는데 집안 어른의 초상화를 맡기면서 보름 만에 그려내라

호취응토도(豪鷲凝兎圖)

고 그러지 않겠나. 그래서 요새 일도 많고 어떤 그림이든 보름 만에는 어렵다고 얼버무리니 당장 명대로 하라지 않는가. 나 원~ 우리가 그거 그리려고 대기하는 것도 아니고… 그렇다고 그걸 어찌 말로 하겠나. 요새 일이 너무 많이 밀려서 한 두어 달 말미는 줘야 할 것 같다고 하니 버럭 화를 내는 게 아닌가. 그래서 내가 죽는 시늉으로 요새 몸도 안 좋아 침을 맞고 있다고 그랬지."

이명섭은 숨이 찬 듯 냉수를 단숨에 들이켰다. 그러고는 다시 말을 이었다.

"그랬더니 그 대감도 아니고 옆에 있던 새파란 놈이 느닷없이 이단옆차기를 하는 거야. 뭐 말뽄새가 기분이 나쁘다나. 이런 기가 막혀서! 옆구릴 맞고 내처 일어날까 하다가 걍 쓰러져 있었더니 이 인간이 발뒤꿈치로 자근자근 허리를 밟는 거야. 몸 아플 때는 몽둥이찜질이 직효라나? 아, 미치겠더라고. 그래서 그래 밟아라 하고 버텼지. 그랬더니 그제야 그 대감이 그만 멈추라! 하더니 만면에 웃음을 띠며 날 보고 하는 말이…"

이명섭은 또 잠시 말을 멈추고는 못내 분을 삭이려는 듯 다시 냉수를 들이켰다. 그러고는 다시 말을 이었는데,

"어디까지 얘기했더라? 아 그래 그 영감탱이가 하는 말이, 이거 내가 자식 교육을 잘못했나 보네. 이 친구가 그래도 공맹을 다 통한 터라 손속이 괜찮은가 했더니 아직도 이런 불의한 일을 보면 피가 거꾸로 솟는 모냥이라. 내가 대신 사과할 테니 이쯤에서 타협을 보

믄 어떻겠노? 자네의 재주가 좋고 아까운데 양반 능멸죄로 곤장을 맞고 파직을 당할까 걱정에 잠을 이룰 수 없을 것 같아서 말이야. 이러는 거 아니겠는가? 이런 젠장! 그림을 그려준들 정당한 대가를 받을 것도 아니고, 어쩌겠나. 그냥 맥없이 고개를 주억거리다 왔다네. 그 집 대문을 나서는데 한숨밖에 안 나오더라고…."

그랬다. 지금이야 동료들에게 이렇듯 기세 좋게 툴툴거리기라도 하지만 거역할 수는 없었을 것이다. 당장 쫓겨나면 피죽도 못 얻어먹을 처자식이 떠올랐을 것이다. 하여 어차피 그려줘야 할 것이니 스무날을 말미로 완성해주기로 약조를 하고 왔다는 것이었다. 이명섭은 대사헌쯤 되면 고매한 학문과 인격을 갖췄을 것이라 생각했는데 아랫것을 대하는 것이 이와 같으니 참으로 참담하였다고도 했다.

대사헌은 과연 이명섭이 그런 마음으로 그린 얼굴 그림이 괜찮을 것인지 생각을 해보기는 했을까. 나중에 이 이야기가 도화서에 퍼졌는데, 선배 화원들이 씁쓸한 웃음을 지우며 이야기들을 해주는 것이었다. 평소 대사헌에 대해 쉬쉬했지만 사실인즉슨 행여 그에게 불려갈까 봐 서로 눈치를 보며 이러저러 핑계를 대었다고 했다. 그러다 보니 어리버리한 신입들만 걸리게 되어 이게 일종의 통과제의가 되었다며 혀를 찼다. 대사헌은 오래전부터 환쟁이라 업신여기고 상습적으로 그림을 빼앗다시피 했는데 성정도 강퍅해서 그 집 안의 종들도 허구한 날 두려움에 떤다고 했다. 산수화 그림 하나에

곁보리 두어 됫박이 다였으니 차라리 찢어발긴다는 소리가 돌 정도였다. 북은 이런 얘길 들으며 나 같으면 어찌했을까 하는 생각을 했다. 나 역시 란이 있고 또 회임을 하고 있으니 무릎을 꿇었을까. 아마도 별수 없었을 것 같았지만 어떨지는 몰랐다. 예전에 혼자 산에 살 때였다면 어림도 없는 이야기였겠지만 가장(家長)이 되고 보니 가정은 그에게 무한 책임의 가장(假裝)을 강요하였다.

도화서에 나오면 선배 화원들의 눈치를 보고 시중을 들어야 했다. 그들은 도화서 내에서 그려지는 그림에 있어서만큼은 정통 방식을 철벽같이 고집하였다. 하지만 그 정통 방식이라는 게 기실 중국 방식을 그대로 답습하는 수준이어서 조선의 특성을 살리기가 어려웠다. 그래서였는지 도화서에 처음 들어오면 당·송·원 시대 그림을 보여주고 필사 수준으로 몇 장이고 그리게 하였다. 이 과정이 끝나면 도화서 선배들의 그림을 또 몇 권이고 보고 그리게 하여 누가 그리든 일률적으로 똑같게 만들었다. 이른바 화원의 그림이란 것이 결국은 궁중의 그림틀을 따라 다시 만드는 것이었다. 게다가 화원들의 개인적 기호에 따른 방침이 번잡하였는데 '먼저 바위를 그리고 나무를 그려라. 산수화는 오른쪽 위에서 왼쪽 아래로 펼쳐지듯 그려라.' 등등의 방침이 하나같이 오종종하였다. 이런 상황이 북으로서는 도무지 못마땅한 것이었다.
'사람들 감정에 정해진 법도가 어디 있는가. 그림이나 글씨고 지나치게 필법에 매달리는 것은 좀 곤란하지 않은가. 어찌된 것이 "내 그림은 이거다. 이런 그림은 아직 없었다." 어찌 이런 얘기가 도대체 없는가 말이다.'

북은 내내 자신만의 그림을 마음속에 붙들고 있었지만 새내기 화원으로 입도 뻥긋하기 어려운 분위기였다. 다만 주막거리에서 동료나 이광사를 붙들고는 입에 침을 튀기기 마련이었다. 그의 외골수적 기질은 친구인 이광사도 혀를 내두르게 하는 기벽이기도 했다. 그는 다른 일에는 농담도 잘하고 누군가 잘못하거나 결례를 범해도 허허거리며 너그럽게 넘어가면서도 유독 그림만큼은 자신의 주장과 배치되는 의견에 대해서 참지를 못하였다. 물론 그림을 대하는 그의 염결함을 익히 알고 있기에 누구도 무어라 하지 못하였다. 한번은 그가 북한산에 있을 때 나뭇가지와 매달린 이파리를 그리기 위해 사흘을 잠도 안 자고 밥도 안 먹고 그대로 앉아 붓을 든 채로 졸도했던 일은 그의 그림에 대한 염결함을 알 수 있는 유명한 일화다. 마침 그 옆을 지나던 단월이란 승려가 문을 열고 들여다보지 않았으면 아마도 북은 이 세상 사람이 아니었을 거라는 말이 돌았다. 후에 북이 말하길, 나뭇가지와 이파리가 머릿속에 있는 것과 화선지 위에 그려지는 것이 달라서 그것이 같아질 때까지 마냥 기다렸다고 했다. 시간 가는 줄도 모르고 기다리는데 배도 안 고프고 졸리지도 않았다고 했다. 그러다 머리가 맑아지며 생각했던 나뭇가지가 눈앞에 확 다가오는 것을 느끼고 붓을 화선지에 대는 순간, 정신을 잃은 것이라고 했다. 단월의 말로는 북이 갖옷을 입은 채 냉골에 쓰러져 있는데 무릎도 팔도 안 펴져 그야말로 좌탈입망한 노승 같았다고 했다. 급하게 군불을 때서 방을 덥히고 온몸을 주무른 다음에야 숨이 터지고 파랗게 질린 입술이 돌아오더란 것이었다. 이 일은 후에 장안의 그림쟁이들한테 자자하게 소문이 퍼지게 되었고, 그만큼 노력을 하며 질러대는 허풍이고 고집이니 세인들에게 그런대로 인정을 받는 계기가 되었는데 한편으로는 최북의 괴랄스러운 성품이 세상에 알려지게 된 계기가 되기도 하였다. 어떻든 이즈음 최북은 단골 주막에 들러 술 한잔 하고 집에 들어가는 것을 낙으로 삼았다. 그러다가 녹봉이라도 받는 날이면 기생집에도 들르고 하였다. 녹봉이래야 한 달에 쌀 한 가마니 수준이라 식구들 먹다 보면 남는 게 없었지만, 선배 화원들은 그래도 기근이 심했던 숙종 때보다는 훨씬 많이 주는 것이니 구시렁대지 말라고 했다. 그러니 화원들에게는 양반가의 초상화를 그리거나 풍수 그림을 그려 파는 가외의 일이 생계에 무척 중요한 일이기도 했다.

녹봉을 받는 즈음에 경사가 있거나 하면 도화서 차원에서 회식도 가끔 하였다. 그러다 보면 주모가 색시들 선물이나 하자며 그림을 하나씩 그려달라는 청탁이 들어오기도 하였다. 북은 본디 여자에 대해서 덤덤한 편이었는데 장가들고 나서는 아예 개 닭 보듯 했다.

기생집에서 옆에 앉은 기생을 한번 쳐다보지도 않고 술만 마셔대니 기생이 자리를 차고 나가는 일도 있었다. 그러다 보니 회식 때 동료 화원들이 최북의 손을 들어 옆 기생의 엉덩이를 만지게 하는 일도 있었는데, 그때도 최북은 껄껄 웃을 뿐 그것으로 끝이었다. 그날도 그러려니 하고 술이나 진탕 마시자는 속내로 따라 나선 길이었다.

"주모, 오늘은 우리 별제 나리 귀빠진 날이니 아주 거하게 잘 차려오시게."

"아이고 여부가 있겠습니까. 호호 저쪽 큰방으로 뫼시겠습니다."

선배 화원의 너스레에 주모는 한껏 흥이 올라 벌써부터 치맛자락이 폴랑거렸다. 이곳은 도화서의 단골 술집인 데다 청계천 끝 쪽에 자리 잡고 있어 일반 양반들은 출입을 하지 않는 곳이었다. 반상 차별이 유난한 시대였으니 시골에서야 그럴 깜냥도 되지 않았지만, 그래도 한양 거리에서는 다니는 주막도 따로 구분이 되었다. 그렇게 들이닥친 화원 열댓 명이 부어라 마셔라 흥이 올랐다. 당번 빼고는 총 출동이었다. 비록 화원끼리야 이런저런 차별에 예인을 몰라준다는 서러움이 북받쳐 서로에게 자신들의 처지를 푸념하곤 했지만, 화원들이야말로 양반과 함께 조선의 그림과 기록 역사의 발전을 이끈 중요한 축이었다. 그런 까닭에 이들도 나랏밥을 먹는다는 자부심이 섞여 있어서 술자리는 묘한 분위기를 띠게 마련이었다. 어느새 술이 올라 중의(中衣) 바람의 사내들이 두셋 건너 하나씩 앉은 기생들의 무릎을 치고 시시덕거리며 희롱 중이었다. 그러자 곰방대를 물고 양볼이 깊이 패이도록 빨고는 이재용이 이윽한 목소리로 한마디 내뱉었다.

"자~ 자~ 그만들 하고…. 어째 우리 별제 어른 경사스런 날에 소리 하나가 없누? 거 주모~ 듣자하니 새로 아래 땅에서 기가 막힌 물건이 들어왔다고 하던데 우리 그니 소리를 함 들어보자구…"

이재용은 호랑이 그림을 잘 그리기로 소문이 나서 사대부들의 관심을 끌고 있을 뿐더러 우의정이 뒤를 봐주고 있어서 별제 다음다음 가는 자리에 있지만 실제로는 도화서 실세로 불리는 인물이었다. 이 말을 들은 주모는 가슴을 쭉 잡아 빼고는, '어이쿠, 벌써 소문이 났는가 보네. 어찌 이런 것은 이르케 빠를까. 아, 별제 대감 귀빠진 날인데 어련히 알아서 모실까요? 지금 꽃단장 중이니 조금만 기다리세요. 구들이 뜨거워야 조개가 벌리는 법이니 그동안 옆에 앉은 애기들 그림 선물이라도 하고 계시구랴.' 하면서 제법 아양을 떨었다.

부지런히 술잔을 놀리던 최북도 얼근하게 취해갔다. 일전에 대사헌에게 치도곤을 당했던 이명섭도 빨개진 얼굴로 자꾸 최북에게 잔을 부딪쳤다.

"이보게 북, 좀 있다 나올 애가 진짜 명창이라네. 온 지 달포쯤 됐다는데 소문이 벌써 짱짱한 모양이네."

그러자 옆에 앉았던 화원 최석창이 거들었다.

"이보게. 거 노래야 그 정도는 기생이면 다 하지. 그것보다 잠자리 기술이 엄청나다지 아마."

"에이, 이 사람들이 거 별소릴 다… 술 마시는 자리에서는 술이나 하십시다."

최북이 팔을 저으면서 술을 들이켰다. 그러는 사이 제일 언니쯤으로 보이는 기생이 앞서 건배를 하고는 어서 지필묵을 대령하라고 막내에게 눈짓을 했다. 미리 준비해놓은 듯 냉큼 지필묵이 술 방으로 들어오자 고참 기생이 별제에게 교태를 부리며 그림을 청했다.

"별제 나리 생신이신데 그냥 가시면 섭섭하지요. 나리께서 서너 분만 지목해주시어 그분들께서 취흥을 도도히 하는 그림을 그려주시면 백골난망이겠나이다."

화원들은 짐짓 헛기침을 했다. 그러자 이재용이 별제에게 뭔가 신호를 하듯 눈을 찡긋하고는 좌중에 나서서 한마디하는 것이었다.

"공연히 부산하게 그러지 말고, 자 나랑 누가 됐든 둘만 그려서 자웅을 겨루는 게 어떨까?"

별제는 마음대로 하라는 듯 옆자리 계집이 집어주는 닭고기만 받아먹고 있었다. 이에 이재용이 가늘게 눈을 흘기며 좌중을 둘러보는데 언뜻 최북과 눈이 마주쳤다. 다른 사람들은 다 대가리를 숙이고 딴전이었는데 눈치 없는 최북만이 얼굴을 곧추세우고 있다가 딱 걸린 것이었다. 이재용으로서는 내심 자기에 대한 도전으로 여길 수도 있는 순간이었다.

"별제 나리, 오늘은 저와 저 신참내기, 아니지요 요즘 장안의 실력파라는 북, 둘이 붓을 들겠나이다."

이재용은 취기가 잔뜩 오른 목소리지만 만만찮은 힘이 실려 있었다. 이재용의 말이 끝나기 무섭게, 무엇이 그리 놀랄 일이었는지, 최북 옆에 앉았던 이명섭이 잔을 떨어뜨렸다.

"에고 이 사람아. 이를 어쩌누 '이겨도 곤장이요 져도 곤장'이란 말이 이럴 때 쓰라는 거구만."

최북은 당최 알아들을 수 없다는 표정을 지으며 수염을 쓸어내렸다.

"아니 그게 무슨 말인가? 내가 이길 수도 있잖은가?"

"아니, 저 이재용을 이기면 중간 고참들이 가만있겠는가? 글타고 져보시게. 그러면 요새 신참들 실력이 개판이라며 또 치도곤을 칠 거라는 그 말일세."

북도 생각해보니 과연 그 말이 맞을 것 같았다. '이래도 맞고 저래도 맞는다? 그렇다면 까짓것 되든 말든 맞서고 맞아보지 머.' 이렇게 마음을 굳힌 북은 중앙에 앉아 무엇을 먹느라 연신 고개를 끄떡이는 별제를 바라보며 맘에 없는 소리를 했다.

"선배께서 이렇게 못난 후배를 지목해주심에 감사드리옵니다만 여러모로 상대가 되지 않을 것이기에 그 분부를 거두어주시기 바랍니다."

그러자 짐짓 별제가 위엄을 더한 목소리로 "어허 이 사람이, 같은 식구들끼리 상대가 되고 안 되고가 어디 있겠나. 그저 선배들 앞에서 취흥이나 돋워본다고 생각하시게." 하며 손짓을 하자 방 가운데에 지필묵 두 개가 나란히 놓이고 계향이라는 기생이 가야금을 뜯기 시작했다. 일순 소란했던 좌중은 몇몇이 술을 마시고 내려놓은 술잔을 끝으로 조용해졌고 긴장감마저 돌았다. 먼저 이재용이 개다리소반을 치우고 중앙으로 들어와서는 동쪽을 보고 앉았다. 아마도 서로 등을 대고 그림을 그리는 방식인 듯했다. 별제가 술잔을 시원하게 들이키더니 "시에도 시제가 있듯이 이번 그림의 화제(畫題)는 무엇으로 할까? 여보게 주모! 주모가 함 정해주든가. 클클." 하자 주모는 정색을 하고 뒤켠을 가리키며 방을 나갔다. 아마도 그 창을 한다는 아이를 부르러 가는 모양새인 듯했다.

"우리가 누군가? 명색이 조선의 궁중화를 책임진 사람들이 아닌가. 적어도 이 분야에서만큼은 조선 최고인 사람들이 아닌가. 비록 공식적인 행사는 아니네만 이러한 자부심을 갖고 최선을 다해주기 바라네. 이번 화제는 오늘이 내 생일이기도 하니 음… 생(生)으로 하겠네. 에~또, 내 작은 힘이나마 이번에 이긴 사람은 이틀간 특별 휴가를 주겠네. 그러니 자신의 재주를 감추지 말고 최선을 다해주시게."

별제의 말에 "와우~" 하며 좌중에서 박수가 쏟아졌다. 좌중은 은근히 부러워하는 패와 결과를 알겠다 하는 패와 난 모르겠다 술이나 마시자는 패로 나뉘었다. 어찌되었든 이렇게 휴가까지 걸고 벌이는 그림 그리기는 그리 흔한 일이 아니었다.

'생(生)이라?' 북은 이재용과 등을 맞대고 앉아 눈을 감았다. '무엇이 태어남이고 살아냄일까? 아니 우리는 무엇을 위해 어쩌자고 사는 것일까?' 이런 저런 생각에 잠겼는데 뒤편에서는 벌써 화선지에 붓을 내리긋는 소리가 들려왔다. 어차피 시간 제약이 있어서 계향의 가야금 소리가 멈추면 붓을 떼야 했다. 마침내 북도 붓에 먹을 묻히고는 쓱쓱 붓질 소리를 내기 시작했다. 족제비 털로 만든 황모필(黃毛筆)로 강하고 예리한 표현에 좋은 붓이었다. 종이도 붓도 귀한 시절이라 조정에서 알면 치도곤이 날 것이었지만, 그만큼 별제의 권위를 높이자는 뜻이었는지 장소에 맞지 않게 붓도 종이도 좋았다. 그림이 거의 막바지에 다다랐는지 뒤편 이재용의 그림을 보던 이들에게서 탄성이 나왔다. 계향의 가야금 소리도 종착을 향해 달음질치고 있었다. 북도 마침내 나무 한 그루 밑에 떨어진 이삭을 먹는 메추라기를 그리고 나무 위에서 이를 노리는 참매를 그려 넣었는데 아슬아슬하게 가야금 소리가 그쳤다.
두 사람에게 주어진 시간이라야 대략 뜨거운 차 한 잔 마실 정도의 여유밖에 없었다. 북으로서는 생각하는 데 너무 시간을 쏟은 탓에 조급하게 되었으니 필선이 거칠고 마무리도 안 되었으나 별 수 없는 일이었다. 그림은 마를 시간이 필요했으니 조심스레 별제가 잘 볼 수 있도록 가운데에 가지런히 놓였고, 두 화원이 자리에 앉자 모두 잔을 높이 들어 건배를 하였다. 그 와중에도 사람들은 고개를 빼어 둘이 그린 그림을 쳐다보았다. 이재용이 그린 그림은 야트막한 동산을 배경으로 벗어놓은 짚신을 앞에 놓고 사래 긴 밭을 가는 소 두 마리와 이를 모는 노인이 그려져 있었다. 그 짧은 시간에 어찌 그리 구상을 하고 또 완벽하게 그렸는지 귀신이 곡할 노릇이었다. 반면에 북의 그림은 선이 일정하지 못하고 거친 데다 화제와 맞는가 하고 갸우뚱하는 사람들도 있었다. 결과는 벌써 기우는 듯했다.

그때, 새로 왔다는 기생이 들어오면서 문 쪽에 작은 소란이 일었다. 별제는 그림보다는 새로 왔다는 그 기생을 보고 반색을 하였다. 이재용이 어느새 나서서는 한마디했다.

"오, 어서 오너라. 여기 별제 나리 옆이 네 자리다. 이름은 어찌 되느냐?"

그러자 그 기생은 좌중을 한번 둘러보더니, 어깨를 가볍게 기울이며 인사를 했다.

"소녀 월향이라 하옵니다. 나라의 유명한 화인들을 뵈오니 영광입니다."

눈에 확 띄는 미색은 아니었으나 이목구비가 반듯한 데다 선이 얇고 목소리에 윤기가 흘렀다. 인사를 하며 짓는 볼우물이 깊이 패여 들어갔다.

"자자~ 소리꾼도 왔으니 얼른 그림 판정을 하고 술자리를 이어갑시다. 다들 보고 있으니 거수는 그렇고 박수 소리로 결정하겠소. 먼저 이재용의 그림이 좋다는 사람 박수~"

우렁찬 박수 소리가 이어졌다. 이미 결정이 난 사안이었다. 미리 화제를 알고 있지 않았다면 그리기 쉽지 않은 구상이었다. 북은 고개를 숙인 채 쓴 침을 삼켰다. 그렇다고 아주 싫은 티를 내면 속 좁은 사람이 되는 것이니 이래저래 불편하기만 했다. 북은 벌떡 일어나 선배 화원인 이재용에게 불쑥 잔을 내밀었다.

"선배님, 역시 명불허전입니다. 오늘 또 한 수 크게 배웠습니다. 고맙습니다."

하고 허리를 굽히니 이재용이 수염을 쓸며 껄껄거렸다.

"거 뭐, 너무 괘념치 마시게. 우리 후배님의 메추라기는 으뜸입니다. 가능성이 아주 많으니 차차로 배워나갑시다. 자, 오늘 열심히 그려준 우리 최북 화원을 위해 박수~"

최북은 모욕감을 느꼈다. 하지만 어쩌랴 그저 참을 수밖에. 이윽고 월향이 소리를 하는데 다들 넋을 놓고 봤지만 북은 제 발만 들여다보고 있었다. 그리고 술자리가 어찌 끝났는지 기억이 나지 않았다. 재청 삼청까지 하고 답가를 부른다 어쩐다 소란스러웠던 것이 기억의 끝이었다.

북은 란의 성화에 아픈 머리와 쓰린 속을 달래며 기어이 도화서에 나와 하품을 해댔다. 숙취를 참아가며 오월 말쯤에 왕의 선대 능(陵) 참배가 예정돼 있어서 '행차도'를 몇 개 연습하던 중이었다. 점심으로 국수를 먹고 겨우 허리를 펴고 앉았는데 웬 어린애가 최북이 누구냐며 찾더니 종이 쪼가리를 건네고는 내빼는 것이었다. 북은 어리둥절 앉았다가 종이를 펴보니 〈어제 그림이 너무 좋았어요. 언제 일을 마치시면 가다가 들리세요. 좋은 술을 구해놨어요. 월향(月香)〉이라고 한 자 한 자 꼭꼭 눌러 쓴 글씨로 적혀 있었다. 북은 괜히 얼굴이 붉어졌다. 그러다 혹시 내가 술에 취해 무슨 짓을 했는가 하고 덜컥 겁이 나서는 옆의 이명섭에게 물었다. 그렇지 않아도 무슨 쪽지인가 궁금해하던 명섭은 "실수는 무슨, 취해 앉았다가 그냥 집에 갔지. 근데 그기 누가 보낸 쪽지고?" 하며 궁금증을 보였다.

술 먹고 다른 실수는 없었다면 참으로 다행한 일인데 도대체 무슨 일인지 조바심이 일어 퇴근 때까지 일각이 여삼추였다. 퇴근을 하고 바삐 그 술집으로 걸음을 옮기던 북은 "그런데 내가 왜 가야 하는 거지? 내가 오라면 오고 가라면 가는 그런 사람이던가?" 하고 중얼거리다가 이내 집 쪽으로 방향을 잡고는 내쳐 걸었다. 공연히 심란해진 북은 술도가에 들러 소주를 한 되 사서 집에 들어갔다.

란은 그리 마시고 또 술타령이라며 떠들면서도 손을 바삐 놀려 주안상을 봐왔다. 그러고 보니 장인과도 오랜만에 먹는 저녁이었다. 술잔을 주고받으며 장인의 얼굴을 보니 그새 주름이 많이 늘었다.

술 먹는 양도 예전만 못하고 술자리 허풍도 확연히 줄었다. 손끝이 매워 솜씨가 좋은 장인은 가끔 관영 수공업장에 불려가기도 했다. 수공업 분야를 맡은 관리들은 일상에 쓰이는 물건이 안정적으로 공급되는가가 중요했기에 장인들의 기술적 완성도나 자부심 따위는 관심이 없었다. 그래서 불려간 이들 대부분이 노예처럼 소용을 당하고 말았는데 장인은 유독 이 일을 싫어해 며칠이고 침묵하며 몸이 아프다 버티다가 쫓겨나곤 하였다. 그러니 지금 이 추레한 모습만 보면 누가 대륙을 누비던 억센 사내라고 하겠나. 지금은 다만 손주를 볼 것이라는 기대감에 웃고 있는 늙은이에 불과한 것을. 나름 씁쓸한 감회에 젖은 북은 말없이 장인과 술잔을 부딪쳤다. 술잔을 부딪친 사위와 장인 두 사람은 말없이 서로의 눈을 맞추며 빙긋이 웃었다. 아랫목에 앉아 역시 말없이 빨래를 개키던 란도 이 모습을 보면서 웃었다.

"우리 란이가 이제는 아비보다 더 술을 잘 마실 텐데, 참느라 고역이겠구먼."

"아고. 술이 우찌 생겼는지 기억도 몬 해요. 우리 집 술은 저이가 다 마셔서 저는 마시고 싶어도 마실 게 없네요."

란이 북을 쏘아봤다.

"껄껄. 사내가 술도 못 마시면 쫌생이지. 내가 우리 사위 술 잘 마시는 거 보고 반했잖은가. 그게 아주 잘된 판단이었지 뭔가."

아비의 얼굴 가득 번진 웃음을 보는 란의 표정도 밝아졌다. '이렇게 행복해도 괜찮은 걸까? 엄마가 내려다보며 잘 보호해주는 거겠지.' 란은 속마음으로 감사의 기도를 올렸다. 아이를 배고부터 부쩍 어머니 생각에 심란했던 란이었다.

한편, 흡족하게 저녁을 잘 먹고 북은 일찌감치 잠자리에 들었으나 쉬이 잠이 오지 않았다. 어쩌자고 월향 얼굴이 어른거렸다. '대체 왜 보자고 하는 것일까? 보면 또 어쩌자는 것일까?' 생각에 생각이 꼬리를 물었다. 옆에 란은 오늘 하루도 고단했는지 가볍게 코까지 골며 자고 있었다. 북은 달빛에 어린 란의 얼굴과 이제 제법 부른 배를 바라보다 자신의 머리를 쳤다. "에고 이놈아! 달 생각, 향 생각이라니… 에고 철없는 놈아! 정신 차리고 자자! 잠을 자자!" 하며 이불을 머리끝까지 끌어 올렸다.

아버지 죽음의 비밀

최북이 그렇게 조금씩 도화서 생활에 재미를 붙일 즈음, 숙직을 맡은 어느 날이었다. 도화서에는 밤사이에 갑자기 화원이 필요한 경우를 대비하여 매일 밤 돌아가며 숙직을 서고 있었다. 은근히 생각나는 술 생각을 물리치고 손수 저녁을 지어 밥을 먹고 설거지도 대충 끝낸 참이었다. 평소 같으면 란이 밥과 반찬을 바리바리 싸갖고 올 수도 있었지만, 몸도 무겁고 하여 오겠다는 걸 북이 그만두라 한 참이었다. 도화서 봉당에 앉아 잎담배를 말아 깊이 빨고 있을 때 대문을 두드리는 소리가 들렸다. 이 시간에 누군가 싶어 문을 열어보니 이게 누군가! 바로 훈장 선생의 아들이었다.

"아니 어쩐 일로 기별도 안 하고 오셨습니까?"

"이보게 식이, 참 오랜만이네. 그동안 잘 지내셨는가. 마침 자네가 야직을 서는 날이라는 얘기도 듣고 하여 조금 늦은 시각이지만 이리 찾아왔네."

옷은 조금 낡았지만 늘 반듯했던 모습답게 깨끗한 성장을 하고 있었다. 말투는 여전히 느릿하였다. 북은 반가운 마음에 손을 덥석 붙잡고 마루로 안내하여 마주 앉게 하고 급하게 찻물을 덥혔다.

"아니 곧 갈 것이니 이래 부산 떨 일은 없다네. 그냥 여기 앉아보시게."

어느덧 말투에 훈장 선생님의 색깔이 스며 있었다. '이래서 피가 무서운 것인가?' 북은 훈장 선생과의 아련했던 기억을 떠올리며 눈시울이 뜨거워졌다.

"내가 이리 기별도 없이 자네를 찾은 것은 돌아가시기 전, 자네에게 주라고 했던 아버님의 서찰을 전해주러 온 것일세. 그동안 가끔 자네 소식을 수소문했다네. 장가도 가고 도화서에 다닌다는 얘길 듣고 얼마나 기뻤는지 모른다네."

훈장의 아들은 환하게 웃으며 왼쪽 가슴에 품었던 서찰을 꺼내 북에게 건네주고는 점점 표정이 굳었다.

"내 이것의 내용이 궁금하여 그동안 몰래 열어봤다네. 대관절 무엇이길래 자네가 안정이 되면 전하라 했는지, 편지를 보니 이해가 되더구만, 내가 뭐라 얘기할 것 없이 자네가 직접 읽는 게 맞는 것 같으이. 난 그동안 소피를 좀 보고 오겠네."

서찰은 오래되었지만 비교적 깨끗한 상태를 유지하고 있었다. 북은 두근거리는 가슴을 진정시키고 서찰을 열었다. 거기에는 고색창연한 훈장 선생의 글씨가 나붓나붓 아름다운 서체로 박혀 있었다.

나의 제자, 식에게. 이 글을 볼 때쯤이면 우리 식이가 잘 살고 있겠다는 생각에 한결 마음이 가벼워진다. 세상이 그리 호락호락하지 않다는 것도 이때쯤이면 알 것이고, 그런 세상을 헤쳐 나가는 용기도 어느 정도 갖췄으리라 믿고 이 글을 쓴다. 돌아가신 너의 부친인 '최경'에 대한 얘기이다. 너의 아비가 죽기 사나흘 전 밤에 노부를 찾아왔다. 귀한 약재와 고기를 양팔이 끊어지게 사 갖고 와서 얘기한 것이 자신이 지금 처한 처지에 대한 고민이었다. 너의 부친은 김아무개라는 양반가의 재산 목록을 정리하고 문서화하는 작업을 하고 있다고 했는데 그 과정에서 엄청난 비리를 알게 되었다고 했다. 김아무개는 삼십 대 후반의 나이에 당상관 바로 밑의 벼슬을 지낸 자이고 그의 아버지는 날아가는 새도 떨어뜨린다는 자였다. 처음에는 너의 아버지 외에 살림을 맡은 이가 한 명 더 있었는데 어느 날 그가 비명횡사하였다. 공교롭게 그가 너의 아버지에게 비리를 몰래 얘기해준 사흘 후였다. 그 비리란 궁궐로 들어가야 할 재물을 이 가문이 빼돌린다는 것이었다. 그야말로 역모에 준하는 중범죄인데 궐 안의 담당자와 김아무개가 비밀리에 짜고 하는 일이라 알아도 쉬쉬하는 터였고, 이를 도와준 궐의 담당자는 승승장구 승진을 했다고 한다. 너의 아비인 경은 호락호락한 사람이 아니었다. 듣고 또 확인한 내용을 문서로 정리해 따로 두었는데, 이 문서가 발각이 되었다는 말을 듣고 바로 나를 찾아온 것이라고 했다. 그러면서 하는 말이 '자신이야 그런대로 살아왔으니 이대로 죽어도 억울할 게 없으나 다만 이슬처럼 살아온 삶이라도 누구 하나 자신의 삶을 알아주었으면 하는 마음에 훈장어른을 찾아오게 되었다. 어디 도망이라도 가서 처박혀 살고 싶지만 하나밖에 없는 아들이 걱정이고, 또 그렇게 산들 그게 온전할까 싶어 그냥 모른 척 다시 그 집에 들어갈 작정'이라고 했다. 그 동안 양반집 드나들며 고약한 경우를 많이 당해봤지만 이런 사람들은 처음이라며 혀를 찼단다. 그리고 이어진 말이 '저야 이렇게 가지만 그래도 걱정되는 것이 아들 식의 미래입니다. 아비의 삶과 죽음에 대해 알아야 하는지 모르는 게 좋을지 잘 판단이 서지 않습니다. 따라서 이 일에 대해 식에게 알리고 말고는 전적으로 훈장님 생각에 따를 것'이란 얘기였다. 내가 아꼈던 식아. 이제 이쯤이면 눈물을 흘릴지 모르겠구나. 나는 네 아비의 이 말을 듣고, 또 그리고 이어진 주검을 보면서 남들 모르게 많은 눈물을 흘렸다. 양반이란 가증스런 존재에 또 한 번 치를 떨었다. 내 비록 시골에서 곤약한 처지이지만 따지고 보면 그것조차 내가 원해 만들어놓은 살림이었구나. 사대부의 학문이 인격도야에 기여했을지 몰라도 권력의 시각에서 보면 이것처럼 민망한 일도 없겠구나. 당시 영조 임금대에 시작된 탕평 정치가 조정 내 관리의 수를 놀라운 속도로 늘였다. 여러 당파의 의견을 모으려다 보니 일부 가문 몇이 권력을 독점하면서 훈신들의 입김은 오히려 더욱 강화되는 세태였다. 종이 종을 때리고 이용하듯 양반들은 양반들대로 서로를 뜯어먹고 권력의 아가리에 던져버리는 세태가 싫었다. 그래서 숨어든 이곳에서 아이들을 가르치게 되었다. 이 한미한 생활에서 너를 만난 것은 '가르친다'는 일을 업으로 삼은 나로서는 뿌듯한 일이었다. 이 일을 알릴까 말까 며칠을 고민을 했다. 내가 이 일을 네게 알리는 것은 그이에게 복수를 하라는 의미가 아니다. 그래서 그 양반의 이름을 밝히지 않는 것이다. 그 이름을 굳이 알려고 하지 말아라. 네 아버지의 죽음은 억울하지만 또한 지금 이 조선 천지에 일상으로 일어나고 있는 일이다. 같은 양반으로서 대신 사죄하고 싶구나. 나 역시 이 글을 힘겹게 쓰고 있다. 병이 깊어서이기도 하지만 어찌 인간의 탈을 쓰고 이런 짓을 저지르고도 하늘을 보는가. 이 노부가 대신 어쩌려 해도 힘이 떨어진 데다 이미 천하가 그들의 수중에 넘어가버렸구나. 다만 들풀처럼 살다간 너의 아비가 너를 대하는 마음과 태도가 어떠했는지를 알기에 그 마음의 십분지 일이라도 부합하기 위한 삶을 살아달라는 생각에서이다. 아마도 지금쯤 참담하고 먹먹해 있을 줄 안다. 너는 성격적으로 누구에게 아부를 하거나 출세를 위해 누구를 짓밟을 성정이 못 된다는 것을 안다. 혹여 아비의 죽음에 분노를 느낀다면 오직 먹을 갈고 붓을 들어라. 그 붓으로 이 능욕의 시대를 건너는 것이 너에게 놓인 유일한 복수라는 점을 재삼재사 생각해다오. 부디 이 세상을 용서해다오.

북은 무언가 둔기로 머리를 세차게 얻어맞은 듯 멍해졌다. 걷잡을 수 없는 눈물이 쏟아졌다. 지금까지 지내왔던 일들이 허깨비 놀음 같았다. 어느새 밖으로 나갔다가 마당 쪽으로 들어오던 훈장 아들도 헛기침을 하며 북을 돌아봤다.

"자네한테는 미안하네만 나도 그 서찰을 읽어보았다네. 결례인 줄은 알았지만 도대체 내가 잘 보관했다가 줄 만한 내용인지도 궁금해서였네. 지금은 좀 더 우시게. 내 자네가 서찰을 읽는 동안 주막을 다녀왔네. 이걸 좀 마시면서 기분을 삭여보시게."

그가 내놓은 것은 술이 담긴 호리병 두 개와 말린 육포였다. 북은 북받치는 울음에 아무 말도 하지 못하고 따라주는 잔을 되는대로 마셨다.

"그동안 저는 아버지를 원망만 했습니다. 집에서 늘 역정을 내는 모습만 보았지 한 번도 따뜻한 모습을 보지 못했거든요. 아버지라는 존재가 저렇듯 무서운 것이라면 나는 아버지가 되지 말아야겠다는 생각을 할 때도 있었습니다. 그런데 이런…."

"세상의 아비들이 어찌 제 자식이 안 이쁘겠는가? 아마 자네 아버님 속마음은 그렇지 않았을 걸세. 다만 이 험난한 세상에서 자네를 강하게 키우고 싶었던 게 아니었을까. 어쩌겠나. 누군지 알려고도 말고 훈장님 말마따나 그냥 자네의 길을 가시게. 나 역시 과시도 잘 안 되고 되는 일도 없지만 어쩌겠는가. 걍 살아봐야지. 그래도 자네는 일이 있으니 나보다 낫지 않은가?"

훈장 아들은 아프던 이를 뺀 사람처럼 후련한 듯 쓸쓸한 듯 웃으며 북의 어깨를 가볍게 두드리고는 마당을 나섰다. 북은 이 모든 게 꿈속의 일인 듯 멍했다. 며칠 통음을 하며 유령처럼 지내는 그를 보고 란은 입을 삐죽이며 답답하다는 듯 가슴을 쳤고, 동료인 이명섭은 "이 사람, 또 무슨 일이 있는가? 왜 이렇게 술을 마시는 겐가. 그러다 전교 나리한테 걸리면 경을 칠 거네. 자네만 손해라니." 하며 물정 모르는 소리를 했다.

또 하나의 사랑

도화서에서도 집에서도 도무지 마음이 잡히지 않았다. 어디를 간들 하늘도 그러그러하고 바람도 그렇고 동네를 어슬렁거리는 비루한 강아지도 그러그러했다. 이렇다 할 의욕도 없이 하루하루 지나는 시간들이 그저 시시했고 허망했다. 산다는 일이 도대체 무슨 의미가 있겠나. '이럴 때 광사는 어디에 있는가?' 누구라도 붙들고 작금의 심정을 하소연이라도 하고 싶었다. 하지만 그 성질에 아비를 죽인 자를 알게 된다면 당장이라도 일을 낼지도 모를 일이었다. 북은 치미는 분을 삭이며 일단 이 일을 가슴에 묻어두기로 했다.

그렇게 보름쯤이나 지났을 때였다. 마침 평소보다 조금 일찍 퇴근을 하게 된 북은 저도 모르게 일전에 회식을 했던 술집으로 향하고 있었다. 이상하게 월향이 떠올랐다. 분명 목이 마르긴 한데 꼭 그것 때문인 건 아닌 거 같고 아무튼 이유는 알 수 없었지만 월향에게 가고 있었다. '에잇 그냥 술이나 한잔 하고 가는 거지 머. 세상사 무엇이 중요한가.' 북은 지레 다짐 비슷한 것을 하며 사립문을 밀고 들어갔다.

"주모, 여기 대포나 한잔 주시오."

메추라기

도화서 동료들하고 그저 서너 번 왔던 것인데 주모는 용케 기억해 냈는지 반색하며 맞았다.

"아이고, 이래 혼자 오시니 더 멋있네 그려. 저짝 방으로 뫼셔라."

'주모야 내가 온 까닭을 모를 테고 그렇다고 저 골방에 처박히면 그 월향인가가 나를 못 볼 텐데.' 이런저런 생각에 어정쩡하니 봉당 부근을 서성이다 소피를 핑계로 측간을 찾았다. 오줌을 누면서 올려다본 하늘엔 멀리 초승달이 빼꼼히 걸려 있었다. '이거 느낌이 거시기한데 그냥 나가버릴까. 아니지. 남자가 칼을 뺐으면…. 아니지. 니가 맨날 생각했으면서…. 아니야. 이제 곧 아이도 생길 텐데…. 아니, 무슨 말인지 들어나 봐야 할 것 아닌가?' 오줌발이 가늘어지도록 고민을 반복하는 참이었는데 누군가 기척이 들렸다.

"뭔 젊은 분께서… 늙은이처럼 시원치 않은 게요? 아니면 쫄쫄쫄은 핑계고 어떻게 도망갈까 궁리하는 것이요?"

바지를 추리고 나오니 어느새 월향이 새촘하게 서 있는 것이었다.

"오는 기척이 보이길래 어디 있나 한참을 찾았지요. 싸개 따라오시오."

북은 될 대로 되라는 심정으로 그니의 뒤를 따라 사랑채 건넛방으로 들어갔다. 이를 본 주모는 입을 쭉 내밀며 뭐라 뭐라 종주먹을 흔드는 눈치였지만 월향은 쳐다보지도 않았다. 무슨 특별한 곳이었는지 본채와도 좀 떨어져 고즈넉한 데다 방안에 놓인 가구는 적었지만 정갈한 것이 일견 봐도 범상치 않았다.

"이보셔요. 아직 이 방에 남자는 그 누구도 들이지 않았답니다. 그러니까 우리 화공께서 처음 이 방에 들어선 남자란 말이지요."

월향은 살짝 고개를 틀어 한마디하고는 이내 고개를 돌려 북의 눈을 그윽한 눈빛으로 뚫어져라 쳐다봤다. 그것은 뭐랄까 대숲에 부는 바람이 점점 다가오는 느낌이랄까. 암튼 그니의 눈빛이 닿는 곳마다 솜털이 곤두서는 느낌이었다. '이 무슨 식겁이고? 사내가 마담대해지라.' 북이 헛기침을 하며 갓을 벗자 월향이 재빨리 다가와 갓과 두루마기를 받아 익숙한 솜씨로 벽에 걸었다. 그리고 아랫목을 가리키며 잠시 편하게 쉬고 있으라 하고 엉덩이를 돌려서는 방을 나갔다. 문 쪽 옆으로 자그마한 탁자가 있었는데 탁자 위에는 화선지와 몇 개의 붓이 담긴 필통이 올려져 있었다. 이를 지켜보다가 천장만 멀뚱멀뚱 바라보는데 시간은 더디 갔고 어쩐지 소피가 마려운 듯도 했다. 그러다 북은 '내가 무슨 잘못을 한 것도 아니고 그까짓 거 죽기야 할라고.' 하며 두 눈을 감고 심호흡을 했다. 그제야 마음도 몸도 조금 진정되는 것 같았다.

얼마나 지났을까. 인기척이 나더니 문을 두드리는 소리가 났다.

"들어오시오."

북은 평온한 목소리로 답하였다. 문이 열리자 장정 둘이 따뜻한 김이 오르는 상을 마주 들고 들여왔다. 놀란 북이 재빨리 일어서자 둘은 괜찮다며 그냥 앉아 계시라며 상을 북 앞에 놓아주고 나갔다.

"올 거면 미리 기별이라도 주시지 않고요. 갑자기 상을 준비하느라 애먼 사람들이 고생을 했지요."

뒤따라 들어오는 월향의 손에 호리병이 쥐어져 있었다.

"이 술이 중국에서 온 유명한 술이라는데 우리 화원님은 알고 계신지요?"

월향은 마치 오래전부터 알고 지내왔다는 듯 자연스럽게 술을 따랐다. 그러고는 자신의 잔에도 한 잔 따르고 건배를 했다. 톡 쏘는 맛에 절로 미간이 찌푸려졌지만 이내 달콤한 뒷맛이 목울대를 타고 넘어왔다. 상 위에는 굴비와 생고구마도 있었다. 처음 먹어보는 굴비의 비릿하고 포슬한 맛을 고구마가 개운하게 가셔줬다. 그가 가장 즐겨먹는 삶은 닭보다 한 수 위의 안주였다. 고구마는 어디서 들여와서는 얼마 전부터 심어졌다는데 제대로 맛보기는 이번이 두 번째였다. 술도 달고 안주도 좋으니 북은 저절로 입이 벙글어졌다. 그런데 이 처자는 나를 왜 불렀을까? 그날 나의 패배를 보았을 텐데. 혹여 내가 무얼 잘못했는가? 어쩐가? 북은 은근 조바심이 났다.

"실은 제가 청이 하나 있습니다. 들어주실런지요?"

그제야 조금 마음이 놓였는지 북은 술을 벌컥 들이켜는 것이었다.

"그 얘기였소? 하하. 땅을 갈려고 해도 먼저 괭이로 땅을 딱딱! 친다고 하지요. 이제 밭에 들어선다는 신호를 그렇게 하고 일을 시작하는 법인데 뭐가 이리 급한 게요?"

"그리 땅땅 치고 할 일이 아니니 그렇지요. 일전에 그렸던 그림을 보니 욕심이 막 생기지 뭡니까. 좀 있다가 취기가 얼근해지면 어찌 한 장 얻어볼까 합니다만."

북은 속으로는 좋아라 했지만 겉으로는 태연한 척했다.

"내 그림을 그리는 게 업이니 한 장 더 그리는 게 뭐 그리 어렵겠소만 그전에 그대의 소리 한 자락이 없다면 무슨 흥이 일 것이고 어찌 붓을 쥘 힘이 생길 것인가?"

"제 소리도 매양 하는 일이니 무어 어렵겠소만 한갓진 이곳에서 소리가 울려 퍼진다면 담장 밖 사람들이 듣고 들여다보면 어쩔 것이고, 소리에 발이 묶인 새들도 날개를 접고 모여 들 것인데 이를 어쩌라고 소리를 하라시는 게요?"

배시시 눈웃음을 지으며 월향이 술잔을 든 오른손을 내밀어 북에게 술을 권했다. 순간 북은 할 말을 잊었다. 가슴이 두방망이질 쳤다. 그는 급히 술을 한입에 털어 넣었다. 불에 기름을 붓듯 갈증은 더 타올랐다. 이를 지켜보는 월향의 얼굴에는 웃음이 배어 나왔다.

"화원님, 밤은 길고 술도 많으니 천천히 드시지요."

"허허 갑자기 봄날처럼 세상이 환하고 따사로우니 술을 마실 수밖에…."

"피이~ 맨 정신이라야 환하고 따사로움을 오래 즐기겠지요. 화원님~ 고양이나 새 한 마리 그려주셔요. 벽에 걸어두고 있다가 내가 무어라 말을 걸면 벽에서 튀어나와서는 무어라 화답해줄 것 같은,

그런 놈으로 말이에요."

월향의 말에 최북은 그제야 정신이 좀 드는 것 같았다. 아까 보았던 탁자를 방 중앙으로 옮기고, 정갈하게 마련된 지필묵을 펴면서 '그래. 우리 같은 하류들은 이래 무엇에 쓰임을 받아야 오히려 마음이 편해지는가? 그래. 나비야 나비야 재주를 펼쳐보세.' 북은 속엣말을 하며 먹을 갈았다. 월향도 구석에 놓였던 가야금을 꺼내 무슨 곡인지도 모를 곡을 연주하기 시작했다. 한참이나 가야금 소리를 넋 놓고 듣던 북은 이윽고 붓에 먹을 적시기 시작했다. 큰 붓은 아니었고 중간보다 조금 더 작은 것으로 염소 털로 만든 듯했다. 술을 한 모금 입에 머금은 북은 조심스레 몇 획을 그었다. 그리고 입에 남은 술을 마셔버리고 또 한 잔을 따라 옆에 놓았다. 먹향과 술향이 서로 밀 듯 당길 듯 묘한 기류를 형성하고 그 아래로는 가야금 소리와 붓질 소리가 또 서로 권커니 잣거니 머금듯 소리의 공백을 채워주었다. 월향의 가야금은 특별한 악보를 따라가는 게 아니라 북의 자세나 붓의 움직임을 보아가며 이에 맞춰주는 듯했다. 이윽고 뜨거운 차 한 잔 마실 정도의 시간이 지나자 북은 붓을 거뒀다.

"우와, 이 작은 새가 뭐래요?"

월향은 가야금을 내려놓고 쪼르르 달려왔다. 화선지에는 소나무 밑동이 그려져 있고, 그 아래로 모이를 쪼는 새 두 마리가 그려져 있었다. '흠흠' 하며 북은 술잔을 들고 월향을 바라보았다.

"너무 맘에 듭니다. 화원님."

"이거이 메추라기라네. 어떤가? 너무 작은가?"

"내 방이 요만한데 이보다 더 크면 어디다 걸고 어찌 보라고… 아주 딱 좋아요."

북은 괜히 어깨가 으쓱해지고 목에 힘이 들어갔다. 그도 그럴 것이 어쩌면 구름 위에나 살 것 같은 월향이 자신을 위해 소리를 하고 살랑살랑 어깨를 들썩이고 살금살금 버선발을 흔들며 춤을 추는 것이었다. 그날 북은 사정없이 술을 마시고는 취하였고 결국 밤늦게야 그 집 하인의 부축을 받고서 간신히 집으로 돌아올 수 있었다.

전신사조(傳神寫照). 대상의 형상에 숨은 정신을 담아내자는 것으로 원래는 초상화를 그리며 생긴 말이지만, 시대가 흐르며 인문화의 사상적 배경이 된 말이다. 당시 조선에는 도화서 화원들 말고도 문인화를 그리는 일군의 선비들이 있었다. 실제로 이들은 조선의 그림 예술 분야를 꽃피운 양대 축이었다. 심사정, 강세황 등은 남종화풍의 그림을 그렸지만 매화도, 진경산수도 등은 상당한 수준으로 이들 사대부 세력들은 수양의 한 방법으로 먹을 치면서 조선조 화단을 이끌고 있었다. 심사정은 가문의 꼬인 내력으로 벼슬에 나가지 못하는 대신 당대의 문장가, 문인화가 등과의 교유가 폭넓었으며 강세황은 김홍도, 신위 등의 쟁쟁한 제자들을 가르치고 키워낼 만큼 이론과 실기를 갖춘 당대의 실력자이자 일군의 무리를 이끈 리더였다. 영·정조 시대는 중국의 남종화법에 기반을 둔 것이었지만 우리나라의 정서에 맞는 수묵과 담채로 조선적인 문인화가 확립된 시기이기도 했다. 바야흐로 김창흡 등 장동 김씨의 후원을 받은 겸재 정선의 진경산수 시대를 거쳐 단원 김홍도, 혜원 신윤복의 풍속화로 넘어가는 그 사이의 시기였다. 선대에 비하면 여건이 많이 좋아졌지만 그래도 아직 화원들의 그림은 뛰어난 몇몇을 빼고는 그림 자체로 인정받기 어려웠다. 그러니 화원도 되지 못한 사람들의 그림이야 무슨 취급을 받았겠는가. 화원들 중에는 먹고살기가 어려워 민예 수준의 그림으로 삽화를 그리며 지내는 이들도 많았다.

북은 풍류객이나 가객으로 불린 음악인들과도 교류가 있었는데, 그즈음 이광사의 소개로 알게 된 김창배라는 악사의 거문고와 비파 연주를 즐겨 들었다. 김창배는 원래 의관(醫官)이 되려다 어느 날 거문고 소리를 듣고 이에 빠져 생업도 때려치우고 음악을 익힌 인물이었다. 거문고를 시작으로 비파와 해금까지 줄이 달린 악기는 모조리 섭렵하며 신의 솜씨를 자랑했다. 그는 제자들도 많이 키워 장안의 음악 예인들을 많이 배출한 것으로 유명했는데 한 번 들으면 그 음을 기억해 자신의 소리가 될 때까지 잠도 안 자고 연습하는 것으로 유명하였다. 북은 가끔 이광사를 따라 그의 연주를 들으러 다녔는데 그때마다 그 자리에는 심사정 등이 앉아 그들을 반가이 맞아주었다.

일반적으로 연주회 자리는 조금 소란스러웠다. 사람들이 들락거리고 또 드물게는 싸갖고 온 음식을 먹는 이들도 있어 집중이 안 되었기 때문에 기실 이런 연주회 자리는 자주 찾지는 않았다. 물론 가끔 벌어지는 양반가의 마당이나 대청마루에서 열리는 연주회는 좀 달랐다. 거문고와 비파, 해금 등의 협연이 이루어지며 복채도 두둑했다. 그래서 음악가들은 여간해서는 길거리나 저잣거리 장마당에서 연주를 안 하는 편인데 이 김창배라는 사람은 언제든 어디든 사람들이 들어준다면 좋다며 거리 연주회를 자주 열었다. 연주가 끝나면 사람들은 그를 데리고 근처의 주막으로 갔다. 거기서 음악을 통한 즐거움과 그 즐거움을 통한 수양을 얘기했다. 그날도 그렇게 연주를 마친 김창배가 주막에서 한마디하는 것이었다.

"사람들이 내 음악을 듣고 마음이 부드러워진다거나 노여움이 풀리고 또 조금은 슬퍼진다면, 그렇다면 나는 이 세상을 위해 무엇인가 조금이라도 한 것이 아니겠소?"

그 말을 들은 이광사가 북에게 말했다.

"붓이 쌀을 만들지는 못하지만 음악만큼이나 사람들에게 즐거움을 준다면 어찌 한 생이 헛되다 할 것인가?"

둘은 의기투합하여 술잔을 높이 들었다. 당시 북은 30대 초반의 나이였지만 이미 그림은 성숙기에 접어들고 있었다. 그리하여 이학규라는 문사가 최북의 그림을 간직했다가 나중에 이를 찬하는 시를 짓기도 했는데, 그의 시문집 『낙하생고(洛下生藁)』에 이렇게 적고 있다.

호생관의 그림 솜씨는 변상벽과 조영석을 뛰어넘고
특히 대나무와 바위에 능하고 화조(花鳥)를 겸했구나.
지금 이 그림은 그저 장난삼아 그린 것이나
옥(玉)으로 족자를 꾸미고 담황색 비단으로 배접을 해야지.
한참 묵적을 어루만지니 벌써 황혼이구나.
안목이 있으면 그만이지 관지가 꼭 있어야 하나.
남쪽 것들 아무래도 그림을 모를 것이니
보물 상자에 능소화 향을 간직하길 바라겠나?
서울을 떠난 지 어느덧 열여덟 해
화폭을 펼쳐 거듭 보니 호생관이 거기 있구나.
오호라! 호생관의 그림 솜씨는 다시 나지 않는구나.

사랑은 슬픔을 낳고

북은 그날 이후 시간을 두고 일주일에 한 번씩 월향을 보러 갔는데, 언제쯤부터인지 삼사 일에 한 번씩 그러다가 하루가 멀다 하고 퇴근길이면 들러 술에 취하곤 했다. 더러 동료 화원이나 장터 그림쟁이들도 함께 가기도 했으나 꿀단지를 찾는 어린아이처럼 혼자 몰래 가는 일이 많아졌다. 여럿이 가면 술청에 있어 월향과 담소를 나눌 수 없으니 당연했다. 그러다 보니 최근 달포 동안은 북이 집에 돌아오는 시각이 늘 한밤중이었다. 보신각 종소리와 함께 들어오는 그에게 란도 보다보다 잔소리를 시작했고, 이 잔소리가 싫어 북은 더 늦게 들어갔다. 그렇게 시간이 흘러 어느새 란의 산달이 다가왔지만 두 사람의 티격태격은 끝날 기미가 보이지 않았다. 이를 보다 못하였는지 하루 열 마디 내외가 다일 정도로 말이 없던 장인이 북을 눈짓으로 불러내서는 당부를 하는 것이었다.

"이보게! 이제 수일 안에 애가 태어날 것 같으니 그때까지 만이라도 좀 어퍼덩 오시게."

북도 이제 자제할 때가 되었다는 생각을 하던 차였다. 북은 이런

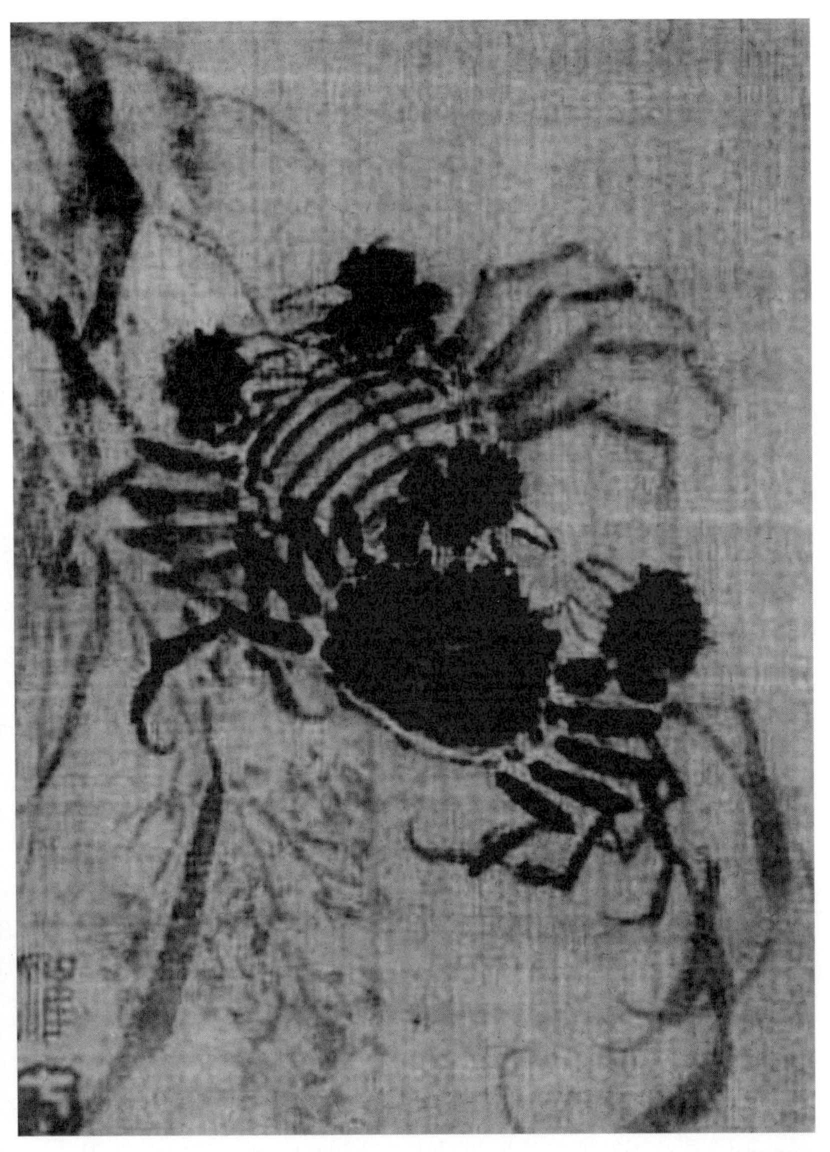

해도(蟹圖)

사정을 월향도 알아야 하겠기에 오늘 하루만 가고 아기가 태어난 뒤에 당분간은 참아보겠다고 작정을 하였다. 북은 오늘따라 늦게 가는 시간을 지루해하며 동료가 무언가 골똘히 붓을 놀리며 글을 쓰고 있는 뒤편 위로 붙어 있는 '사무사(思無邪)'라는 글씨를 올려다보았다. '삿됨 없는 생각'이라니, 과연 삿됨의 기준이 무엇일까. 필시 이 나라 사대부가 그토록 중시하는 공맹에다 성리학의 줄기겠지. 그러나 한자는커녕 언문도 잘 모르는 일반 백성에게 그 한자가 주는 뜻이 무엇이랴. 그토록 중요한 것이라면 억지로 한자를 가르쳐서라도 백성들에게 성(性)이 무엇이고 이(理)가 무엇인지를 생각하게 만들어야 하지 않겠는가. 지금처럼 자신들만의 언어로 자신들만 웃고 시시덕거리는 세상에서 도대체 삿됨이란 무엇이고 무슨 의미가 있단 말인가.

북은 쩝~ 하고 입맛을 다시며 하늘을 올려다보았다. 청명, 한식을 지나 날씨는 봄볕이 완연했으나 바람은 아직 사나웠다. 봄이면 무언가 간지러운 듯 아슬아슬했다. 아마도 나무들이 겨우내 얼었던 줄기에 물이 오르고 꽃눈을 틔우며 몸살을 앓는 계절이라 그런가 싶었다. 이게 어디 나무들만의 문제이겠는가. 저 땅, 저 흙도 온기가 흐르고 물이 들면 겨우내 움츠렸던 몸을 풀으리라. 그리하여 바람도 불고 이리 하늘이 변덕을 부린들 무슨 문제가 있을 것인가.

어느새 남산 중턱의 집들에서는 이른 저녁밥을 짓느라 연기가 피어오르기 시작했다. 북은 자신이 가장 아끼는 붓과 종이를 잘 갈

무리했다. 잠깐이라도 이별이니 오늘은 정성을 다해 그림을 그려줄 생각이었다. 무슨 냄새를 맡았는지 오늘 따라 저녁에 술을 같이 먹자는 이명섭을 겨우 따돌리고 바쁜 걸음으로 월향의 처소를 찾았다. 마침 방에서 나오던 월향이 북을 보고는 놀란 표정을 지었다.

"아침에 까치가 울더니 이리 빨리 오십니다. 매일 뜬다고 해가 고맙지 않을까요. 그래서 더 기쁘네요. 근데 어쩌죠? 미리 잡힌 술자리가 있어서 잠시 혼자 드시고 계셔야 하는데…."

월향이 말꼬리를 흐리며 북의 볼을 살짝 꼬집자 북도 자신의 손을 들어 향의 입술을 스쳤다. 향은 주위를 한번 둘러보고 북의 엉덩이를 툭툭 치며 눈을 찡긋거렸다. 이미 두 사람은 이름 두 자도 길다고 서로를 향과 북이라 부르는 사이였다. 향이 가고 나서 북이 방에 들어 먹을 갈고 있으니 곧 개다리소반에 주안상이 차려져 나왔다. 오늘은 경사라도 있었는지 큼직한 닭다리 두엇에 술도 두 되짜리 주전자가 가득 차 있었다. 흐뭇한 마음에 사발로 한 잔 쭉 들이켠 북은 곧바로 그림을 그리기 시작했다. 생각해보면 그 짧은 새에 이리도 정이 들었는가 싶었다. 향은 풍경보다는 한두 개 사물이 정밀하게 그려진 것을 좋아했다. 북은 이번에는 게를 그려볼 참이었다. 두 마리의 게가 엉겨 있는 것을 먹의 농담만으로 표현해볼 생각이었다. 그리다 그림이 막히면 중간 중간 술을 먹고 닭다리를 뜯으며 골몰하였다. 그렇게 얼마나 시간이 흘렀을까 북의 이마에는 땀이 송골송골 맺혔다. 얼마나 그림에 몰두했으면 향이 들어오는 것도 몰랐다. 북에게 다가온 향이 북의 이마에 흐르는 땀을 닦아주었다. 북은 그런 향의 손을 잡고는 마치 꽃의 향이라도 맡는 듯하였다.

"내가 그리워 술이나 마시고 있을 줄 알았더니…. 그나저나 이게 뭔가요. 게(蟹)인가요? 와! 안주로 해도 되겠네. 물 끓일까요? 너무 너무 살아 있는 것 같아요."

"어허, 여기 안주가 넘치는구먼. 무슨 안주 타령이란 말이오."

그렇게 말하면서도 북은 마음이 흡족했다. 그림이 향의 마음에 들었다는 것이다. 주발에 술을 따랐다. 어느새 두 되들이 주전자도 다 비워져가고 있었다. 향은 혹여 그림에 흠이라도 생길까 멀찍이 앉아서 넋을 놓고 들여다보고 있었다.

"근데 북, 두 마리 게가 엉겼으면 마땅히 기쁨이 솟아나야 하는 것 아닌가요?"

향은 자신의 잔에 술을 그득 따라서 들이켰다.

"그러니까 내 말은, 거품이 부글부글 있어야 환희가 완성되는 게 아닌가 그 말이오."

북이 대답을 하지 않자 향이 이번에는 북의 옆구리를 툭 쳤다.

"지난번에 밭을 갈려면 땅을 치라고 하지 않았소. 이게 그 신호로 되겠소?"

"어허! 붓글씨 서법에 인인니(印印泥)라는 말이 있소. 도장을 인주에 찍을 때는 수직으로 세워 힘차게 내려치라는 것이니, 종이 뒤까지 붓의 힘이 닿아야 비로소 밭을 간다고 할 수 있다 그런 뜻이잖소."

향은 발그레해진 볼을 부풀리며 살며시 북의 등을 감싸 안았다. 뭉클한 촉감이 등으로 전해졌다. 북은 등을 돌려 향을 마주 안았다. 향의 입이 북의 입을 찾았다. 북은 입술을 떼고 검지를 자기 입술에 대었다. 잠깐 그대로 있으라는 신호였다. 북은 손을 뻗어 방바닥에 놓여 있던 그림을 조심스레 장롱 위에 올려놓았다.

향은 어느새 술을 한 입 머금고는 북의 입술에 포개었다. 향의 입에서 나온 술이 북의 턱을 따라 목까지 타고 흘렀다. 향은 북의 목을 타고 흐르는 술을 혀로 핥기 시작했다. 어느새 알몸이 된 두 사람. 불에 기름을 부은 듯, 송진이 잔뜩 묻은 솔가지에 불이 붙은 듯, 두 개의 심지가 활활 타올랐다. 붙었다 떼었다 하면서 하나의 심지가 되어 활활 타올랐다. 그렇게 타오른 두 사람은 지상에 없는 황홀의 지극에 이르렀다. 지극의 황홀이라는 그림을 그렸다. 한 번에 끝나지도 않았다. 지쳐 쓰러질 때까지 쓰러져서도 둘은 격렬하게 서로를 탐했다. 벌떡 일어난 북은 붓에 먹물을 흠뻑 묻혔다. 먹물이 흥건한 붓으로 향의 엉덩이에 글씨를 썼다. 땀에 젖은 몸 위로 먹물은 제멋대로 흘러내렸다. 향이 몸을 뒤집자 배와 가슴에도 붓으로 글씨를 썼다. 아니 그림인지도 몰랐다. 붓이 닿을 때마다 향은 소리를 내질렀다. 향은 북의 붓을 뺏어서 북의 몸에도 붓질을 했다. 술에 취한 북은 헤벌레 웃으며 이번에는 자신의 음경에 먹물을 흠뻑 묻혔다.

화산이 폭발한 듯 뜨거웠던 밤이 지나고 밖에서 누가 부르는 소리에 깬 북은 깨질 듯 아픈 머리를 감싸며 머리맡에 있던 자리끼를 마셨다. 벌써 아침이었다. 쓰린 속을 부여안고 밖을 내다보자 집에서 사람이 찾아왔다고 얼른 나오라고 했다. 심상치 않은 느낌에 서둘러 나가보니 장인어른의 친구인 민씨 아저씨였다.
"아니 아저씨가 여긴 웬일이시오?"
민씨 아저씨는 아직도 술이 덜 깬 북에게 종주먹을 쥐고는 얼른 가자고 했다. 파랗게 질린 아저씨의 얼굴을 보고 북은 무언가 일이 잘못됐다는 느낌이 들어 다시 묻지도 않고 잰걸음으로 내달렸다. 아니나 다를까. 집에는 이웃 사람들 몇이 모여 웅성거리고 있었고 안에서는 숨이 끊어질 듯 울음소리가 들렸다. 북은 덜컥 겁이 나서 뛰어 들어갔다. 방 한가운데에 란이 이불에 덮여 있고 동네 의원도 구석에 앉아 고개를 외로 젓고 있었는데 피비린내가 진동했다.
"무슨 일이오? 란이, 란이가 왜 이러고 있소?"
북은 란을 잡고 흔들었다. 맥없이 목만 흔들리는 란의 얼굴을 만졌으나 아무 반응이 없었다.
"장인어른 어떻게 된 일이오? 무슨 일이오?"
장인은 말없이 눈물을 흘리며 북의 가슴을 쾅쾅 쳤다.

"어이구, 이 사람아! 어딜 갔다 이제 오는가. 란이 죽었다네. 간밤에 진통을 시작해서 밤새 용을 쓰더니 애고 어른이고 다 죽고 말았다네. 어흑~"

애가 거꾸로 나오다 팔이 걸렸는지 산파 할머니와 두 식경을 쩔쩔매다가 피를 너무 많이 쏟았다고 했다. 란은 끝내 비명 한 번 지르지 않았다고 했다. 북은 얘기를 듣는 순간 스르르 쓰러졌다. 혼절을 한 것이었다.

만주로 가다

황망한 죽음이었다. 조촐하게 장례식을 치른 후 북은 도화서에 그만두겠다는 의사를 전하고 달포를 폐인처럼 지냈다. 그러는 동안 장인도 말없이 그저 사위를 지켜볼 뿐이었다.

"이보시게. 나는 이제 내 고향으로 가려네. 이곳에 더 살 이유가 없지 않은가. 자네도 나를 따라 당분간 바람이나 쐬고 오는 게 어떻겠는가?"

북은 아무 말도 없이 짐을 꾸려 바로 따라나섰다. 북은 자신이 너무 부끄러웠고 또 후회스러웠다. 엉겁결에 란의 장례를 치르고 나서 북은 단 하루도 편안한 잠을 이루지 못했다. 어떻게 이런 일이 있을 수 있단 말인가.

북에게. 어떤 위로의 말도 소용없겠지요. 제가 죄인입니다. 평생 죄인의 심정으로 참회하며 살겠습니다. 이 슬픔이 지극하도록 견뎌내시길 바랍니다. 혹여 아주 나중에라도 이 슬픔이 맑은 뼈만 남게 되면 기꺼이 그 슬픔을 화폭에 남겨주시기 바랍니다. 그래주시면 멀리서나마 평생 이 슬픔과 추억, 가슴에 담고 살겠습니다. 월향.

란의 소식을 들은 향이 북에게 보낸 편지다. 북은 아무 말도 없이 한참을 바라보다 그 편지를 찢어 아궁이에 태워버렸다. '슬픔이라… 이 슬픔에 쌓인 죄를 평생에 내 생애에 다 씻지 못할 것이다.' 북은 장인과 함께 괴나리봇짐을 메고 길을 나섰다. 북이 떠난다는 소식을 듣고 이광사는 전날 찾아와 심심한 위로와 함께 적잖은 노잣돈을 던지고 갔다.
"이 사람아! 원족은 사람의 몸과 마음을 크게 한다네. 한 바쿠 훅 돌고 와서 만주처럼 넓고 깊고 시원한 그림 그리시게. 맘 같아서는 나도 같이 훌쩍 떠나고 싶지만… 밥 굶지 말고 술은 좀 줄이고 든든하게 걸어 다니시게."

그렇게 시작한 둘의 여행이었다. 며칠을 함께 걸으면서도 발자국 소리만 들렸을 뿐 조용하였다. 꽤 많은 이야기를 나눌 줄 알았는데 두 사람은 정작 몇 날 며칠 아무 말도 없이 걸을 뿐이었다. 그렇다고 서로에게 담을 쌓은 것이 아니었다. 장인은 한 걸음마다 허망과 원망을 풀어놓았을 것이고, 북은 북대로 한 걸음마다 후회와 죄책감의 두께를 늘려나갔을 것이다. 그렇게 걷고 또 걸으면서 두 사람은 말없이도 서로의 마음을 가늠하게 되었다. 한마디로 말이 필요 없게 된 사이 그야말로 도반이 된 것이었다.
두 사람은 한 달포 후쯤 장인의 고향인 회령에 도착했다. 북의 발뒤꿈치는 물집이 잡혔다 터지길 반복해서 곰발바닥처럼 두툼했는데, 물집이 터져 피멍이 들었어도 북은 심드렁했다. 오는 내내 북은 하늘을 올려다보기가 싫었다. 천리 길도 넘는 노정에 그가 본 것이라고는 흐릿한 먼 산을 빼면 온통 흙과 물, 밭둑뿐으로 끝끝내 무릎 아래쪽의 풍광이었다. 아무것도 안 보고 죽도록 걷기만 한 것이었다.

이제는 친척 몇 사람만 살고 있는 고향은 둘이 들어가 쉴 곳도 없을 만큼 옹색했다. 아쉬운 대로 빈 외양간을 고쳐 잠시 처소를 만들어 들었다. 사람들이 떠나 휑하다지만 두만강 아래쪽으로 자리잡은 장인의 고향 마을은 한눈에 봐도 기름졌다. 기름기가 흐르는 흙과 맑은 물이 솟아나는 진짜 고향이라는 환상에 걸맞은 지역이었다. 장인은 여기에 눌러앉을지 아니면 내처 연길까지 갈 것인지 며칠을 고민하는 눈치였다. 여기에 살자니 그동안의 삶에 대해 구구한 이야기들을 풀어놔야 해서 번거롭고 연변으로 가자니 그야말로 늘그막에 적막강산이라 좀 주저되는 바가 있는 듯했다. 북은 연변보다 성가시더라도 이곳에 머무는 게 좋겠다고, 여기서 좀 떨어진 두만강 쪽에 자릴 잡는 게 좋을 것 같다고 거들었다. 그리고 한두 칸이라도 집 짓는 일을 도와 장인의 처소가 지어지면 만주 쪽을 한 바퀴 돌고 오겠다고 했다. 장인은 북의 말을 따르기로 했다. 그리하여 그 마을에서 오리쯤 떨어진 산기슭의 허름한 땅에 불을 놓고 구들을 깔았다. 큰 기둥을 세울 때 외에는 온전히 둘이 해야 하는 일이었다. 북은 일의 요령도 모르고 힘만 쓰려 하였지만 다행히 장인은 여러 가지 기술도 많았고, 연장을 다룰 줄 알았다. 하지만 세월에는 장사가 없는지 이곳까지 오는 내내 장인은 눈에 띄게 다리를 절었다. 고질이던 무릎 병이 도졌던 것이다.

"최서방, 이제 되었네. 더 후회도 죄책감도 마시게. 다 떨어버리고 허랑허랑 사시게. 세상 혼자 사는 게 아닐세. 아무리 힘이 좋아도 다 되는 게 아니라네. 최서방 착한 것이야 알지만 그걸 몰라준다고 너무 외곬으로 강팍하게 살지는 마시게."

일하는 틈틈 탁주라도 한잔 걸칠 때면 장인은 가끔 이렇게 박히지도 않을 잔소리를 하였다. 항차 혼자 살아갈 북의 앞길이 걱정이 되어서였을 것이다. 그러나 누구의 입에서도 란의 이야기는 나오지 않았다. 최소한 두 사람의 가슴속에 란은 그대로 박제가 되어 살고 있는 듯했다. 어떻든 북은 아침 일찍부터 저녁 늦게까지 일만 하였다. 어느새 지붕도 다 덮어 얼추 집 모양새를 갖추었다. 북은 밤에도 달빛마저 다 사라질 때까지 연장을 들고 지붕 위에 갈참나무 껍질을 촘촘하게 깔았다. 일체의 다른 생각이 안 나도록 쉴 틈 없이 스스로를 혹사하는 북을 보면서 장인은 쯧쯧 혀를 찼다. 이제 때가 된 것이었다. 어느새 준비해놓았는지 깨끗하게 빨아놓은 괴나리봇짐과 함께 술상을 봐왔다. 한 잔이면 황소도 쓰러진다는 이곳의 독한 술이었다.

"최서방, 이제 날이 밝으면 여길 떠나시게. 나머지 일이야 나 혼자 실실 해나가도 될 것 같네. 이제 저 두만강을 건너 이곳저곳을 둘러보고 오시게. 다만, 돌아오고 싶으면 언제든 돌아오게. 나는 아무래도 좋다네."

"이제 연세도 많고 몸도 불편한데 괜찮을는지요. 집이야 거반 다 지었다지만 혼자 지내도 되겠는지요. 아무래도 마음이 놓이지 않습니다."

"나는 은제든 이렇게 혼자 살 때가 올 것을 알았다네. 다만 좀 빨리 왔을 뿐이지. 내 걱정 말고 얼른 자네 인생을 찾아 가게나."

"이제 제가 떠나도 저는 혼자가 아닙니다. 장인어른이 믿을지 모르겠으나 이제 어떤 여인네도 쳐다보지도 않을 랍니다. 이 가슴 한켠에는 란이 함께 살고 있으니 저는 혼자가 아닙니다."

북은 손으로 자기의 가슴을 가리켰다. 장인도 북도 쓸쓸히 미소를 지으며 잔을 부딪쳤다. 아무 사연도 모른다는 듯 달이 환하게 둘을 비추다가 시나브로 서쪽 하늘로 넘어갔다.

세상으로의 복귀

그리고 몇 년의 해가 뜨고 달이 떠올랐다. 어제와 같은 시간이 오늘로 흘러가면서 어느새 육칠 년의 세월이 훌쩍 흘러갔다. 시간이란 게 당장은 아무것도 아니었으나 쌓이고 나면 매정했다. 아무것도 아닌 작은 것들이 모여 사람은 나고 늙고 병들어 죽어갔으며 물길도 바뀌고 산길도 바뀌어 종내는 종적이 묘연해지기도 하였다. 아침에 뜨는 해가 저녁에 지는 해와 같을 리 없었으나 젓가락 같던 나무가 어느새 아름드리 키를 넘게 커서 성큼성큼 저 멀리 가버리고 마는 것이 시간이었다.

임진란과 병자란이 지나고 백여 년의 세월은 전쟁이 없는 태평성대의 시기였다. 국경이 튼튼해지니 물자는 풍부해지고 화폐 경제가 활발해졌다. 서릿발 같던 반상 차별이나 서얼 차별도 헐거워지며 일정한 경제적 기반을 잡은 중인과 문인들, 일정한 기술을 갖춘 전문가들의 활동도 활발해졌다. 양란을 치루며 백성들의 힘을 의식하게 된 양반 사회의 위축과 영·정조 시대의 왕권 강화책인 탕평책이 자리를 잡아가면서 생긴 결과라는 게 중평이었다. 여기에 청나라 강희제, 건륭제의 번영기가 이어지며 자연스레 조선도 안정기를 구가하게 되었다.

답설방우(踏雪訪友)

북이 조선을 떠난 사이 북의 친구들에게도 변화가 있었다. 제일 잘 나가던 이광사는 자신의 글씨를 확립하여 확고부동한 명사(名士)의 반열에 올랐고, 당쟁의 희생양이 되어 몰락한 양반이었지만 그림 하나만은 당대 최고였던 강세황과 심사정의 그림과 글씨는 점점 무르익고 있었다. 도화서의 옛 동료들도 이젠 애송이 티를 벗고 후배 화원을 거느린 중견 화원이 되어 있었다. 여기저기서 해 아래 새로운 것이 없다는 소리가 들릴 만큼 느긋한 일상이 흘러갔다. 그렇게 모든 이들에게서 최북에 대한 기억이 희미해질 즈음 돌연 청계천 화원 거리에 북이 생환했다는 소문이 돌았다. 물론 소문만 그렇게 돌았지 그와 친했던 그 누구에게도 실제 기별이 온 것은 아니었다.

예전에 북은 가끔씩 산에서 내려와 이 동네 저 동네 저잣거리 한 구석에 쪼그려 앉아 자신의 그림을 팔다 가곤 하였다. 그의 그림을 좋아한 사람들은 그의 행방을 일부러 수소문하고 다니기도 했다. 그러다 말다 그의 그림자조차 사라졌던 것인데 다시 그가 한양에 나타났다는 소문이 돌았다. 대부분의 사람들은 무슨 헛소문이겠지 하고 흘리고 말았는데 그와 왈패처럼 한참을 잘 어울렸던 이단전이라는 친구만은 달랐다. 그는 무슨 생각이 들었는지 젊었을 적 북에게 들었던 도봉산 근처 북의 옛집을 찾아 나선 것이었다. 이단전은 중인 출신으로 글 쓰는 재주가 들끓어 시를 써서 주목을 받고 있는 시인이었는데 조금은 괴팍하기도 하고 엉뚱한 구석이 있는 친구였다. 그가 예전 들었던 기억을 더듬고 물어물어 어찌어찌 도봉산 외딴 마을까지 들었다. 그곳 사람들에게 북의 외모를 얘기하며 혹시 그림을 그리고 사는 사내가 있는가 하고 물었다. 그러자 그림은 모르겠고 비슷한 사람이 얼마 전부터 와 있다며 한 곳을 가리키는 것이었다. 이단전은 괜히 설레는 마음을 누르며 그 집 마당을 한걸음에 지나 방문 앞에 섰다. 크지도 좁지도 않은 마당에 자리한 집이였다. 허술하나마 사방으로 돌담이 쌓여 있고 고만고만한 집들 몇 채가 지붕을 서로 잇대고 있었다.

"이보시오. 주인장 계신가?"

아무 대답도 없는 마당 봉당 위 댓돌에는 짚신 두어 개가 놓여 있을 뿐, 그 흔한 개 한 마리도 보이지 않았다.

"여보시오. 게 아무도 없소?"

목소리를 높여 다시 한 번 불러봤으나 여전 묵묵부답이다. 옆집에라도 가 이 집에 누가 사는지 물으려고 몸을 돌리는 순간 작은 사랑방 문이 빼꼼 열리고 한 사내가 나왔다.

"뉘시오. 뉘신데 이 한갓 집을 찾는 게요?"

이단전은 순간 절로 신음이 나왔다. 예전보다 해쓱해지고 머리는 봉두난발이었지만 틀림없는 북이었다. 아침저녁으로 서리가 내리는 날이었으나 북은 반팔차림이었다.

"이보게 북, 나를 모르겠는가? 나 이단전, 필재일세."

머리를 들어 필재를 본 북은 웃는 것인지 우는 것인지 알 수 없는 표정으로 팔을 휘저으며 다시 방으로 들어갔다. 머쓱하게 잠시 서 있던 필재는 기어이 방으로 따라 들어갔다. 방안에는 다리가 부러진 개다리소반 위로 낡은 책들이 수북이 쌓여 있고, 북은 벽을 보고 돌아앉아 있었다.

"이보게 북, 어찌 이러고 앉았나. 나 필재라니까?"

필재가 북의 어깨를 흔들자 북은 흐느껴 울기 시작했다.

"자네가 어찌 여길 찾아왔나? 내가 살아 있지만 살아도 산 게 아니라고 다시는 도성엔 발붙이지 않겠다고 생각했는데 갈 데가 없지 않겠나. 며칠 쉬고 산채로 들어가려 했더니 어찌 자네가 알고 이렇게 나를 찾아왔나?"

북은 벽을 바라보며 혼잣말처럼 떠들었다. 필재가 와락 북의 등을 껴안았다. 이윽고 두 사람은 서로를 부둥켜안고 아이들처럼 엉엉 울었다.

"이보게. 자네 진짜 북, 북 맞지? 이 사람아, 우린 다들 자네가 어디 가서 죽은 줄 알았다네. 이 사람아, 왔으면 왔다고 얘길 해야지."

필재는 급히 이웃을 불러 술과 안주거리를 부탁했다. 오도카니 앉아 좀체 입도 안 열고 눈도 안 마주치던 북이 술 두어 잔이 들어가자 화색이 돌기 시작했다.

"여보게, 도성 안에 들지 않으면 어찌 산단 말인가? 이제 산에 들어가 농사를 지을 겐가 아니면 기어이 땔낭구를 해 팔겠다는 말인가? 살려면 사람들 틈에 있어야지. 무엇보다 자넨 그림을 그려야지. 그게 자네의 농사이고 일이지 않는가?"

북은 어깨를 움찔거릴 뿐 아무 대답도 하지 않았다.

"내가 강세황 형님하고 지인들에게 자네 이야기를 하겠네. 자네는 그림을 그리며 살면 되네. 우리들이 자네를 도울 것이니 아무 걱정 마시게. 자~ 오늘은 한잔 쭈욱~하고 편하게 주무시게."

필재도 한 성깔하는 위인이었으나 어쩐지 북에게만은 따뜻했다. 필재(疋齋)의 필자를 파자하면 아래 하(下), 사람 인(人)이다. 아랫사람을 뜻하는 한자로 자기의 호를 삼은 것으로도 유명하기도 하였다. 그렇게 밤이 지나고 다음 날 청계천변 시장 거리는 북의 귀향 소식으로 소란하였다. 북을 환영하는 저녁 자리가 강세황의 주도로 열렸고 북은 마치 죽은 사람이 살아 돌아온 듯 요란하면서도 따뜻한 환대를 받았다. 북은 겸연쩍은 미소를 지으며 뒷머리를 긁는 것으로 인사말을 갈음하였다. 북이 한양을 떠나게 된 사연을 다들 아는지라 짓궂게 이러저러 캐묻는 친구도 없었다.

북은 몇몇 지인들의 주선으로 필방이 늘어선 거리에 방 하나를 얻어 지낼 수 있게 되었다. 그제야 북은 몇 년을 끝끝내 풀지 않았던 등짐을 풀었다. 비로소 그가 아꼈던 벼루와 붓 몇 자루가 다시 햇빛을 보게 되었다.

이즈음 세상에는 언문으로 된 소설을 읽는 것이 크게 유행했다. 『승정원일기』에 "영조가 불면증이 올 때는 쉽고 재미있는 언문 소설보다는 어려운 한문책을 읽는 것이 도움이 된다"고 쓸 정도로 왕가는 물론 양반가와 일반 백성에 이르기까지 너나할 것 없이 언문 소설을 읽었다. 보통 위에는 한자의 음을 언문으로 병기하였고 아래에는 그 내용을 설명하는 글이 언문으로 적혀 있었다. 『서유기』, 『수호전』, 『삼국지연의』, 『전등신화』, 『손방연의』 등이 주류를 이루었지만 패관소사(稗官小史)라 하여 민간의 이야기나 전설 등이 적힌 책도 그 종류가 수십 가지가 넘었다.

북도 혼자 있는 시간이 많아 이때부터 소설 읽기를 즐겨하였는데 그중에서도 『수호전』과 『서상기(西厢記)』를 즐겨 읽었다. 처음에는 이웃이나 친구가 권해 읽게 되었고 주위에 굴러다니는 책들을 심심풀이 삼아 읽었는데 뜻밖에 별 재미였다. 양산박에 모인 영웅호걸들이 세상의 불의를 없애자고 결의하는 대목을 읽을 때는 흥분을 참지 못하고 소리를 마구 질러대기도 했다. 북은 반상 차별은커녕 너나없이 사는 양산박 사내들이 다 좋았는데 그중에 특히 노지심을 좋아하였다. 시원시원한 성격에 의협심이 강한 그의 성정에 반한 까닭이었다. 『수호전』의 노지심도 어지간히 술을 좋아했지만 기실 최북도 만만치 않았다. 또 『서상기』를 펼쳐 읽다가는 몇 번이고 접었다 폈다를 반복했다. 작중의 인물들 중 앵앵에 이르렀을 때 자연스레 란이 떠올랐기 때문이었다. 읽을수록 란과의 추억이 사무쳐 밀쳤다가도 궁금해 다시 펼쳤다. 먼지가 켜켜이 쌓이듯 세월이 지나고 보니 란에 대한 추억을 불러일으키는 책이 새삼 고마운 생각이 들 지경이었다.

북은 책을 밀어놓고 화첩 사이에 소중하게 끼워놓았던 그림을 하나 꺼내 오래도록 바라보았다. 그 그림은 다름 아닌 란이었다. 그가 두만강을 지나 연변도 지나 사람들의 생김새가 우리와 무척 비슷한 브리야트라는 지역을 지날 때였다. 어차피 편하자고 나선 길이 아니었으나 너무 춥고 혹독하였고 고되게 걸어온 길이었다. 내심 그가 목표로 걸어왔던 북해(北海)가 지척이었다. 여기서 말하는 북해는 후일 바이칼호로 불리게 될 커다란 호수였다. 마침 날은 섣달 그믐쯤을 지나고 있어서 엄청난 눈과 맹추위로 발이 묶였다. 두만강을 지나 송화강에서 멀어질수록 말과 풍습이 달라지고 관리들의 모습도 달라졌다. 하다못해 시정의 왈패들도 덩치가 점점 커지더니 어느새 사람들의 복장이며 생김새도 달라져 어느 한 사람 마음 놓고 대하기가 쉽지 않았다. 그래도 그는 지금의 이 완전한 혼자라는 상황, 지극한 고립이 좋았다. 어느새 국경을 지나 발해권에서 북해권으로 바뀌며 기후도 인종도 현저하게 변하고 있었다. 북은 많이 쇠약해져 있으나 그에겐 붓이 있었다. 그 붓으로 사람들의 초상화를 그려주거나 고양이나 새 종류의 소품을 그려주면서 한뎃잠을 피하고 밥을 얻어먹을 수 있었다. 다행히 여기 사람들도 그의 그림을 좋아했다. 북은 이런 것이야말로 그림이 갖고 있는 고유의 미덕일 거라 생각했다. 먹으로 그리는 그림은 소재부터가 낯설었을 텐데 그래도 별스런 그림이라고 좋아해주니 북은 고마웠다.

여기는 곡물이 자라기 힘들고 감자도 귀한 음식이었다. 척박한 땅이라 무얼 심어 키우기가 어려우니 자연 물가에 모여 사는 게 여러모로 유리했다. 한겨울이면 두 자도 넘는 얼음을 깨야 겨우 먹을 물도 구할 수 있었다. 이곳의 겨울은 나무나 사람이나 모두 살아남기 어려운 혹독한 계절이었다. 사람들은 봇짐을 지고 돌아다니는 그에게 왜 이 추운 겨울에 그러고 다니냐며 힐난의 눈빛을 보냈다. 그렇거나 말거나 북은 아무대고 들어가 지냈다. 한번은 난데없는 폭설로 다 쓰러져가는 움막집 부엌에서 이곳 들소와 양들과 함께 이삼 일 지내기도 하였다. 혼자 자는 것보다 동물들과 지내는 것이 한결 따뜻했다. 아무리 추워도 심심한 것은 또 심심한 것이었다. 이곳 술은 엄청 독한 술이었는데 그나마 사람들이 잘 마시지도 않았고 게다가 이곳의 음식이 북의 입맛에 맞지 않아 고생을 하였다. 재수가 좋은 날에는 양고기 맛도 좀 볼 수 있었는데 몇 번 먹어보았으나 비려서 국물만 조금 먹다가 마는 식이었다. 비록 척박한 환경이지만 이곳에서도 많은 사람들이 콩을 심고 먹었다. 어쩌다 콩으로 만든 우리의 두부나 비지 같은 것을 빚는 날이 있는데, 북이 눈치를 보면서도 큰 바가지로 담은 음식을 깨끗이 비워내 그 집 식구들을 놀라게 하곤 했다. 그러던 어느 날, 눈이 쌓이지 않도록 경사가 급한 게르 형태로 지은 집에 앉아 하염없이 쏟아지는 눈발을 바라보던 북은 그만 자신도 모르게 눈물이 주르르 흘러 나왔다.

북은 사람들로 북적거리고 소란스러웠던 저잣거리에서 란을 처음 보았을 때, 그 소음마저 들리지 않게 했던 풋풋한 란의 모습을 떠올렸다. 그러다 혼자 달떠서 문설주에 한참을 기대 숨을 쉬던 일, 처음 함께 간 북한산 처소, 문풍지에 비치던 유난했던 달, 배추 속 고갱이 보다 더 희고 옻물을 들이기 위해 황백나무 껍질을 끓이던 솥단지보다 따뜻했던 가슴, 아 그리고, 그리고 란의 배에 귀를 대면 기다렸다는 듯이 톡톡 쳐주던 약동하던 그 아이의 발… 북은 눈발 저 뒤로 보이는 잿빛 하늘을 보며 소리죽여 한참을 울었다. 그리고 남쪽 하늘을 향해 세 번 절을 했다. 절을 하고 한참을 오체투지로 엎드려 있다가 이내 봇짐에서 작은 벼루를 꺼내어 먹을 갈았다. 물은 우물물이 아니고 눈을 녹인 것이라 조금 불안했지만 상관없었다. 지금 이 순간 그리지 않고는 미칠 것 같았다. 그렇게 한참을 갈다가 몇 장 남지 않은 화선지를 꺼냈다. 집 주인은 이 모양을 보고 무어라 자기 아내를 불러 또 무어라 한참을 얘기하더니 딱딱하고 네모난 판자를 어디서 구해 담요와 함께 갖다 주었다. 아마도 화선지 밑에 깔고 그리라고 준비해준 것 같았다. 북은 잠시 머리를 숙여 감사를 표했다.

북은 붓을 새로이 그러잡았다. 갖고 있던 붓 중에서 제일 작은 소필이었다. 란의 얼굴을 하나하나 땀구멍까지 그려볼 작정이었다. 이윽고 붓 끝에 먹을 살짝 먹여 먼저 빛나는 눈의 윤곽을 그렸다.

콧대에서 코끝, 코날개까지 우아하게 자리를 잡았다. 이윽고 턱과 머리 윤곽이 더해지자 이를 구경하던 식구들이 탄성을 내질렀다. 어느새 북의 미간에는 땀이 솟았다.

"여보게."

북이 돌아보니 주인 남자가 술과 안주를 들고 서 있었다. 안주라야 떡도 빵도 아닌 자기들 방식의 부치기였지만, 타는 듯 목울대를 타고 내려가는 독주의 기운을 씻어주기에는 충분하였다. 머릿결 하나하나까지 섬세하게 그려가는 데는 많은 시간이 걸렸다. 북은 술을 딱 한 잔만 마셨다. 밥보다 술을 좋아하는 그였지만 주인 남자가 더 권하는 것을 한사코 거절하였다. 이 순간만큼은 란의 얼굴을 사실대로 그리고 싶었기 때문이었다. 어쩌면 이 그림은 그에게 일생을 건 작업이었다. 그림을 구경하던 식구들은 탄성을 내지르고 저희들끼리 웃고 떠들고 하다가 막바지 작업에 속도가 느려지자 하나둘 자리로 가서는 코를 골기 시작하였다. 들소와 양 구유가 바로 옆에 있었고 그들이 싸질러놓은 똥냄새도 고약했지만, 북은 아무 소리도 듣지 못하고 아무 냄새도 맡지 못하였다. 그러고도 꽤 오랜 시간이 지나서야 북은 한숨을 내리쉬며 붓을 거두었다. 그제서야 오줌을 누러 밖으로 나가니 여전히 눈보라와 함께 바람이 씽씽 소리를 내고 있었다. 이러다간 오줌발이 그대로 얼어붙을 것 같았다. 자기도 모르게 몸서리를 치고 종종걸음으로 집안에 들어온 북은 그린 그림을 보며 그제야 남은 술을 마저 마셨다. 술이 취한 중에도 그림을 농 위에 잘 여미어놓고 북은 정신없이 곯아떨어졌다.

다음 날 아침, 떠들썩한 소리에 북은 잠에서 깨었다. 아이들끼리 간밤에 북이 그린 그림을 방바닥에 펼쳐놓고 가리키며 무어라 떠들고 있었다. 북은 기함할 듯이 놀라며 소리를 질렀다.

"이놈들! 뭣 하는 거야?"

다행히 조금 구겨졌을 뿐 큰 손상은 없었다. 북은 안도의 한숨을 내쉬었다. 북의 뜻밖의 행동에 아이들도 놀랐는지 뜨악한 눈으로 북을 올려다보았다. 북은 머리를 긁으며 아이들에게 줄을 서라는 시늉을 했다.

"자, 너희들이 가지고 있는 흰 천을 가져와봐."

아이들은 영문을 알 수 없다는 얼굴로 천 쪼가리들을 가져다가 북에게 내밀었다. 북은 아이들의 얼굴을 그리기 시작했다. 아이들에게 소리친 것도 미안하고 밥값을 하고 싶어서였다. 주인 여자는 하나씩 그려지는 아이들의 얼굴을 보며 벙글벙글 웃음이 넘쳐났다.

북은 이곳 사람들이 그린 그림도 구경했는데 마치 우리의 곱돌로 그린 것처럼 색이 나는 돌로 그린 그림들이 인상적이었다. 가끔 이들의 재래시장에서 거래되는 그림 구경도 하고 재료도 들여다보았다. 대부분 색깔이 있는 흙이나 돌을 갈아 그것을 염료로 그림을 그리고 있었다. 북은 자연스럽게 이들에게 물감을 만드는 요령도 배웠다. 그렇게 먹과 붓 대신 어깨너머 배운 것으로 세 아이의 얼굴을 다 그리자 북이 좋아하는 군감자와 따뜻하고 시큼한 우유죽이 나왔다. 군감자를 까던 손으로 아이들 볼을 만지자 검댕이가 된 아이들도 숯검댕이 손으로 북의 얼굴을 만졌다. 서로 거멓게 된 얼굴을 손가락질하며 한바탕 웃음이 터졌다. 이렇게 사는 게 행복이지! 새삼 을씨년스러운 자신의 처지를 생각하니 적막강산이 따로 없었다.

아이들이 가고 혼자 남은 북은 자신이 그린 란을 다시 들여다보았다. 좋지 않은 여건에서 그렸음에도 란의 눈빛과 볼우물 등이 잘 나온 것 같았다. 어떻든 마음에 들었다. 그러고 보니 이것이 자신이 그린 유일한 란이 될 터였다. 애잔하게 한참을 그렇게 란을 보고 있자니 빙그레 웃음이 나왔다. '그래 이 정도면 됐다. 란도 갑갑하지 않겠나. 이제 란을 놓아주자.' 그날 밤 북은 란이 꿈을 꾸었다. 꿈에 나타난 란은 북을 보고 웃을 듯 말 듯 하다가 한 번 빙긋이 웃고는 연기처럼 흩어져 사라졌다. 환하던 꽃이 져버리듯 그대로 텅 빈 하늘이 되고 마는 것이었다. 잠을 깬 북은 마지막으로 목표했던 북해를 찾아보고 집으로 돌아가야겠다는 생각을 했다. 5년인지 6년이지 햇수도 기억이 나지 않았다. 참으로 질기고 오랜 여행이었다. 그 기간 내내 한양으로 돌아가야겠다는 생각을 떠올린 것은 이때가 처음이었다.

그가 목표로 한 북해에 닿기 위해서는 꼬박 한 달여를 더 걸어야 했다. 해도 짧았을 뿐 아니라 눈보라가 치면 며칠을 꼼짝 못하고 머물러야 했기 때문이다. 그래서 이곳 사람들도 겨울이면 모든 노동을 멈추고 보리, 콩, 메밀, 귀리, 감자, 말려놓은 육포나 물고기 등으로 연명했다. 가끔 북은 머물렀던 집의 주인 사내를 따라 나무하는 일도 같이했는데 나뭇등걸을 길옆으로 옮겨서 밑에 바퀴를 단 넓은 마차에 실으면 이것을 들소가 끌고 옮겼다. 때로는 큰 나무 한 개를 통째로 옮길 때도 있었다.
북은 여기서 어릴 때 꿩을 잡을 때 썼던 방법으로 새를 여러 마리 잡기도 했다. 꿩 잡는 방법은 간단했다. 콩에 구멍을 뚫고 그 안을 조금 비운 다음 청산가리를 넣고 입구를 촛농으로 때워서 집 인근에 뿌려놓으면 끝이었다. 물론 콩의 구멍을 크지도 적지도 않게 내야 하고 청산가리 냄새가 새어나오지 않게 마무리하는 요령이 필요했다. 아무튼 배가 고픈 꿩이나 새들이 이걸 먹고는 날아가다 얼마 못가 땅으로 떨어지면 가서 주워오기만 하면 되었다. 청산가리를 먹었기 때문에 내장은 발라내고 살코기만 소금을 뿌려 구워먹었는데, 기실 북은 고기를 좋아하지 않았지만 그가 이렇게 새를 잡아 오면 식구들은 웃음을 띠며 만세를 불렀다.

그렇게 정월이 지나고 이월도 한참 지날 즈음 북은 비로소 북해(北海, 바이칼 호수)에 닿았다. 몸도 마음도 지친 길이었다. 강기슭에는 파도가 칠 정도로 호수의 규모가 엄청나다고 들어서 끝도 안 보이는 무연한 바다쯤을 상상했지만 실제로 와서 보니 두껍게 언 얼음 위로 하얗게 쌓인 눈이 끝도 없이 펼쳐져 있어 마치 드넓은 평야로 보일 뿐이었다. 그날도 약하지만 눈보라가 치고 있었는데 북이 얼음을 밟고 한참을 걸어 들어가니 그야말로 하늘도 땅도 다 하얀색으로 가득하였다. 순간 북해가 커다란 하나의 빈 화선지 같았다. 북은 들고 있던 지팡이로 커다란 원을 하나 그렸다. 그러곤 이렇게 스스로에게 물었다.

"나는 지금 무엇을 하는가? 그림을 그리는가? 그린다면 나는 무엇을 그리는가? 어떤 대상을 그리는지 내 마음을 그리는지 혹여 그림에 마음이 들어가 있다면 그 그림을 보는 사람은 애초에 대상을 보는 것인지 내 마음을 보는 것인지 무엇으로 알 수 있겠는가?"

쏟아지는 눈이 이내 그 원의 흔적을 지워버렸다. 어쩌면 그가 그린 원은 물론 그가 스스로에게 물었던 질문들조차 다 지워버릴 판이었다. 하지만 북은 여전히 그리는 행위의 근본적인 의문, 수수께끼를 알고 싶었다.

'그린다는 것은 뭘까? 보이는 것뿐 아니라 보이지 않는 것을 드러내는 것 아닐까? 대상을 그리되 오히려 나를 그리는 것 아닐까? 그린다는 것은 한 정신이 다른 정신을 만나는 것이라 할 수 있지 않을까?' 북은 어느새 발목도 넘게 쌓이는 눈을 헤집으며 미친놈처럼 중얼거렸다. 몸 안에서는 뜨거운 희열이 솟아 나왔다. 장인이 술만 취하면 들려주던 만주의 풍경, 넓은 땅덩이와 기름진 흙들, 그리고 그 위로 펼쳐지는 끝없는 초원이 떠올랐다. 그리고 거기에는 조그만 조선 땅덩이와 달리 왕과 양반의 입김이 훨씬 덜해서 자유롭다던 얘기가 떠올랐다. 어느 나라 땅인지 모르겠으나 왕조의 입김이 미치기 힘든 지형적 특성에 기인했겠지만 과연 이곳은 조선보다 자유로웠고 행복해 보였다. 징글징글한 신분 사회, 양반들의 허위와 무능과 그 뻔뻔스러움… 그들이 만약 자기들이 부리는 종과 만 백성이 없었다면 어떻게 옷을 해 입을 수 있었으며 항차 하루 세끼 밥을 제대로 먹을 수 있었겠는가. 외국을 쳐들어가 그 사람들을 종으로 삼는 것도 아니고, 같은 나라 같은 민족의 사람들을 종으로 삼는 위인들의 나라가 조선이었다. 북은 꼭 란의 일이 아니었더라도 하루에도 열두 번씩 세상을 뒤집어버리고 싶은 울뚝밸이 목울대로 치밀어 오르곤 했었다.

북은 강변에 거처를 정하고 꼬박 한 달여를 머물며 호수를 한 바퀴 돌았다. 지독하고 척박한 환경이었지만 그게 왠지 자신에게 놓인 숙제인 것처럼 수행자의 수행처럼 걷고 또 걸었다. 호수 가운데에는 섬이 있었다. 이곳 주민들은 그것을 '호수의 눈동자'라고 불렀다. 섬을 가운데로 해서 양안(兩岸)이 위아래 눈꺼풀처럼 둘러싸고 있었다. 과연 호수의 눈동자라고 불리는 섬에 올라 보니, 섬이라고 했지만 하루에 다 둘러보지도 못할 정도로 엄청나게 컸다. 곳곳에서 보는 전망도 좋고 빼어난 풍경을 자랑하는 곳에는 무인(巫人)들이 거적을 치고 살았다. 그들은 이곳에서 아침저녁마다 굿을 올리고 치성을 드렸다. 북은 이들과 어울렸다. 같이 춤을 추고 징을 울렸다. 그러다 보니 얼음이 풀리고 꽃이 피었다. 어느 날 북은 홀로 술 한 되를 들고 섬에서 가장 높은 곳에 이르렀다. 섬에는 이름 모를 꽃들이 피어 있었다. 달이 밝았다. 이윽고 취기가 도도해지자 북은 붓을 들어 시를 짓고는 시제를 「홀로 술을 마시며(獨酌)」로 정했다.

한 조각 동주의 달이 (一片東州月, 일편동주월)
아마 고향에도 밝게 비치겠지 (應知故國明, 응지고국명)
나그네 생활이 몇 년이던가 (幾年爲客在, 기년위객재)
아름다운 철 될 때마다 시름겹구나 (佳節每愁生, 가절매수생)
눈 그치자 온 숲이 깨끗해지고 (霽雪通林淨, 제설통림정)
돌아가는 구름이 골짝에 가로 걸렸네 (歸雲出岫橫, 귀운출수횡)
봄바람에 술 익어 향기롭기에 (春風官酒綠, 춘풍관주록)
내 마음 달래며 혼자 따르네 (斟酌任吳情, 짐작임오정)

북은 삼기재(三奇齋)라는 호도 쓰고 있었다. 이는 시와 글씨, 그림에 모두 능(能)하라는 스승의 당부를 담은 것이었다. 그리고 북은 그 당부에 걸맞게 이토록 아름다운 시를 지었던 것이다. 북은 며칠을 더 놀고 쉬다가 함께 지내던 무인(巫人)들과 작별했다. 그리고 이제 다시 길을 나섰다. 목적이 있는 길에는 다릿심이 붙었다. 그 지긋지긋하면서도 무척이나 그립던 조선, 한양으로 향하는 걸음이었다.

다시 한양에서

지인들의 도움으로 간신히 방을 하나 얻어 쓰고 있었지만 생활비는 온전히 자신이 벌어야 했다. 북은 본격적으로 그림을 그려 팔기로 했다. 물론 팔기도 쉽지 않았고 그림값도 박했지만 달리 방법이 없었다. 도화서에서는 다시 들어오라는 반허락이 있었지만 다시는 그곳으로 들어가기 싫었다. 굶어 죽는다 해도 윗사람에게 대가리를 굽신거리기는 싫었다. 무엇보다 그리고 싶지 않은 그림을 그려야 한다면 차라리 죽는 게 낫다고 생각했다. 그러니 북은 부지런히 그림을 그려야 했다. 처음에는 한양 청계천 거리나 주막에서 그렸다. 그림을 그리다 막걸리 한 대접을 들이켜고 다시 그리다 한잔하고 그러다가 술이 취하면 그리는 일이 끝나는 것이었다. 그가 주막에 앉아 그림을 그린다는 소문이 돌자 그것을 구경하러 사람들이 몰려들었다. 그의 손끝에서 만들어지는 풍경과 새와 곤충들에 사람들이 탄성을 질렀다. 어떤 때는 양반가에 불려가 제법 두둑한 값에 주문 그림을 그리기도 했고, 인근의 수원 등으로 나가서는 며칠이 걸려서 올 때도 있었다. 그러다가 지인들과 죽이라도 맞으면 멀리 북으로는 개성이나 평양, 아래로는 경주나 동래까지 가서 몇 달씩 있기도 하였다. 이는 평소 돌

토도(兎圖), 가을 토끼 조를 탐하다.

아다니기 좋아하는 북의 성정과도 잘 맞아떨어졌다. 하지만 지난 수년간 만주를 돌아다닌 북은 이전과는 사뭇 달라져 있었다. 북 스스로는 알아차리지 못하였지만 친구들은 예전에 비해 현저하게 말이 없어졌다고도 했고, 한번 술을 마시면 고주망태가 될 때까지 마신다고 타박을 했다. 그렇게 몇 년을 지내는 사이 일부 양반가 예술가들과도 교류가 깊어졌다. 그중에는 신망 받는 학자도 있었고 문인도 많았다. 술을 마시지만 않으면, 맨 정신의 북은 누구보다 진중하고 점잖은 모습이라 그들 중 누구도 북을 함부로 하대하지 못했다.

북은 특별히 누구를 정하고 따르지 않았다. 누구에게 먼저 다가가는 법이 없으니 사귀는 폭도 넓지 않았다. 오랜 벗 원교(圓嶠) 이광사(李匡師)와 표암(豹菴) 강세황(姜世晃), 현재(玄齋) 심사정(沈師正), 성호(星湖) 이익(李瀷), 필재(疋齋) 이단전(李亶佃), 연객(煙客) 허필(許佖), 긍재(兢齋) 김득신(金得臣) 외에는 누구에게도 흉금을 터놓고 자신의 예술을 말한 적이 없었다. 그런 최북이 눈여겨본 이가 후일 천재 화가로 알려지며 도화서에 들어가 정조의 사랑을 듬뿍 받는 김홍도라는 소년 화원이다. 그러나 무엇보다 북이 마음속으로 흠모하고 따르는 이들 중 하나가 바로 중국의 황공망(黃公望)이었다. 원나라 시대의 '원말 4대가(元末四大家)'의 맏이이자 미술계 종사(宗師)로까지 불린 사람이었다. 죽을 때까지 붓을 놓지 않왔던 황공망은 그토록 바랐던 자신의 최고작을 말년에 이르러서야 그렸는데 바로 〈부춘산거도(富春山居圖)〉다. 그의 〈부춘산거도〉는 원나라뿐만 아니라 중국 고대 수묵화의 최고봉으로 꼽혔다. 최북은 이 황공망의 필법을 존중하고 따랐다. 지금도 북은 강산 풍광이 눈에 들어오면 '만약에 황공망이었으면 어찌 그렸을까?' 하고 생각하는 버릇이 생길 정도였다.

어느 날 북은 봉당에 앉아 마당에서 노는 병아리와 어미 닭을 한참이나 바라보았다. 그러다가 참지 못하고 방에서 지필묵을 꺼내와 그 모습을 그렸다. 예전에는 이런 그림들은 하류나 잡배의 그림이라 하여 쳐다보지도 않던 것들이었다.

사대부의 그림이란 모름지기 그 안에 그리는 이의 성정이 배어 있어야 한다며 그 안에 기품이 없으면 아예 그림 취급을 하지 않았다. 산수화의 경우에도 겹겹이 둘러선 산봉우리와 빼어난 기암괴석, 구름이나 물안개에 덮인 나무와 야트막히 자리 잡은 농가들을 그려야 했다. 이러한 풍경을 변화무쌍한 먹의 농담으로 원근감 있게 잘 그려야 했고 여기에 더하여 고고한 정신의 세계가 나타나야 비로소 그림이라 취급을 했다. 당연히 속화(俗畫)를 화선지에 그리는 것은 공공연한 금기 사항이었다.

그러다가 숙종대에 들어서면서 변화의 조짐이 보였다. 이미 저잣거리에는 언문으로 된 이야기들이 책으로 만들어져 팔려나갔고, 어떤 것이 더 빨랐는지는 몰라도 시전의 사람들이나 길거리, 주막 풍경을 그린 그림들도 저작거리에 나오고 있었다. 처음에는 주저하던 화원들이 하나둘 붓을 들면서 그 수가 더 늘어나기 시작했는데, 요는 사람들이 그런 그림에 열광하기 시작했다는 것이다.

대나무, 매화나무도 좋고 기암괴석에 강산도 좋았지만 주위에 익숙한 것이 그림으로 표현됐을 때의 그 놀라움과 재미가 사람들의 구매력을 높였다. 모란꽃, (장)닭, 오리, 백로, 게, 까치, 표범, 호랑이, 개, 쏘가리, 고양이, 부엉이, 박쥐, 소나무, 연꽃, 머루, 복숭아, 바위, 나비 등 그림의 소재도 점점 다양해졌다. 그리고 그림의 소재가 갖고 있는 의미와 동음이자(同音異字), 우의(寓意) 등을 활용하는 예도 많아졌고 그림이 뜻하는 의미도 장수와 벼슬, 입신양명 등 세속적 바람이 주요 주제가 되었다. 일테면 오리 압(鴨) 자에서 새를 빼면 갑(甲), 장원 급제를 뜻하는 식이였다. 이런 그림이 인기를 끌수록 비록 큰 값이야 안 되어도 북처럼 그림 값으로 근근이 살아야 하는 사람들에게 생활비로 쓰기에는 요긴하였다. 이는 그만큼 사회에 양반이 아닌 중인들의 경제력이 높아지고 있다는 증거이기도 했다. 임금인 영조조차 이런 시정의 그림들을 좋아하였고, 그의 아들인 사도세자도 즐겨 그렸으니 이러한 흐름은 점점 거세지고 있었다.

물꼬를 트기가 어려웠을 뿐 결국 터진 흐름이었다. 그리고 이제 터진 봇물처럼 그 흐름을 다시 되돌리기는 어려웠다. 거세어진 흐름은 시서화(詩書畵)는 물론 길거리에 벌어지는 이런저런 공연이나 물건들이 거래되는 시장에 이르기까지 사회 전 분야에 변화를 추동하였다. 북을 비롯한 일군의 화원들은 이 기회를 놓치지 않았다. 이런 분위기를 타고 북은 몇몇 친구들과 앞서 얘기한 대로 가깝게는 개성, 인천이나 멀리는 평양, 동래 등지까지 가서 그림을 팔았다. 보통은 사대부 계층에서 그림을 사줬지만 풍속화로 불리는 속화는 일반 중인 계층에게 인기가 많았다. 누가 뭐래도 그가 막걸리를 마시며 그림을 그리는 모습 자체가 장관이자 재미있는 정경이었다. 비록 과묵하게 그림만 그렸지만 술 한잔 걸치면 세상의 정곡을 찌르는 말을 툭툭 던지는 그에게 사람들은 환호했다. 굳이 그림을 사지 않더라도 그 모습을 보며 통쾌해하며 동전 몇 닢이라도 놓고 가는 사람들도 많았다. 그러고 보면 동료들은 기껏 양반가 주위를 기웃거려 후원받거나 그들이 요구한 그림의 대가로 돈을 받는 것에 그쳤지만 북은 아예 거리에서 판매를 목적으로 그림을 그리고 팔았다. 그러니 최북은 조선 역사에서 직업의식을 가진 첫 전문 화가 혹은 전업 작가라 할 수 있었다.

만주 벌판을 돌아다니다 돌아와 이삼 년 한양에서 꼼짝 안 하고 앉아 있으려니 좀이 쑤신 북은 금강산이라도 나서 볼까 어쩔까 궁리를 하는 중이었다. 계절은 어느새 겨울로 접어들고 있었다. 그날도 시 쓰는 이단전과 그림 그리는 김득신을 만나 이런 저런 이야기를 나누고 있었는데, 화제는 자연스레 얼마 전에 있었던 벽보 사건으로 옮겨왔다. 도성 밖이긴 하지만 양주에서 고약한 양반을 벌하라는 벽서가 붙었다. 이런 류의 벽서는 가끔 있는 일이었으나 이번 일은 '궁궁을을(弓弓乙乙), 신분제 철폐와 왕정 종식'까지 운운한 내용이 파격이었다. 이에 포도청 나군들이며 의금부 순군들이 달포여를 수사했으나 중인 계층에 의해 쓰여졌다는 것밖에 알아내지 못했다. 그것도 벽서에 "글쓴이, 중인계층 장삼이사"라는 글씨가 조롱조로 적혀져 있던 것이었으니 정작 알아낸 것은 아무것도 없는 셈이었다. 문제는 이 사건이 신분제와 왕정 철폐까지 주장하는 극단적인 내용을 담고 있다는 것이었다. 영조의 능란한 지도력으로 사회 전반의 분위기가 점점 좋아졌지만 신분제 철폐까지는 너무 간 게 아니냐는 김득신의 말에 이단전은 버럭 목소리를 높였다.

"아니 자네는 선조대에 정여립을 모른다 말인가? 그가 천하공물론(天下公物論), '천하는 공물(公物)이니 어찌 주인이 따로 있으리'라고 했잖은가. 왕후장상의 씨가 따로 있는가 이 말 아니겠는가?"

김득신은 사방을 둘러보며 홰홰 손사래를 쳐댔다.

"어허! 이 사람아, 이러다 경을 치겠네. 누가 들을까 걱정이네. 그런 일이 어디 말로만 될 일인가. 군사고 경제고 다 그들이 칼자루를 쥐고 있는데 우리가 무얼 어찌 한단 말인가?"

"아니 그럼 언제까지 말도 못 하고 살아야 하나. 지들이 잘나서 양반가에 태어나고 우리가 못나서 이래 태어났는가 말일세."

"어허, 지금 그 말을 하자는 게 아니잖나. 그런 말도 힘이 생긴 후에나 하시게. 괜히 옆에 있다가 동티 맞겠구먼."

옥신각신 하는 두 사람을 물끄러미 바라보던 최북이 곰방대에 마른 봉초를 차곡차곡 눌러 불을 붙였다.

"거 쓰잘데기 없는 소리 듣자니 괜히 목이 마르는구려. 요 앞에 가 술이나 한잔하세."

마침 며칠 전 장에서 북은 그림 두어 점을 팔았던 터라 간단히 먹는 술값은 걱정이 없었다.

세 사람은 주막으로 자리를 옮겼다. 막걸리 한 사발을 다 들이켠 최북이 한마디했다.

"지금 돌아가는 꼴을 보면 천하에 누가 왕이 돼도 다 해먹을 수 있지 않겠나? 지금처럼 양반들이 양옆에서 보좌를 하고 의금부와 군사들을 거느리고 있으면 누가 무어라 하겠는가. 특별한 능력이 필요하다고는 보지 않는다네. 피 안 나게 빼먹는 기술은 저들끼리 잘 전수가 되지 않겠는가. 허허."

"허, 이 사람도 며칠 들어가 곤장을 맞아야 정신을 차리려나."

"아 그러니까 그런 거 생각 말고 우리끼리 걍 즐겁게 살아가면 된다! 이 말이라네. 자~ 술이나 마십시다."

일행은 큭큭 웃으며 서로의 잔을 부딪쳤다.

조금 이른 저녁이었지만 주막에는 손님이 제법 와 있었다. 최북 일행은 이곳 최고의 단골인지라 주모가 눈치껏 외진 방에 모신 참이었다. 그런데 이들을 보고 들어온 이가 있었으니 그가 바로 서적 중개상인 '책쾌(冊儈)' 일을 하면서 전기수(傳奇叟) 일도 하는 박종태였다. 평소 염소수염을 자랑하며 우스갯소리를 잘했는데 이자가 어찌 최북 일행을 보고 따라 들어온 것이었다.

"아니 자네들, 어째 나만 쏙 빼놓고 임자들끼리만 술을 마시는가."

"자네가 어찌 이 시간에 이곳에 있나. 지금쯤은 구중심처 구슬픈 목소리로 어느 마님 댁 속곳을 적시고 있어야 되지 않겠는가?"

필재가 넌지시 익살을 떨며 되받아쳤다.

"어허, 이 사람이 알 만한 사람이 이러는가. 어디 그게 나 좋다고 하는 일이던가. 제 몸 바쳐 고단한 생에 작으나마 위안을 주는 이를 어찌 박대하는가?"

염소수염을 가지런히 쓰다듬는 박종태는 보이는 풍모와는 다르게 백가(百家)의 서책에 대한 문목과 의례를 주르르 꿰고 있어서 '장안에서 그를 통하면 구하지 못하는 책이 없다'는 평을 듣는 사내였다. 하지만 한편으로 글 모르는 집이거나 가세가 기울어가는 집에 가서는 책값을 후려쳐서 빼앗다시피 사서 이문을 남겨 판다는 원성도 자자한 편이었다. 가끔은 그를 찾는 사람들에게 책을 읽어주고는 하였는데 그 목소리가 너무 구성져서 전기수 업계에서도 꽤 높은 인기를 차지하고 있었다. 북이 그를 보고 어서 와 앉으라며 무릎을 비키고는 술잔을 가득 채웠다.

"참으로 잘 왔네. 요즘 서가 쪽에 재미있는 소식은 무언가? 아녀자들이 여전 패설(稗說)을 좋아하는가?"

역시 시를 짓는 이답게 이단전이 종태의 무릎 쪽으로 바짝 다가섰다.

"암만, 당연하지. 아낙네들 패설 좋아하는 것이야 말리지도 못하겠더라고. 그래 나도 세책점도 넓히고 필사자도 두 배로 늘릴 생각이라네. 그런데 자네들도 들었는가? 얼마 전에 있었던 '전기수 피살사건' 말일세."

김득신이 자기도 알고 있다는 듯 말을 거들었다.

"아, 그, 책 읽어주다가 살해됐다는 얘기 말인가? 대충은 들었네만. 근데 좀 자세히 얘기해보시게."

"그게 말일세~ 벌써 열흘 전에 떠그르르하게 소문이 났던 것인데, 뭐든 다 그렇겠지만 우리 책 읽어주는 전기수 업계에도 요령이 있다네. 주요한 정점에 이르러 일부러 얘기를 끊고 물을 마신다거나 담배를 피우는데 그러면 답답해진 사람들이 돈을 던진다네. 이것이 요전법(邀錢法), 돈을 땡기는 방법인데 이걸 잘해야 장사가 되는 거지. 크크."

그러고는 박종태가 진짜 담배를 피워 물고는 묵묵부답이었다. 이에 답답해진 단전이 나섰다.

"아고, 자네 이럴 건가. 진짜!"

단전이 박종태에게 급히 술을 한 잔 따랐다. 그러자 박종태가 씩 웃으며 한입에 들이켜는 것이었다.

"며칠 전 어느 전기수가 종루 앞마당에 앉아 '호동왕자와 낙랑공주'를 읽은 일이 있었다네. 주인공 호동왕자가 낙랑공주를 꾀어 자명고를 찢게 하고 공격에 성공한 다음 낙랑공주를 버리는 대목에 이르렀을 때, 관례대로 뜸을 들이고 있었는데 이를 참지 못한 한 사내가 그만 흥분해서 등짐에 지고 있던 칼로 이 전기수의 목을 찌른 것이었다네."

"어허 참말로, 그 돈이 뭐라고."

얌전하던 김득신이 술을 한잔하고 한마디 뱉고는 먼 산을 바라보았다.

"그것참, 천 년도 넘은 얘기에 그리 흥분할 것은 무어고, 그 돈 좀 벌자고 뜸 안들이고 다음 대목으로 넘어갔다면 살 수 있었을 텐데… 참말로!"

"아! 그 사람이 아주 깡촌에 살았던 모양일세. 그러니 그런 이야길 생전 처음 들었던 건데 그만 너무 빠져들어 돌아버린 거지. 그 전기수가 장안에 최고 이야기꾼이었다는 얘기도 돌았었네."

이단전도 목이 마르다는 듯 술을 들이켰다.

"허, 이 사람이 간만에 보고서는 이렇게 자리를 험하게 만드나. 응? 이 분위기를 어찌할 것이야. 술을 사든가 아니면 재미난 얘기나 한

번 더 해보게."

워낙에 말도 잘하고 아는 게 많은 작자였기에 단전이 어깃장을 놨다. 박종태가 헛기침을 몇 번 하고 좌우를 보더니 조용히 하라며 말을 시작했다.

"그렇다면, 그렇다면 말일세. 병자년에 호란이 끝나고 청나라가 우리 왕에게 삼보구배를 시킨 일이 있었잖은가. 그러고는 바로 즈 나라로 돌아가버렸잖아. 왜 그랬을까? 보통은 전쟁에서 이겼으니 한양에 배를 깔고 앉아 갖은 유세에 호사를 누렸을 텐데 이상하잖아. 그치? 이 나라 임금님이라도 못 누릴 권세를 왜 그리 쉽게 포기했을까?"

그런 것에 대해 생각도 안 해봤지만, 그러고 보니 그랬다. 왜 그랬을까. 좌중에 누구는 침을 꼴깍 삼키기도 했다. 박종태는 버릇인지 다시 담뱃잎을 말아 피웠다.

"허, 거참! 진짜 자네가 오늘 기어이 향냄새를 맡아볼 겐가?"

성질 급한 일행 하나가 종주먹을 들이대자 박종태는 익숙한 듯 능글거리며 말을 이어갔다.

"허허, 성질들 참 급하네. 그 이유는- 글쎄 '마마 천연두'였다잖소. 그때 우리나라에 역병이 돌았다 이 말인 거지. 청나라 왕이 그예 겁을 먹고 도망치듯 귀국한 거라는 얘기를 얼마 전 청에 갔다 온 역관한테 들었지 뭔가. 그것도 그거지만 호란 때 끌려갔던 아녀자들 얘기는 들으면 들을수록 복장이 터진다니까. 당시 우리 조정에서는 청나라에 끌려갔다가 어렵게 돌아온 아녀자들을 받지 않았는데, 그 이유가 청나라 놈들한테 몸이 더럽혀졌다는 거였잖은가. 나라가 약해서, 남자들이 나라를 지키지 못해놓고는 왜 그걸 아녀자들한테 책임을 묻느냐 말일세."

"어허! 이 사람, 오늘 아주 술판을 망가뜨리려 단단히 벼른 모양이네."

이단전이 웃지도 노하지도 않은 씁쓸한 얼굴로 맞받았다.

"그래서 어찌 되었나? 환향(還鄕)년, 화냥년이란 말이 그때 생긴 게 아니던가?"

옆에 있던 김득신도 몸이 다는지 채근을 하였다.

"당시 영의정이던가 우의정이던가, 여튼 그 집 며느리도 끌려갔다가 집에 드는 것을 거부당한 채 자진을 했다는 얘기가 있지. 그때 돌아온 인구가 삼만 명쯤 된다니 길가에는 이렇게 자진한 여자들의 시체가 산을 이루었다는 거야. 이에 조정에서 각 도별로 한강, 소양강, 금강, 예성강, 대동강 등을 회절강(回節江)으로 지정해서는 더럽혀진 몸과 마음을 씻도록 했다지 않소. 그렇게 회절강에서 몸을 씻고 왔는데도 만약에 이 회절녀들을 받아들이지 않으면 엄히 법으로 다스리겠다, 그리 엄포를 놓고서야 사태가 겨우 가라앉았다지 뭔가."

기분이 영 개운치 않은 듯 일행은 헛기침을 하며 천장을 보거나 술잔을 들었다 놨다 할 뿐이었다.

"에이 퉤, 술맛이 다 떨어졌네."

"에헤 참, 기분이 지랄 같구만."

이단전이 침을 뱉듯이 한마디 뱉자 모범생 김득신마저 맞장구를 쳤다.

"그러니까 내가 뭐라고 했나? 세상은 그저 마실 때 마시고 쌀 때 잘 싸고 그때그때 즐겁게 살아가는 거라고 말이야."

"자네 얘기는 세상이야 어떻게든 굴러가게 마련이니 신경 끊고 술이나 하며 살자는 얘기지? 말인즉슨 맞는 거 같은데… 어찌 생각하나 긍재(兢齋)!"

필재는 김득신을 넌지시 바라보며 잔을 부딪쳤다. 도화서 화원이기도 한 김득신은 그림쟁이들에겐 성실 근면의 표상이었고, 시문(詩文)과 서화(書畵)에 모두 능해 사대부들에게도 명망이 높았다.

"거 술이야 누구든 무에든 안 좋겠는가. 그나저나 호생관 나리~~"

김득신은 그림을 그리며 북과 친해진 사이인데, 북과는 나이 차이가 너무 많이 나다 보니 술이라도 한잔하게 되면 으레 이렇게 장난삼아 불렀다.

"거 맨날 붓으로만 사시려니 힘들지 않으세요? 다른 아호를 하나 지으시지요?"

이에 필재도 박수를 치며 맞장구를 쳤다.

"맞네 맞아. 기분도 그렇고, 맨날 먹고사는 문제만 나오니 어디 이거 기발한 문화가 피어나겠는가. 다른 거로 좀 바꿔보시게. 우리가 바꿔줄까?"

듣기만 하던 북이 할 말이라도 있는 듯 술잔을 한입에 털어넣었다.

"머라? 호를 바꾸라고? 까짓것, 못 할 게 뭐야? 무엇으로 할까? 무엇으로 해야 세상 사람들이 머리를 치며 자빠질까" 음 뭐라고…?"

북은 술을 한 잔 더 들이켜고는 눈을 지그시 감았다.

"그래! 내 이름 북(北)을 두 개로 자르면 되겠네. 칠이 두 개, 칠칠(七七)이! 오호 딱이야. 딱 좋네! 멍청한 내게 딱 맞지 않은가, 어떤가들?"

죽이 맞은 네 사람은 껄껄거리며 잔을 맞대었다. 칠칠이라고 지은 호가 스스로도 마음에 들었는지 북은 바로 다음 날 낙관을 팠다. 자신이 그린 그림에 칠칠이란 낙관을 찍고 스스로 '저기 칠칠이가 간다. 술에 절어 똑바로도 못 가고 삐뚤삐뚤 간다. 칠칠이, 삐뚤삐뚤 칠칠이가 간다.'는 노래를 지어 부르며 도성을 돌아다니기도 하였다. 그러자 며칠 안 돼서 이 소문이 장안에 퍼졌다. 한번은 이런 북을 놀리는 아이들이 그의 뒤를 따라가며 노래를 같이 불렀는데 그 길이가 10여 장(丈)을 넘을 때도 있었다. 이처럼 그는 스스로 놀림감이 되고는 했는데 그가 속으로는 어쨌는지 몰라도 겉으로 웃는 웃음소리는 작은 체구였지만 사방 몇 장을 쩌렁쩌렁 울렸다.

북, 자신의 눈을 찌르다

초여름이었다. 밭둑에 심은 옥수수가 파초처럼 자라는 날이었다. 북은 하루 종일 술도 입에 안 대고 자신의 방에 앉아 있다가 자신이 세월만 좀먹고 있는 식충이, 쥐새끼가 아닌가 하는 생각이 들었다. 아직 이렇다 할 작품 하나 없이 뭐가 좋다고 밥만 축내고 술만 마시는가. 생각은 꼬리에 꼬리를 물고 무엇을 표현하고 무엇을 주장하고자 그림을 그리는가 하는 생각에까지 이르렀다. 두 눈을 감고 천천히 먹을 갈았다. 회한의 먹이었다. 지금 내 삶은 무엇인가. 양반들이 먹다 남은 먹이를 좋다고 먹는 꼴이 아닌가.

빈 화선지를 앞에 두고 한참을 눈을 감고 몸을 흔들던 북이 이윽고 붓을 쥐었다. 화선지에는 쥐가 그려지고 그 밑으로 옅은 붉은색을 띤 커다란 무가 모습을 드러냈다. 쥐새끼가 붉은 무 위에 올라앉아 무를 갉아먹는 장면이었다. 쥐꼬리와 무의 꼬리를 서로 대치시키고, 쥐의 털 하나하나를 세필로 그려냈다. 미물인 쥐도 주어진 생을 낭비하지 않고 저리 부지런히 사는데 나는 쥐만도 못한 인간이구나, 세월만 아작아작 먹고 있구나 하는 자신의 심사를 그림으로 옮긴 것이었다. 북은 간만에 마음에 드는 그림이라 낙관을 하고

서설홍청(鼠囓紅菁)

배접을 해서 바람벽에 반 표구를 하여 걸어두었다.

그러고 얼마 후의 일이다. 그날따라 북은 화첩을 뒤적이고 있었는데, 마침 명대 화가 문징명(文徵明)이 그린 메추라기 그림이 눈에 띄었다. 자신의 메추라기 그림과는 뭐랄까 미묘하게 필치가 달랐다. 호기심이 발동한 북은 그의 필치를 모방해 메추라기 그림을 그리고는 화제(畫題)를 〈방징명필(放徵明筆)〉이라 썼다. 북은 '명나라 시대 문징명이 이렇게 조선의 화가 북이 제 그림을 베껴서 그린 것을 알고나 있을까?' 하고 미친놈마냥 좋아라 낄낄거렸다. 그때였다. 사립문 밖에서 인기척이 났다. 북이 문을 열자 마당에는 웬 덩치 좋은 하인이 서 있었다. 무슨 일이냐고 눈으로 묻자 그가 엉거주춤한 자세로 고개를 꾸벅였다.

"저기 인왕산 기슭에 계시는 박태진 대감의 심부름을 왔습니다. 내일 시간을 내서 함 다녀가라는 분부이십니다."

박태진 대감이라 하면 지금은 조금 가세가 기울었지만, 몇 대째 당상관을 배출한 근동의 명문가였다. 하지만 사람이 강퍅하여 그릇이 간장종지만 하다는 얘기를 들은 터라 그리고 꼭 그 때문은 아니었지만 북은 어쩐지 내키지 않았다.

"무슨 일로 미천한 사람을 부르는지 알 수는 없으나 요 며칠 몸도 안 좋고 또 수일 내 그려야 할 게 쌓여 있어 당분간 짬을 못 낸다고 일러주시오."

북은 대답도 듣지 않은 채 탁~ 소리가 나게 방문을 닫았다.

박태진 하인이 그렇게 가고 기분이 영 개운치 않았는데 친구들이 찾아왔다. 북이 새로 그림을 그렸다는 소식을 듣고 찾아온 것이었다. 북은 새로 그린 쥐 그림을 친구들에게 보여주며 화제를 정했다. 〈서설홍청(鼠囓紅菁)〉. 그의 그림을 본 친구들은 간만의 수작이라며 손가락을 치켜세웠다. 기분이 좋아진 북은 친구들과 오랜만에 회포도 풀며 며칠 술로 시간을 보냈다. 친구들을 보내고 다음 날 아침, 며칠 계속 마신 탓인지 숙취가 좀처럼 깨지 않았다. 냉수를 몇 사발 들이켜고는 당분간 술은 좀 멀리하고 그 시간에 하나라도 더 그려보자고 다짐을 했다. 정신을 차린 북이 봉당에 앉아 어떤 그림을 그릴까 궁리를 하던 중이었다. 바깥에서 말발굽 소리와 함께 "이리 오너라~" 하는 길잡이 소리가 들렸다. 누군가 하고 마당으로 나서니 일전에 하인을 보냈던 박태진이라는 양반이었다.
"어이구 안녕하신가. 칠칠이 나으리, 어찌 오늘은 맨 정신이십니까?"
박태진이 빈정대며 말에서 내렸다. 북은 건성으로 고개를 숙여 인사치레를 했다.
"우리 최 화원님 그림을 간직하고 싶어 함 오시라 했더니 도대체 모실 기회를 안 주십니다 그려."
박태진이 말은 높였으나 가시가 돋았고, 얼굴에는 성마른 표정이

역력했다. 북은 다시 한 번 머리를 숙이며 괜히 쓰러질 듯 몸을 휘청였다.

"대감, 제 몸이 안 좋아 기신을 하지 못하고 있습니다. 대감의 너그러운 혜량을 바라옵니다."

"아무렴. 우리 조선 땅을 대표하는 대단하신 화원이신데 얼른 털고 일어 나셔야지요. 이럴 줄 알았으면 오는 길에 의원에 들러 약이라도 한 첩 지어올 것을 그랬습니다. 허허."

박태진의 말과 웃음은 여전히 부드러웠지만 속에는 가시가 가득했다. 박태진의 벌어진 입술 사이로 드러난 흰 이를 보는 순간 북은 왠지 아득했다. 잠시 딴청을 부리던 박태진이 표정을 바꾸어 정색을 하고는 북을 노려보았다.

"내 자네 말은 알아들었으니 몸이 다 나으면 꼭 일러주게. 가마를 보내든 말을 보내든 하겠네. 그럼 몸 건사 잘 하시게나!"

박태진이 가고 나서 북은 무언가 더러운 게 몸에 닿은 듯 불쾌했다. 평소 중인들이 책을 짓거나 글씨를 쓰고 그림을 그리는 것에 대해 대놓고 경멸하던 자였다. 화원들에게 그림을 그리라 하여 강탈하다시피해서는 굽신거리며 힘 있는 자들에게 그것을 준다고 했다. 안 그래도 세간에 "진상은 꼬챙이에 꿰고 인정은 바리로 싣는다."란 말이 떠돌고 있는 세상이었다. 벼슬이 높든 낮든 평소 경멸하던 힘없는 화원들의 그림을 뜯어 자신을 천거해달라고 뇌물로 쓰는 자들이 수두룩했다. 북은 못 볼 것을 보고 못 들을 것을 들은 것처럼 으

스스했다. 북은 그리려던 화선지를 수습하고 주막으로 내달았다. 이대로 맨 정신으로는 앉아 있기가 힘들었기 때문이다.

며칠이 지나니 불쾌했던 감정도 그럭저럭 가라앉고 평상심을 찾은 북은 저잣거리에 나가 그림도 그리고 집으로 돌아와서는 글씨도 쓰고 그랬다. 그렇게 또 며칠이 지나면서 그림들이 생각대로 잘 그려져 기분이 좋아진 북이었다. 그리고 그날 아침, 북은 점심 지나서 온다던 필재가 오면 서예에 몰두해 두문불출하던 이광사도 불러내 바둑도 두고 시도 지어볼 생각을 하고 있었다. 벗들에게 보여줄 그림 한 점 그려야겠다 싶어 화선지를 펴고 붓을 들려고 하는데 그때 앞집 개가 소란하게 짖는 소리가 들리더니 예의 그 진저리 처지는 목소리가 들렸다. 박태진이었다.

"이리 오너라. 거 그림 그린다는 북인가 징인가 하는 놈은 얼른 나오거라."

북이 손에 든 붓을 내려놓지도 못하고 마당에 나오니, 박태진이 노기가 잔뜩 서린 눈으로 북을 쏘아보는 것이었다.

"네 이놈! 어찌 들리라 했는데 오질 않는가. 일개 환쟁이 주제에 나를 이리 능멸하느냐?"

뜨거운 것이 목울대를 올라온 북은 침을 꿀꺽 삼켰다.

"나으리, 제가 무엇을 잘못했다고 이리하시는지요?"

"내 분명 몸이 나으면 집으로 들르라 하지 않았더냐. 내 말이 우습

더냐. 정녕 죽을 작정을 한 것이냐? 어찌하여 양반의 말을 듣지 않는 것이냐?"

그 순간 북은 박기만이라는 작자가 떠올랐다. 박태진이라는 이름을 듣고 어디서 들었던 이름이라 생각했었는데, 예전에 이희용을 괴롭혔던 바로 그 작자의 아비였던 것이다.

"소인이 말씀드리지 않았습니까. 며칠 몸이 아팠고 이제 서서히 회복되어 근간에 함 찾아뵈려고 했던 것인데 이렇게까지 닦달을 하시니 어찌된 영문인 줄 모르겠습니다. 제가 이렇게 핍박받을 일이란 말입니까? 대체 무슨 죄를 지었단 말입니까?"

"무어라? 일개 환쟁이가 무슨 망발을 하는 것이냐. 몸이 아프다고 떠들어대던 놈이 저잣거리에서 술을 마시고 시시덕거리는 모습을 본 이가 한둘이 아니다. 어디서 세치 혀로 양반을 속이려 하느냐?"

북은 더 이상 대화가 될 수 없음을 직감했다.

"내 몸뚱이는 내 것이니 내가 가고 싶은 대로 가고 올 뿐이오. 대감이 보자고 한 것이 6개월이 됐습니까? 1년이 지났습니까? 고작 달포도 지나지 않았고 또 무슨 긴한 일이 있다고 오라 가라 하는 겁니까. 대체 무엇을 잘못했는지 모르겠소이다."

"오냐 이놈! 잘됐다. 네놈이 무얼 믿고 이리 간이 부었느냐? 네깐 놈의 그림이 좋아야 얼마나 좋다고, 네가 겸재에 이르겠느냐 능호관에 닿겠느냐. 어디 얄팍한 재주로 으스대느냐? 억울하면 당장 비견할 그림을 대령해보거라."

북은 피가 거꾸로 솟는 듯 걷잡을 수 없는 화가 치밀었다.

"대감, 이 무슨 처사입니까? 아무리 천한 화원이라도 사람이고 장인이오. 그런 도량, 그런 성정으로 어찌 글을 한다 할 것이고 만 백성의 귀감이 된다 하겠소. 이만 돌아가시오. 그림을 알지도 볼 줄도 모르는 이한테 그려줄 그림은 없소이다."

박태진의 입꼬리가 부르르 떨렸다.

"무어라? 여봐라! 당장 이놈을 포박해라. 관아로 갈 것이다. 감히 양반을 능멸하고 욕보였겠다? 이런 놈은 곤장이 답이렸다! 내가 네 애비가 누구인지도 진즉에 알고 있었느니라. 그 애비에 그 아들이라 음흉하기가 꼭 니 애비- 거 뭣이더라? 아~ 그래, 그 경이라는 놈을 꼭 빼닮았구나."

마당에서 터지는 고함 소리에 놀란 이웃 사람들 몇이 마당으로 들어와 북을 말렸지만, 북은 주체할 수 없을 만큼이 온몸이 부들부들 떨렸다. 북은 억장이 무너지고 하늘이 노래졌다. 저자의 입에서 아버지 이름이 나오다니? 그렇다면 내 아비를 해한 자가 바로 저놈이 아닌가. 스승께서는 알지 못하게 일부러 김 아무개라 했던 것인가….

"거기서 왜 남의 아버지가 나오는 것이오? 혹여 우리 아비도 당신이 해한 것이오? 도대체 양반이 무어관대 이리 백성을 핍박하는 것이오? 대관절 무슨 권리로? 좋소. 기왕 이렇게 된 거 니미럴, 댁 같은 양반이 나를 해치기 전에 내가 나를 해칠 수밖에!"

북은 말을 끝내기가 무섭게, 누가 말릴 새도 없이, 손에 쥐고 있던 붓대를 거꾸로 하여 제 오른쪽 눈을 찔렀다. 악! 하고 사람들이 비명을 질렀고, 눈을 감싼 손 아래로 피가 터져 뚝뚝 떨어져 내렸다. 야차라도 본 것처럼 박태진은 겁에 질려서는 "얼른 의원을 부르라. 헝겊으로 싸매라." 소리소리 지르다 도망치듯 말을 타고 가버렸다.
붓대가 눈알을 쓸며 밀고 들어오자 번쩍하고 머리 위쪽에서는 벼락이 치고 엄청난 고통이 밀려왔다. 목을 타고 거꾸로 피가 솟는 듯했던 조금 전의 분노는 이내 아무것도 아니게 되었다. 파랗던 하늘에 검은 구멍이 뚫린 듯 상실감과 함께 암흑 속에서 새카만 파도가 울렁거렸다. 어둠을 타고 시뻘건 피가 흘렀고 어둠을 타고 참을 수 없는 고통이 해일처럼 밀려왔다. "여보시게?" "여보시게?" 사람들이 그를 안고 흔들었지만, 그는 물속으로 빠져 들어가듯 정신줄을 놓았다. 그렇게 정신을 잃는 동안에도 고통은 멈출 줄 몰랐다. 마치 붉게 달아오른 쇠막대기가 눈에 꽂힌 듯했다. 쇠꼬챙이가 불덩이가 눈 안쪽을 마구 후벼 파는 것 같았다. 그렇게 최북은 꼬박 이틀을 앓다가 깨어났다.
매일 피고름을 받아내던 북의 눈은 서서히 아물어갔지만 상처받은 마음은 결코 아물지 못했다. 아니 더욱 허물어졌다. 어떤 자식이 부모를 죽인 원수를 알고도 가만히 있겠는가. 불공대천(不共戴天), 부모를 죽인 원수와는 같은 하늘을 질 수 없다고 했다. 이 일을 어찌 덮어둔다는 말인가. 시일이 지날수록 그의 분노는 커져갔고 그 때문인지 한쪽 눈의 시력도 급격히 떨어졌다. 마침 청나라를 다녀온 지인이 구해다 준 안경알이 신기하게도 맞춤하게 딱 맞은 것은 그나마 다행이었다. 눈 하나 잃는 것쯤이야 별거 아니라는 듯 덤덤한 북과는 달리 사람들은 이제 그에게 그림을 얻는 일이 있으면 반드시 쌀말이라도 대가를 지불하려고 애를 썼다. 물론 갑작스레 한쪽 눈만으로 생활하려니 여러모로 불편했다. 특히 그림을 그리는 데에는 실제 사물의 거리 등을 적응하느라 상당한 시간과 노력을 들여야 했다. 예전의 기법에 더하는 요령이 몸에 익어야 했다.

시간은 흘렀고 한쪽 눈만으로 사는 것도 별로 불편하지 않게 되었고 한쪽 눈으로 그림을 그리는 요령도 몸에 익었다. 그렇다고 마음의 상처가 나은 것은 아니었다. 어느 정도 기력을 회복한 북은 이광사에게 아버지의 죽음에 얽힌 스승의 편지를 보여주고, 박태진이란 자가 분명이 아버지를 해쳤을 것이라고, 저 놈을 관아에 고발을 하든지 죽여야 하지 않겠느냐고 항변을 했다. 잠시 생각에 잠겼던 이광사가 입을 열었다.

"이보게 북, 고정하시게. 복수도 힘센 자가 하는 것일세. 지금은 저들의 힘이 너무 세잖은가. 이깟 서찰 쪼가리로 어찌 해보려다가는 오히려 무고죄로 그나마 남은 목숨마저 날아갈 것이네. 무엇보다 서찰에는 김 아무개로 명백히 쓰여 있으니 현재로서는 방법이 없지 않은가. 그저 참을 수밖에 도리가 없다네. 그러니 지금은 힘을 길러야 하네. 힘이 있어야 복수도 있고 평화도 있는 법이네."

북은 폭풍우가 몰아치는 광야에 홀로 서 있는 기분이었다. 사방천지 산과 들마저 자신을 외면한 듯했다.

"어차피 억울한 삶일세, 이럴 때는 몸뚱이 하나가 재산이니 건강하게 몸을 잘 모시는 일에 전력을 기울이게나."

하지만 광사의 어떤 말도 위로가 되지는 못했다. 북은 또 식음을 전폐한 채 며칠 동안 술만 마실 뿐이었다.

북을 그대로 둘 수 없던 친구들이 한 가지 묘안을 떠올렸다. 아무래도 이 집 터가 좋지 않은 것 같다고 이 집 기운이 안 좋다며, 북에게 사대문 밖 남산 아래로 거처를 옮기자고 하였다. 북도 진즉에 이 집구석이 지긋지긋해진 터였다. 이사는 일사천리로 이루어졌다. 이사래야 짐도 몇 개 없었으니 소달구지 하나면 충분했고, 북은 그냥 마실가듯 따라가면 그만이었다.

새로 옮긴 거처는 규모는 작으나 높이 오르지 않아도 산속에 있는 듯 외따로 선 초가였다. 조그만 집은 지은 지 오래되어 낡고 사람 온기도 없었지만 북은 마음에 들었다. 무엇보다 사람들의 시선에서 자유롭다는 것이 가장 좋았다. 그림 그리기에 골몰한다는 이유로 지금까지 강아지도 기르지 않던 북이었지만 이 집으로 옮겨온 다음부터 남산 꼭대기까지 오르내리며 다릿심도 길렀다.

그러던 어느 날 저녁, 인근의 집들 굴뚝에서 밥 짓는 연기가 오르는 것을 본 북은 이상하게 서러워졌다.

'아무리 생각해도 모르겠다. 팔자가 사납기로 어찌 삶이 이리 고달프고 험하단 말인가. 아버지, 어머니, 누이 모두 어찌 다 이런 신세란 말인가. 내가 그림을 그려서 무슨 벼슬을 구했나 권력을 탐했나. 그저 내 그림이 사람들에게 위안을 주고, 힘든 생활 속에 한줄기 즐거움을 주길 원한 것뿐인데…. 한겨울이어도 봄을 생각하고 노래할 수 있도록 하기 위해 그림을 그렸던 것이 아닌가? 그런 그림이 오히려 내 눈 하나를 업고 달아났구나!'

북은 헛웃음을 지으며 쓸쓸히 술잔을 기울일 뿐이었다. 다음 날 아침 북은 자리끼로 떠다 놓은 물그릇을 무연히 바라보다 거기에 비친 자신의 모습을 보았다. 봉두난발에 한쪽 눈이 움푹 들어간 낯선 남자가 보였다. '내 몇 살까지 살지 모르겠으나 이제부터는 외눈박이 세상이로구나.' 하고 중얼거리는데 밖에서 인기척이 났다.

북이 문을 열고 내다보니 웬 여자가 돌장승처럼 서 있었다. 북이 "뉘시오?" 하자 여자는 쓰개치마를 천천히 내렸다. 북은 가슴이 쿵 떨어지는 것을 느꼈다. 월향이었다. 월향이 쓸쓸하게 웃는 모습을 보며 북은 가슴이 저미었다.

월향과의 재회

북은 훠이 훠이 먼 산을 바라보았다.

월향은 쪽마루에 올라 북에게 절을 하였다. 애써 눈을 외면하며 머리를 숙인 향은 고개를 들지 못하고 어깨를 들썩였다.

"나으리, 죽고 싶었으나 차마 죽지 못했습니다. 저 하나만 망친 것이 아니고 나으리의 앞길마저 제가 망치고 말았습니다. 이제라도 죽음으로 용서를 구하려 합니다. 흑흑."

"이보시게, 그만 울음을 그치시게. 죽는다는 말도 하지 마시게. 다 허망한 일이오. 지금 나는 당신을 보아서 좋소. 당신이 살아 있어서… 이렇게 살아주어서 고맙소. 봐요. 나도 이렇게 잘 살고 있지 않소. 그러면 된 것이오. 이렇게 살면 된 것이오."

북의 목소리가 갈라져 나왔다. 월향은 고개를 숙인 채 여전히 어깨를 들썩이며 울고 있었다.

"어허, 이렇게 자꾸 울면 내 다친 이 눈알에서 피눈물이 나온다오. 기어이 그 꼴을 봐야 눈물을 그치겠소?"

그제야 울음을 멈춘 월향이 자세를 바로 하고 앉았다. 천하의 월향도 세월을 어찌할 수 없는지라 드문드문 하얗게 센 머리카락이 보였고, 얼굴에는 세월에 패인 주름도 보였다. 하지만 울어서 발개진

모란도

눈, 그 눈만큼은 여전히 서글서글하고 맑았다.

"자, 거기서 그럴 것이 아니고 어여 들어오시게. 홀아비 혼자 사는 곳이라 지저분하고 냄새도 날 것이네만 그래도 한데보다는 날 것일세."

월향은 방으로 들어오자마자 두 손으로 북의 손을 잡았다. 그리고 북의 얼굴을 올려다보며 다친 눈을 살폈다.

"얼마 전에 나으리가 다치셨다는 소리를 들었지요. 안 그래도 젊은 날 그렇게 헤어지고 만주를 돌아 한성으로 들었다는 얘기, 그림으로 명성을 떨친다는 얘기를 듣고 있었습니다. 반갑고 고맙고 마음으로만 그리 생각하고 또 생각했지요. 저는 그 후 몇 년을 멍청하게 지내며 기방 출입도 안 하고 부엌때기로 일을 하다가 그예 기생일을 때려치웠습니다. 아예 머리를 깎고 절로 들어갈까 하다가 그래도 나으리께 제대로 인사나 드리고 머릴 깎아도 깎을 생각이었지요."

무슨 생각이 들었는지 북은 부엌으로 가서 종재기에 찬물을 받아 와서는 월향에게 건네는 것이었다. 월향은 잠시 주춤하다가 시원하게 물을 마셨다. 해는 벌써 이울어 사립문의 그림자가 문풍지에 비추어 어른거렸다.

"그래 어떻게 사셨어요? 그 먼 길을 어떻게 돌아서 여기까지 오셨을까요?"

월향은 북의 손이며 다리를 어루만졌다. 북의 몸을 이곳저곳 찬찬히 쓰다듬는 손길이 흡사 어머니가 아이를 어루만지는 듯했다. 북은 왈칵 설움이 복받쳤다. '다시는 안 보려고 했었지. 어떻게 그댈 보겠나? 내가 란을 그렇게 보내고 어찌 자네를 보겠나?' 하는 속마음과는 달리 북은 점점 월향에게 기우는 자신을 느꼈다.

"아참, 나으리께 드릴 선물이 있어요."

월향이 일어나더니 보따리에서 물건을 꺼냈다. 묵직한 벼루였다. 한눈에 봐도 빼어난 자태였다. 충남 보령의 성주산에서 나온다는 그 남포석 벼루였다. 금으로만 쳐도 웬만한 집 몇 채는 훌쩍 넘는 최고급 벼루였다. 경기도 진천의 회청석, 파주의 회초석, 강원도 평창의 자석, 정선의 수마노석, 전라도 해남의 옥석 등도 유명했으나 이 남포석은 중국 황실에 진상하던 최고의 벼루였다. 벼루의 결은 살과 같이 부드러워 숫돌과 다른데 그렇다고 단지 부드럽기만 한 것은 아니다. 너무 부드러우면 먹이 갈리지 않기 때문이다. 북의 관심은 어느새 온통 벼루에 가 있었다. 벼루의 움푹 파인 면을 손바닥으로 훑으며 꼼꼼히 살폈다.

"보시오. 여기 이렇게 벼루 표면에 꺼끌꺼끌한 게 만져지시오? 이것을 봉망이라고 한다오. 여기에 먹이 어떻게 갈리느냐에 따라 좋은 벼루라는 소리를 듣는 것이오. 좋은 봉망이 좋은 먹물을 만드는 것이라오. 너무 거칠면 먹은 잘 갈리지만 먹물 또한 거칠게 되오. 이렇게 봉망이 균일하게 미세해야 먹이 곱게 갈리는 것이오."

북은 자신도 모르게 얼굴이 환해졌다. 이렇게 좋은 벼루는 붓쟁이들의 기쁨이었다. 벼루뿐이겠는가. 좋은 붓 하나만 구경을 해도 며칠이 즐거운 사람들이었다.

"그러고 보니 내가 이래 사는 것도 이 벼루와 같으이. 지금까지 만난 인연들이 내겐 다 봉망이었고 또 당신이라는 봉망을 만나 이렇게 갈아진 게 아닐까 생각이 드는 것이오. 아~ 지금의 내 처지가 나쁘다는 이야기가 아니오. 그런 일이 없었다 한들 단란한 가정을 둔 일개 도화서 화원일 뿐이지 않았겠소?"

"그걸 제가 못 하게 했잖아요. 저 때문에 그 일을 겪게 된 거잖아요. 그날 이후 저는 죄인이 되었지요. 이 막막한 부채감 때문에 살아도 산 게 아니었지요. 말해봐요. 어찌하면 이 죄를 용서받을 수 있는지 말입니다."

월향의 눈이 다시 촉촉이 젖었다. 지금 북의 눈에 비친 월향은 아까와는 달리 젊은 월향의 모습이었다. 마치 그 시절로 돌아간 듯했다.

"내가 좀 전에도 이야기하지 않았소. 나는 지금의 내가 나쁘지 않단 말이오. 그러니 그런 죄의식 따위는 죄다 버리시오. 허망하고 쓸데없는 일이오. 그러니 이제 임자 하고 싶은 대로 맘 편히 사시오."

잠시 머뭇하던 월향은 짐을 주섬주섬 풀기 시작했다.

"그렇다면 열흘 만이라도 나으리 곁에 있게 해주세요. 딱 열흘 만이라도 따뜻한 밥과 찬을 해드리고 싶어요. 그래야 제 맘이 편할 것 같아요. 그런 후에 머리를 깎고 멀리 깊은 산에 들어가겠습니다. 그러니 제발 말아라~ 하지는 말아주세요."
북은 대답 대신 헛헛하게 밖을 내다볼 뿐이었다.

향은 편한 옷으로 갈아입고는 부엌으로 가서 쌀독을 열었다. 작은 독 바닥을 긁어도 그나마 반 홉이 채 안 되었다. 향은 그럴 줄 알았다는 듯이 가져온 짐에서 쌀을 꺼냈다. 북은 헛기침을 하며 부엌으로 통하는 문을 닫고 하릴없이 앉았다가 다시 이리저리 벼루를 살펴보았다. 그러고는 필통을 꺼내고 이내 먹을 갈았다. 새 벼루를 시험이라도 해볼 요량이었다. 벼루는 먹의 길이 어찌해야 하는지 이미 알고 있다는 듯 길을 막는 듯 열어주길 반복하면서 자연스럽게 갈렸다. 바람이 대숲을 스치듯 먹이 갈리는 소리를 들으며 북은 이제 모든 일이 잘 풀릴 것 같았다. 먹이 만족할 만큼 갈리고 북이 흡족해하고 있을 때, 향이 쟁반을 들여왔다. 따뜻한 밥과 반찬들이 깔끔하게 차려졌고 귀한 소주까지 곁들여졌다. 북은 짐짓 헛기침 밖에 할 일이 없었다.
"언제고 제 손으로 이렇게 뜨신 밥 차려드리고 싶었어요. 그러니 이 밥상은 제가 받는 것이나 다름없지요. 자~ 한잔 받으세요. 당상관도 가끔 먹어본다는 귀한 술이랍니다."
세월이 지났어도 향은 여전히 손이 컸다. 명절 때도 보기 어려운 굴비에다 새우젓까지 놓여 있는 밥상이었다. 이 집이 생긴 이래 이런 날이 있었을까 하고 기우뚱 서 있는 문설주가 다 놀랄 일이었다. 밥을 먹고 설거지까지 마친 향은 아랫목에 북의 이부자리를 깔고 자신은 윗목에 자리를 깔았다.
“저는 여기서 잘 터이니 나으리는 괜한 근심 마시고 푹 주무세요.”
북은 잠시 머뭇하다 아내 목침을 베고 자리에 누웠다. 먹빛이 들어 새까만 것이 기름까지 먹은 탓에 번들거리는 낡고 오래된 목침이었다. 북은 간만에 불구경을 한 구들에 뜨뜻하게 허리를 지졌다. 허리부터 시작한 불기운이 기둥을 타고 지붕까지 전해지는 느낌이었다. 나도 그렇지만 아마 이 집도 간만에 온기를 느끼고 있으리라. 북은 지금 이 모든 일이 꿈만 같았다. 지난 몇 십 년 동안의 우여곡절이 아예 없었던 일처럼 마치 처음부터 지금까지 계속 이래 살았던 것 같은 생각마저 들었다. 북은 그때 월향의 마지막 말을 아직도 기억하고 있었다. 슬픔을 그려달라고 했던가? 아마도 그랬던 것 같다. 북은 향이 머물 며칠 동안 이것을 숙제 삼아 그려볼 생각을 하며 간만에 따뜻한 잠을 이루었다.

“자연은 만생물, 온 생명의 어머니라 하여 공경하고 섬기는 것이라 했는데… 살다보니 요 몇 년 왜 이렇게 가뭄이 들고 돌림병이 도는 것인지요?”
며칠 동안 침묵했던 향이 문득 북에게 물었다. 기실 두 사람은 지난 며칠 동안 말을 섞지 않았다. 그런데도 어떤 불편도 느끼지 못했다. 북은 그림을 그리거나 글씨를 썼고 향은 향대로 곳곳을 쓸고 닦고 밥을 차려왔다. 푸성귀일망정 언제 어디서 장을 봐왔는지 매번 다른 반찬들이 올라왔다. 어쩌면 북이 지금껏 살면서 이처럼 다양하고 정성스레 올라온 상을 받는 일은 없었을 것이다.

"돌림병도 무섭고 가뭄도 무섭지. 그 때문에 많은 사람들이 죽었고… 그런데 가만 생각해보면 자연이 아니었으면 지금 이 보리며 옥수수는 또 어찌 났겠소? 흙과 바람, 햇빛이 아니었다면 우리가 어찌 났을 것이며 또 어찌 이렇게 먹고살았겠소? 어쩌면 우리가 모르는 뜻이 있지 않겠소?"

향은 북의 머리를 자신의 무릎에 베개 하고 다친 눈의 상처를 살피더니 약을 발라주었다. 북은 무슨 약인지는 모르겠지만 송진처럼 청량한 것이 무척이나 시원하였다.

"저도 당연히 알지요. 이 땅에 사는 것들이 다 어머니 젖을 빨 듯 자연에서 먹을 것을 구하고 땅에 기대 사는 것이겠지요. 그래도 죄 없이 죽는 사람들과 생명들이 너무 많은 듯해서요. 그게 꼭 돌림병이 아니더라도 각종 모함에 죽는 사람들도 얼마나 많은지요."

"천지불인(天地不仁)이라는 말이 있지 않소. 자연은 한없이 너그럽다가도 가혹하리만큼 잔혹하고 잔인합디다. 우리 인간이 생각하는 틀을 훌쩍 뛰어 넘은 거지요. 어찌 보면 우리가 자연을 이해 못 하는 게 당연하지요."

둘의 대화는 누구든 어쩔 수 없을 이미 정해진 운명에 대한 얘기였고 당연히 답이 없는 얘기였다. 어쨌든 향은 이렇게 세상에 나오게 했으면 왜들 행복하게 살다 죽게 하지 이런저런 시련을 주냐는 것이었다. 요는 우리가 세상에 나고 싶어서 태어났겠느냐? 자연이 그렇게 했으면 당연히 잘살다 가게 하는 것이 맞지 왜 이렇게 괴로운 일들, 힘든 일들을 이토록 겪게 하냐는 일종의 항변이었다.

"그러고 보면 임자 마음이 부처님이오. 임자 말이 맞소. 이왕지사 한 번 사는 건데 행복하게 살아야지. 나아주었으면 행복하게 해주는 게 맞소. 암만."

북은 괜히 흐뭇해져서 얼떨결에 향의 엉덩이를 툭툭 쳤다. 향은 흠칫하며 얼굴이 빨개졌다.

"임자, 우리 그냥 살까? 그냥 이대로 알콩달콩 살까!"

향은 자그마한 손으로 살며시 북의 코를 누르며 웃었다.

"살기로 했잖아요. 열흘만. 그래요. 열흘을 평생처럼 살면 되겠네요."

그리 말하는 향의 얼굴엔 다시 그늘이 드리웠다. '그래! 열흘이었지.' 잠시 행복감에 빠졌던 북은 이내 한숨을 내쉬었다. 향의 그늘도 북의 한숨도 두 사람 앞에 놓인 운명에 대한 체념이었다.

"열흘이면 하루살이들에겐 열 번의 생이겠지요? 그 열 번의 생을 이렇게 행복하게 살다가 가면 그래도 살 만했던 생이라 할 수 있겠지요?"

향이 쓸쓸한 웃음을 지었다. 웃을 때 드러난 볼우물이 어쩐지 애틋했다. 북은 몸을 돌려 향을 안았다.

"그려. 임자가 부처님이네. 부처님이야."
향이 북의 팔을 잠시 내려놓고 몸을 일으켜 간신히 불을 밝히고 있던 광솔 불을 껐다. 캄캄한 어둠 속으로 문밖에서 달빛이 쏟아져 들어왔다. 운우지정을 또 어찌 알았는지 삽시에 개구리 울음 소리가 밤하늘을 가득 채웠다. 둘은 그저 이 밤이 새지 않기를 바랐다.

그렇게 하루 같던 열흘이 지나갔다. 향이 가고 나서도 북은 공연히 다시 며칠을 멍하니 보내야 했다. 기어이 그려달라던, 기어이 그려주리라 했던 '슬픔'은 끝내 그리지 못했다. 슬픔을 생각하면 붓이 나가지 않았다. 겨우 게 그림 몇 점을 그려 향의 봇짐에 싸주었다. '앞다리가 하나뿐인 게', 그나마 보통의 사람들처럼 정상적으로 앞으로 가지 못하는 자신의 생을 표현해주고 싶었다. 아끼던 종이에 그린 그림은 그런대로 마음에 들었다. 밥상 위에 물로 그림을 그리던 어린 시절, 진짜 종이 위에 먹을 듬뿍 묻혀 붓으로 그림을 그린다면 얼마나 멋질까 생각만 하던 시절, 그래도 그런 상상을 할 수 있었기에 그야말로 아무것도 남지 않는 연습이었지만 지루하거나 허무하지 않았다. 북은 그래도 그때가, 가진 건 없었지만 행복한 시절이 아니었을까 하는 생각을 해보았다.
향은 집을 나서면서 "나 떠나고 이틀 있다가 펴 보세요."라는 말과 함께 곱게 접은 서찰을 건네주었다. 언문으로 또박또박 쓰인 것이었다.

"꽃이 지고 있어요. 어릴 땐 그게 그렇게 서러웠는데 지금은 그게 또 그렇게 예뻐 보이는 거예요. 화원님도 저도 그렇게 지는 것이니 서러울 게 무에 있을까요?"

그렇게 시작한 서찰에는 '여기 오기 전까지 양주의 어느 절에서 공양주 생활을 했고, 오래도록 지낸 주지에게 머리를 깎으라는 말을 듣고 보름을 달라고 하였던 것이니 약속을 지키려 이제 돌아가는 것이라는 내용이 담담하게 적혀 있었다.

북은 깊은 한숨과 함께 향이 남기고 간 술을 한 잔 따라 마셨다. '다시 보지 않으리라 했던 생각 속에 실은 보고 싶다는 마음을 숨겨두었다는 것을 이번에 알았구나. 그리고 이렇게 보았으니 되었다. 지난 인연으로 이제 가슴 한 켠에 넣어두자. 그것이 그녀도 원하는 일일 터. 그녀가 좋은 봉망으로 나를 갈아놨듯 이제 내 길을 가면 되겠지. 그뿐이지.' 북은 그렇게 정리를 했고, 이상하게도 마음이 편안했다. 북은 마치 아무 일이 없었던 듯 일상으로 돌아갔다.

광사와 길을 나서다

근 달포 만에 이광사가 북의 처소를 찾았다. 아직도 아버지의 억울한 죽음과 애꾸가 된 자신의 처지를 비관하고 있지는 않을까 염려했는데, 북은 의외로 담담해 보였다. 그뿐이 아니라 어딘지 활기가 도는 듯해 뭔 일 있었느냐 물어볼까도 싶었지만 괘념치 않기로 했다. 어디에도 구속받기 싫어하는 만큼 또 남에게 피해를 끼치기 싫어하는 북의 이율배반적인 성격을 알고 있는 이광사는 앞뒤 말을 다 잘라버리고 오랜만에 어디 바람이라도 쐬고 오자고 했다. 두 사람은 멀지도 가깝지도 않은 단양을 다녀오기로 했다.

"말도 말고 가마도 말고 그냥 탈탈 걸어서 가세. 걸어서 가며 나무 한 그루며 돌멩이 하나며 그저 산천경개 구경이나 해보세."

북이 설레발을 치자 이광사는 그저 웃을 뿐이었다. 잠시 후 주막거리에 다다랐을 때 이광사가 북의 어깨를 두드리며 주막 앞에 서 있는 말 두 마리를 가리켰다.

"아직 먼 길을 걷기는 좀 무리일세. 몸이 다 나을 때까지 아껴보세. 자네 몸은 나보다 더 귀하질 않은가?"

이광사가 껄껄 웃으며 말에 오르자 북도 못이기는 척 말 등에 올랐

조어산수(釣魚山水)

다. 바람은 좋았고 하늘은 높았다. 간만의 나들이라 북은 들뜬 듯 했다. 하지만 그런 북을 보는 광사의 마음은 편하지 않았다. 하루 아침에 애꾸눈이 된 친구가 여전히 안쓰러웠던 것이다. 그런 심정을 내색도 못하고 그저 북의 신색을 살피며 말을 몰았다.

꼬박 한나절을 달린 두 사람은 드넓은 강가에 닿았다. 위로 소백산맥이 흐르고 남한강을 따라 깎아지른 듯한 장엄한 기암괴석이 연이어 그림 같은 물그림자를 만들어내고 있었다. 바위 형상이 마치 거북이와 비슷하여 구봉(龜峰)이라 하는 곳이었다. 그 아래로는 푸른 물이 도도히 흐르고 어부 하나가 배 위에서 그물을 거두고 있었다.

"삼기재, 어떠신가? 이래 고생하며 올 만한가?"

이광사가 물었다. 이광사는 북을 부를 때 호생관이나 칠칠이가 아닌 삼기재라고 불렀다. 아마도 북이 갖고 있는 호 중에 가장 문사적인 것이어서 그런 게 아니었을까.

"이보게, 원교. 내가 어디 장님이던가. 이렇게 한 눈으로 보니까 더 또렷하게 보이는군. 한마음으로, 한 눈으로 보라고 그런 일이 있었나 보네. 껄껄껄~"

북이 호탕하게 웃으니 이광사도 함께 웃었다. 잠시 강의 풍광을 즐긴 두 사람은 말머리를 돌려 도담삼봉이 있는 북쪽을 향했다. 도담삼봉은 널찍한 강의 수면을 뚫고 세 봉우리가 솟아 있어 가장 높은 봉우리가 장군봉, 북쪽 봉우리가 처봉, 남쪽 봉우리가 첩봉인데, 사람들은 각각 아버지봉, 아들봉, 딸봉이라고도 불렀다.

"이보게, 저기 봉우리 세 개가 아버지와 아들 그리고 딸이라 하잖나? 그렇다면 정작 마누라는 어디에 있을까?"

이광사가 삼봉을 가리키며 북에게 물었다. 뜻밖의 질문에 북은 잠시 생각에 잠긴 듯했다.

"이보게, 원교. 마누라야 저 흐르는 강이 아니겠는가. 그래서 지아비도 안아주고, 아들딸을 다 감싸고도는 게 아니겠는가."

북의 말에 이광사는 무릎을 쳤다.

"과연 삼기재로고! 이러니 내 어찌 술 한 상 내지 않을 수 있겠는가. 자네 혹시 마상배(馬上盃)라고 들어봤나?"

"나를 뭘로 보고 그러시는가. 이래봬도 술에 관한 한 달달 박사가 아닌가. 거 말 위에서 마시는 술잔 아닌가. 끝이 뾰족한 거 말일세."

"허허 아는구먼. 한 번 잔을 들면 다 마시기 전에는 상에 놓지 못하는 잔이지. 예전 전장에서는 적군과 싸우기 전에 한 번에 마시는 술잔으로 쓰였다네. 돌아와서 다시 마실 수 있다는 보장이 없었기 때문이지. 그러니 그 술 한 잔이 얼마나 긴박하였겠는가."

이광사가 소매에서 잔을 꺼내었다.

"내 일전에 북경에 가는 패한테 부탁을 해놨던 것이네만 이제야 받았다네. 마상배라는 말에 걸맞게 우리 한잔하세나."

북에게 술잔을 건네고는 언제 준비를 했는지 이광사는 말안장 뒤쪽에 꼽혀 있던 술병을 빼서 술잔 가득 따랐다. 봄이 지나고 여름으로 들어가는 날씨는 싱그러웠다. 멀리 제비들도 한두 마리 보였다. 말머리를 나란히 한 둘은 건배를 하고 깨끗이 잔을 비웠다. 왠지 북에게는 오늘 이 잔이 각별한 느낌으로 다가왔다.

"그때 자네가 당한 수모와 원통함을 보면서 나 또한 이 조선에, 신분 사회에 모멸감을 느꼈다네. 공부를 할수록 성리학이라는 조선의 학문이 관념과 수사에 치우쳐 실제의 생활과 점점 거리가 생겼다는 생각일세. 그러니 양반이라는 부류들이 백성의 아픔을 모르고 이토록 방자하게 권세를 휘두르는 게 아닌가. 무엇보다 자네가 제일 걱정스러웠다네. 하지만 오늘 이렇듯 담담한 자네를 보면서 내심 가슴을 쓸어내렸다네. 고맙네. 전장을 앞둔 장수처럼 부디 어떤 일이 닥치든 잘 헤쳐 나가시게나."

북은 광사의 말에 묵혔던 체증이 내려가는 듯했고 눈시울이 뜨거워졌다. 북은 헛기침을 하며 말 옆구리에 관자를 박았다.

인근의 주막에서 두 사람은 조금 늦은 점심을 먹었다. 점심을 먹으며 이광사가 다시 도담삼봉 이야기를 꺼냈다. 도담삼봉이 있는 단양이 실은 조선 개국을 주도했던 정도전의 고향이며, 정도전의 호 삼봉(三峯)도 도담삼봉에서 나왔다는 얘기였다. 술은 한양에 가서 먹자는 걸 북이 우겨서 막걸리 딱 한 되만 먹기로 하고 막 한 잔을 하고 난 후였다.

"그건 그렇고 이보게, 요사이 자네 그림은 어떻게 되고 있는가? 난 이제 내 글씨의 골격을 잡는 데 있어 어떤 고비에 이르렀다는 느낌이네만…"

광사가 그림 애기를 꺼냈다.

"나도 이제 그 잘난 양반님네 흉내를 내던 남종화에서 벗어나 우리의 그림, 내 그림을 그리자 그리 생각하고 있다네. 글치만 아직 막연하다네."

"그림에도 중국, 조선이 따로 있던가?"

"말이 다르고 글이 다르고 사는 게 다른데 어찌 다르지 않겠나? 다만 그저 어깨 너머로 명나라 쪽 그림을 보고 베끼느라 정신들이 없는 상황이라네."

"어허, 그거 참! 글씨 쓰는 사람들은 당연히 한자를 써왔네만, 이 한자라는 게 글씨만으로도 조형미가 있지 않은가. 그래서 같은 자라 해도 쓰는 사람마다 다르고, 다들 새롭고 멋스럽게 쓰려고 하지 않겠는가. 결과적으로 그 노력들이 하나의 지평, 하나의 전범을 만들고 뭐 그런 게 아닌가?"

"그럴 수 있겠지. 그래도 서예는 뭐랄까? 글씨라는 한계가 있으니 그림 그리는 사람들보다 내면의 갈등이 적을 것 같긴 하네만."

"뭐 꼭 그렇겠는가. 다만 자네의 자의식이 다른 이보다 유별난 게 아닌가 하는 생각을 하네. 허허, 그래도 한 나라를 규정해주는 것이 고유한 문자가 아니겠나. 그 면에서 우리가 쓰는 전서에 재미난 곡절이 있다네. 진시황은 국토의 통일뿐만 아니라 '소전(小篆)'이라는 글자를 만들어 전 백성의 의식을 통일하였지. 그 이전의 글자들이 지역별, 계층별로 달라 도무지 소통이 안 됐었거든. 기호적 약속체계도, 도덕적 가치체계도 없는 것이었고 한마디로 개판이었다이 말이지."

"그럼 진시황이 나라를 운영하고 백성을 통제하는 목적으로 전서를 만들었다 이 말이오?"

"꼭 통제라 할 것은 아니네만 바로 그 말씀이네."

"어허 시부랄! 하여튼 먹물들의 잔대가리는 알아줘야 한다니까."

"그래도 글자가 지식과 정보를 전달하는 기능도 있었으니 꼭 그렇게만 볼 건 아니네만. 그런 글자를 가지고 권력이랍시고 대소신료라고 하는 자들이 장난을 치고 요사를 떠는 것이 문제이지 않겠나. 게다가 이것만이 정답이라며 변형도 못하게 하고 옛 글자 그대로 쓰라고 강요를 하지 않던가. 자네도 알다시피 글씨는 그 사람의 정신이지 않던가. 천기조화를 담아 자연의 생명력과 역동성을 자기만의 시각으로 심미적으로 표현해야 하는데 세금을 거두고 편을 가르는 데 혈안이 돼 있으니 말일세."

"그러니까 그 글씨가 여전히 우리 백성들을 억압하고 통제하는 게 아닌가."

두 사람은 열변을 토로하며 잔을 부딪쳤다.

"이보게 원교, 그림을 백날 천날 그리면 뭐하나. 백성들의 삶과 유리된 그림이고 글씨라면 말일세. 산 하나, 강 하나 그려놓고 누가 그림 속의 뜻을 제대로 이해하고 얘기할 수 있겠는가. 아니 그 뜻이라는 것도 지위의 높고 낮음에 따라 또 누가 그리느냐에 따라 달라지니 심회(心懷)를 높이기 위해 화기(畵技)를 익히는 일이 다 엉터리가 돼버리는 것일세."

"그러게 말일세. 글씨도 마찬가지네. 한자라는 게 어지간한 시간과 공력을 들여야 겨우 그 뜻을 알게 되는 것인데, 일반 백성들이 한자를 익힌다는 게 언감생심이 아니고 뭐겠는가. 당장 먹고 살기도 힘든데 무슨 공부란 말인가. 명나라는 망했는데 우리가 작은 명나라라고 거들먹거리는 모습도 이해하기 어렵다네. 이 통에 학문은 점점 예(禮)를 찾고 옛것만 숭상하여 거꾸로 가자 하니 이거야 배가 산으로 가는 꼴인 듯하이."

이광사는 언성을 높이며 북의 잔에 술을 가득 부었다.

"글씨라는 게 결국은 우리가 떠드는 말이지 않겠는가. 그런데 저들은 백성들이 쉽게 쓰자고 하는 말을 언문이라 천시하고 있지 않은가. 자네 말처럼 먹고사는 것도 벅찬 백성들이 어찌 두 말을 다 익히겠는가. 이 말을 천대한다는 것은 자기네들은 따로 놀겠다는 거 아니겠는가."

북이 광사가 따라준 술을 한입에 들이켰다.

"일리가 있네. 따지고 보면 요새 장안에 신흥 부자로 뜨고 있는 이들이 다 역관들 아닌가? 청나라를 오며 가며 싸게 사서 비싸게 되파는 거지. 그게 다 청나라 말을 해서가 아닌가? 이처럼 말이, 글자가 힘이 되고 돈이 되는 거지."

"저들끼리 아는 말로 자기네들만 해먹겠다는 게 아니고 무언가."
"그러니까, 쉬운 말 놔두고 왜 굳이 한자를 하자는 것인지 영 마뜩찮으이. 게다가 사람들은 글씨나 그림을 보고 바로 무언가를 느껴야 하는데 그 글자가 무슨 뜻인지도 모르는데 거기서 무슨 감식안이 나오고 감상이 나오겠는가. 이러니 다 헛껍데기가 되는 것이란 말일세."
"그나마 내가 글씨를 잘 못 써 다행이지 안 그랬으면 내가 자네 흉내를 내어 이게 광사 글씨다 하고 떠들고 댕겼으면 다 속았지 않았겠나?"
"어허 이 사람, 삼기재! 당신이 이미 최고봉에 앉았는데 누구 이름을 팔고 말고 한단 말인가? 안 그래도 재조지은(再造之恩)을 팔아가며 우물 안 개구리처럼 왜소해지는 판이 아닌가. 참말로 답답증이 일어 견딜 수가 없단 말일세."
"그러게 말일세. 무슨 얼어 죽을 재조지은이란 말인가. 이 나라 사직을 지킨답시고 즈들이야 싸우지도 않고 죽지도 않고 다치지도 않았지만, 얼마나 많은 민초들이 스러져 갔는가. 재조지은은 명나라에 할 게 아니고 이 땅의 민초들에게 해야지. 암만! 낫 들고 나선 백성들이 없었다면 어찌 왜놈들을 물리쳤겠는가! 에이 젠장."
"그러니 조선의 글씨에는 핏빛이 배어들어야 하네. 저 목숨 바친 백성들의 한을 대신 풀어줘야지. 심약하고 창백한 샌님들의 글씨에 무슨 감동이 있겠는가. 한 자 한 자에 제 생을 온전히 쏟아 붓지 못하고서야 어찌 글씨를 쓴다고 하겠나. 그래야 옛적 원시(元始), 천연의 아름다움, 그 발등이라도 쳐보는 거 아니겠는가."

두 사람은 말을 그치고 잔을 부딪쳤다. 어느새 해가 지고 있었다. 이제 곧 매미 울음소리가 천지를 가득 채울 것이다. 그 호탕한 울음소리를 듣고 있자면 저들이 과연 미물일까 하는 의문이 들게 만들었다. 사람은 사람 세상을 사는 것이고 어쩌면 벌레들은 또한 그들의 세상을 살 뿐이었다.

이광사와 단양을 다녀온 북은 볼품없는 자신을 이렇게나 보살펴주는 친구들이 새삼 고마웠다. 벗들이 고마운 만큼 그들에게 해줄 것은 그림밖에 없다는 생각으로 오롯이 그림 그리기에 골몰했다. 진경산수라고 해서 꼭 그 현장에서 풍경을 보며 그리기는 어려웠다. 그래서 자신이 본 장면을 기억해두었다가 재현하며 그리는 것이었는데, 북은 지난번 다녀왔던 단양의 남한강 풍경을 떠올렸다. 널따란 강물에 커다란 바위 그리고 느긋하게 낚시를 즐기는 어부를 강조해서 그려 넣었다. 〈조어산수(釣魚山水)〉였다. 청아한 여름날의 풍경에서 바람 소리가 들리는 듯했고, 거침없이 죽죽 내려그은 산 그림자와 버드나무 줄기도 힘차게 흩날리고 소박하나 정갈한 초가 정자 아래로는 앙다문 입술처럼 비뚜름히 떠 있는 조각배, 그 위에 초탈한 듯한 어부가 낚시를 즐기는 모습… 〈조어산수〉는 대담하고 거칠면서도 빠른 필치로 과감한 생략을 한 실험적 작품이기도 했다. 이는 간략한 구성의 단순미와 담청 황색의 대조적인 설채(設彩)로 후일 중국의 양주팔괴(揚州八怪)에 비견되는 그림으로 평가를 받았으며 이후 최북의 전형적인 스타일로 자리를 잡아갔다.

다음 날, 북은 그 남한강 풍경을 배경으로 겨울에 눈 오는 모습을 상상하며 또 하나의 작품을 그렸다. 이름하여 〈눈 내리는 강(雪江圖)〉이었다. 나중에 강세황과도 친분이 깊었던 석북 신광수가 이 그림을 보고 감명을 받아 이후 최북의 조용한 후원자가 되기도 했다. 후원이래야 가끔씩 쌀섬이나 소금 등속을 들여다 놔주는 정도였지만 가난한 화원들에겐 이것만큼 요긴한 것도 없었다. 이 신광수의 동생인 신광하가 또한 장차로 북의 최후를 그린 시를 지었으니 두 형제가 북의 생애마다 놓인 곡절에 시를 지은 것이 공교로웠다.

신광수는 시를 짓고 그림에도 꽤 조예가 깊었는데 특히 북의 그림을 보며 애틋해하기로 유명하였다. 그는 과거 시험에서 「관산융마(關山戎馬)」를 지어 급제하였는데 이 시는 나중 조선 말(末) 서도소리의 원작이 되기도 했다. 훗날 당상관인 돈령부도정(敦寧府都正)에 까지 이른 신광수는 자신의 문집(『石北詩集』)에 북의 〈설강도〉를 본 소회를 이렇게 시로 적었다.

최북이 장안에서 그림을 팔고 있네 (崔北賣畫長安中, 최북매화장

안중)

평생의 오막살이 사방 벽이 텅 비었고 (生涯草屋四壁空, 생애초옥사벽공)

문 닫고 종일토록 산수를 그리는데 (閉門終日畫山水, 폐문종일화산수)

유리 안경에 나무 필통이라 (琉璃眼鏡木筆筩, 유리안경목필용)

아침에 한 폭 팔아 아침끼니 때우고 (朝賣一幅得朝飯, 조매일폭득조반)

저녁에 한 폭 팔아 저녁끼니 때우네 (暮賣一幅得暮飯, 모매일폭득모반)

추운 겨울날 손님은 낡은 방석에 앉았고 (天寒坐客破氈上, 천한좌객파전상)

문 밖 작은 다리에는 눈이 세 치나 쌓였네 (門外小橋雪三寸, 문외소교설삼촌)

이보시게 (請君, 청군)

내가 오면서 본 설강도를 그려주시게 (寫我來時雪江圖, 사아래시설강도)

절뚝발이 나귀를 타고 두미와 월계를 지날 때 (斗尾月溪騎蹇驢, 두미월계기건려)

남북 청산은 온통 하얀 은빛인데 (南北青山望皎然, 남북청산망교연)

어부의 집은 눈에 파묻히고 낚싯배 하나 외로웠네 (漁家壓倒釣航孤, 어가압도조항고)
어찌 풍설 속의 파교와 고산만 그리는가 (何必灞橋孤山風雪裏, 하필파교고산풍설리)
단지 맹처사와 임처사만 그리려 하는가 (但畫孟處士林處士, 단화맹처사림처사)
복사꽃 피는 물을 기다려 함께 배에 올라 (待爾同汎桃花水, 대이동범도화수)
설화지에 다시 봄 산을 그려보세 (更畫春山雪花紙, 갱화춘산설화지)
—신광수, 「崔北 雪江圖歌(최북 설강도가, 최북의 설강도에 부치는 노래)」

여전히 술을 좋아하고, 술에 취하면 상대가 누구든 안하무인으로 나섰던 북이지만 그림은 누구보다도 열심히 그렸다. 그러는 와중에 가끔 바둑도 두고, 저잣거리에서 투전도 하였다. 물론 워낙에 돈이 없던 그였으니 투전은 핑계고 그 옆에서 개평이나 뜯고 술이나 두어 되 얻어 마시면 그만이었다. 한마디로 투전에는 소질도 관심도 없었다. 하지만 그가 가끔 봉놋방을 찾아 투전판 말석에 앉아 기웃거리는 것은 그 자리의 팽팽한 긴장감과 함께 오만 사내들의 거침없는 모습이 싱싱했기 때문이었다. 뭐랄까 살아 있는 이들의 울분과 해학을 생생한 어투로 들을 수 있었기 때문이랄까. 누구나 그렇듯 그린 그림이 모두 수작, 역작만 있는 것은 아니었다. 조선 땅에서 그림을 팔아 연명하기로 첫째, 둘째를 다투던 그였기에 당연하게도 생활은 늘 곤궁하였다. 그림을 팔지 못하면 굶어야 했다. 그러니 그림을 팔기 위해 멀리 동래나 개성, 평양까지 발품을 팔아야 했다. 고생도 고생이지만, 수모도 여간하지 않았다. 가끔 싫다고 거부한 적도 있었지만, 수시로 양반들의 주문 사항에 따라야 했고 그 기호에 다가서야 했다. 양반들의 그림에 대한 기호는 제각각이었다. 호구지책이라 그들의 입맛대로 그림을 그려줘야 했고, 자연 호방한 필치는 위축되기 일쑤였다. 북은 이런 날이면 고주망태가 되도록 술을 마셨다. 그나마 술이 고약한 삶의 수모를 건네주는 징검다리가 되었기 때문이다.

발목은 수모에 빠지지 않았다고 하겠지만 온몸은 이미 울분에 흥건히 젖었던 삶, 그림으로 자유를 얻으려 했으나 또 그 그림 때문에 자유로울 수 없었던 삶. 그게 북 앞에 놓인 아이러니의 길이었다. 어쩌면 낭만주의자 북의 운명이었는지도 모른다. 북은 시를 짓거나 글씨를 쓰거나 그림을 그리는 데는 아귀가 들어맞게 완벽을 추구했지만, 붓을 놓으면 아직 철들지 않은 어린애가 되곤 했다. 그림을 그리고 받은 돈을 저축한다거나 미래에 대한 준비라는 것에 대한 개념 자체가 없었다. 한마디로 관리가 되질 않았다. 어쩌다 돈을 벌면 그만큼 또 술로 탕진하는 것이니 몸을 망치고 피폐해지기 마련이었다. 생활보다는 낭만이 우선이었던 사내, 조선이라는 사회가 이런 기질을 가진 족속에 대해 어떤 안전장치를 마련했을 리 만무하였으나 정작 최북은 믿을 수 없을 만큼 긍정적이고 유쾌하였다.

야유랑(冶遊朗)

영·정조를 지나며 조선은 팽창하는 자루처럼 하루가 다르게 문화와 물자가 번성하였다. 이에 걸맞게 장안에는 듣도 보도 못하던 여러 방면의 인사들이 새로이 나타나 명성을 떨치고는 했는데 그중 '서평자(西平子)'라는 사람이 있었다. 이 사람이 바둑 잘 두기로 명성이 자자했는데, 하루는 최북이 조랑말을 끌고 그를 찾아 갔다. 북은 서평자를 보자 다짜고짜 나하고 바둑 한번 두자고 청하였다. 이에 그가 백 냥을 걸면 두어보겠다 했고, 그렇게 두 사람은 바둑을 둔 것이었다. 주거니 받거니 돌을 두던 중에 그만 실수를 한 서평자가 북에게 한 수만 무르자 청했다. 북은 그러라 했다. 다시 이어진 바둑은 백중지세였다. 북의 기세에 눌린 것일까 서평자가 또 실수를 하여 한 수만 물러달라 청했다. 그러자 북은 서평자를 바라보다가 오른손으로 바둑판을 쓸어버렸다.

"바둑이란 것이 한 수 한 수가 모여 산맥을 이루는 것인데 이렇게 무르기만 해서야 어찌 한 판을 마칠 수 있다는 말이오."

북이 정색을 하며 일어섰다. 당황한 서평자가 북의 손을 잡으며 계면쩍게 웃었다.

"이 판은 내가 졌소. 약속은 약속이니 넣어두소."

서평자가 북에게 약속한 백 냥을 건네려 하자 북은 서평자의 손을 막았다.

"놀이는 놀이로 끝내야지 돈을 거래하면 놀이가 되겠소? 정히 돈을 줘야겠으면 그만큼 술이나 사 주소."

서평자가 두어 말의 술과 안주를 사 왔다. 그렇게 두 사람은 주거니 받거니 술을 마시기 시작했는데 어느새 오랜 지기처럼 친숙해졌다. 술이 거나해지자 바둑이라면 별로 져본 적이 없는 서평자는 바둑에 진 것이 못내 아쉬운 듯했다.

"돈내기는 안 한다니 가만있자…."

주위를 둘러보던 서평자의 눈에 사립에 매여 있는 북의 말이 보였다.

"옳다구나! 우리 집에도 말이 한 마리 있으니 우리 말을 걸고 한 판 더 둡시다."

불쾌해진 북은 잔에 가득한 술을 한 모금 마시고는 "저놈이 저래 뵈도 종자가 좋은 말인데…" 말을 삼키며 고개를 끄덕였다. 사실 그 말은 북이 이곳에 오기 전 시전에서 몇 달만 빌리자 하고 끌고 온 조랑말이었는데, 잘 먹이지 못해 바싹 말라 있었다.

이리하여 두 번째 판이 이어졌는데 백중지세였지만 결국에는 북이 두 집 차이로 지고 말았다. 서평자는 의기양양하여 껄껄대며 웃었고, 북은 쓸쓸히 허적허적 취한 걸음으로 그 집 대문을 나서야 했다.

그런 일이 있고 두어 달이 지난 때였다. 마침 멀리 안산에 볼일이 생긴 북은 무슨 생각이 들었는지 아침 댓바람부터 서평자의 집으로 갔다. 북이 다시 붙어보자 했고, 이에 두 사람은 말을 걸고 내기 바둑을 두기 시작했다. 둘의 대국은 지난번 백중지세와는 판이했다. 초반부터 밀어 붙이던 북이 사석 작전까지 성공하며 결국 불계승을 거둔 것이었다. 서평자는 입맛을 다시며 그동안 통통하게 살이 오른 조랑말을 내어놓아야 했다. 북이 복슬복슬하게 살이 오른 조랑말에 올라타고는 껄껄 웃자 서평자도 따라 허허 웃었다.

"그대가 나를 속였구먼. 잘도 속였어. 허허."

"그럼 다음에 또 한 판 둡시다. 그때는 또 져 드리리다."

"에끼, 이 몹쓸 사람아. 그런데 나한테 바둑을 이겼다는 말을 밖에 나가서는 말아주시오."

"그럽시다."

"그나저나 어차피 진 거… 안산은 내일 가소. 기왕지사 오늘 술도 한잔 사리다."

"까짓것, 그럽시다."

죽이 맞은 두 사람은 말을 타고 즐겁게 운종개(종로) 쪽으로 향했다. 어깨를 나란히 하고 걸으며 두 사람은 마상 대화를 나누었다.

"내 들으니 우리 호생관 나리께서 시에도 조예가 깊다 들었소. 바둑 실력이 이리 좋으니 거 시 짓는 솜씨야 또 얼마나 명불허전이겠소."

"어허, 거 술 생각에 목울대가 출렁이는데 시라~ 그럼 시방부터 생각을 해볼 거이니~ 까짓것, 저 아래 유곽에 당도하기 전에 한 수 지어보리다."

"오호라! 글타면 내가 한잔 더 낼 터이니 어디 함 해보시게."

잠시 후, 북은 워~ 워~ 말을 세우고는 시를 읊기 시작했다.

"백마 타고 다리 위에 서니 산들바람에 버들잎이 지는구나(白馬橋頭立 微風落柳花). 동백 상에서 채찍 휘두르니 창녀 집이 어느 곳에 있느뇨(揚鞭東百上 何處是娼家)? 어떻소. 시제는 야유랑(冶遊郎), 바람둥이 낭군으로 했소만."

서평자는 호탕하게 웃으며 박수를 쳤다.

"과연, 멋진 절구로세. 백마와 미풍이 어울리고 교두립과 낙류화가 서로 쌍으로 춤을 추는구려. 아니, 바둑 두다가 나와서 얼마나 걸었다고 벌써 이래 산들바람이 났단 말이오. 과연 칠칠이 최북일세."

북도 마음에 들었는지 마주보며 껄껄 웃었다.

"자, 이제 자네 말대로 유곽이 코앞일세. 어디 한번 질펀하니 놀아보세. 이리 오너라! 천하 명인 칠칠이 최북과 잘 계집이 있느뇨? 이리 오너라! 천하 풍류객 서평자와 놀아볼 계집은 또 어디 있느뇨?"

이후 두 사람은 다시 바둑을 두지 않았지만 북의 호탕한 성격과 재기에 반한 서평자는 북을 향한 마음이 더욱 도타워졌다. 서평자가 바둑에 이겼다는 말을 하지 말라고 북에게 신신당부했지만, 정작 소문은 먼저 서평자에게서 나왔다. 최북이 그림도 잘 그리지만 바둑 또한 고수라는 소문은 삽시간에 바둑깨나 둔다는 양반가 사람들에게 알려졌고 실제로 몇 사람이 북과 바둑 두기를 원했다. 하지만 북은 서평자가 잘 두니 그와 수담을 나누라며 나서지 않았다.

일본 행

대저 권력은 무엇인가, 북은 한참을 눈 내리는 풍광에 정신을 팔고 있었다. 눈이 쌓인 먼 산은 연이은 흰 봉우리로 어깨를 걸고 그윽한 정취를 품었으나 가까운 길가의 눈은 진창을 만들고 진흙과 쓰레기들이 뒤섞여 지저분하였다. 밤새 술을 먹었는지 눈에는 핏발이 돌았다. 영조 24년인 1748년 이월 열나흘 날, 아직은 추운 겨울날이었다.

일본으로 가는 열 번째 통신사 일행에 별화사(別畫師) 자격으로 간신히 끼인 북은 행차 내내 심드렁하였다. 일본 막부 도쿠가와 이에시게(德川家重)의 취임을 축하하는 사절단 일행이었으니 정치적 부담도 없었고 또 일본의 저잣거리에서 그림을 그려 팔면 한양에 집도 한 채 살 수 있는 짭짤한 수익도 올리던 시절이라 사절단에 동행하게 된 북을 보며 모두 시기하고 부러워하던 터였다.

이번 행차의 대장격인 황병권은 인품은 좋았으나 천상 관료의 태를 벗지 못한 사람이었다. 중종 이후 조금씩 살아나기 시작한 사림(士林)의 위세와 명분 싸움은 점점 불거져 나랏일이 이들 힘의 향배에 따라 엎치락뒤치락하였으니 왕권이 신권에 맥없이 휘둘렸다. 그야말로 왕의 역량에 따라 왕가의 위신이 아이들 공깃돌 놀이하

해태

듯이 위태로웠는데, 그나마 영조가 들어서며 왕권이 조금은 올라가기 시작했다. 물론 이것도 얼마나 가겠는가, 새우 눈을 뜨고 보는 이들도 더러 있었지만, 20년 넘게 지속되는 영조의 일관된 통치 스타일에 그만 하나둘 왕에게 대가리를 수그리던 때였다. 따지고 보면, 좋아지는 게 왕가의 위상만이 아니었다. 점차 힘을 얻고 있는 노론 세력들도 그렇거니와 육의전 등 시장통을 거머쥔 상인들과 갈수록 빈번해지는 데다 물량도 많아진 청나라와의 교역에 그 역할이 커진 역관 등 중인 계급도 박수를 치고 있었다. 여기에 기존에 괄시를 받았던 서자(庶子)들도 재주만 있으면 검서관 등으로 중용되고 있었다. 바야흐로 명분보다는 실리를 중시하는 분위기가 자연스레 기층 사회에 활기를 주는 시대였다. 이른바 변화의 시기였다.

북도 이런 시대적 분위기가 아니었다면 누가 뭐란들 사절단 일행에 끼지 않았을 것이다. 숙종 이후 시원치 않던 나라의 기강이 잡혀가니 이제야 제대로 그림을 그려볼 때가 왔구나 하는 마음이었다. 지금까지 그의 가슴속에서 활활 타는 불을 가려보는 사람은 드물었다. 술 좋아하고 기행을 일삼는 자신을 두고 단지 세상은 손가락질하며 비웃을 뿐이라는 것을 알고 있었다. 그러거나 말거나 다 좋았다. 어찌되었든 옷이 나오고, 밥이 나오고, 술이 나오는 일이었다. 그것으로 만족했으니 크게 상관하지 않았다. 하지만 알지도 못하는 작자들이 그의 그림을 두고 무어라 얘기하는 것은 죽기

보다 싫었다. 그림은커녕 먹조차 알지 못하는 족속들이 집안을 믿고 권력에 기대서 거들먹대는 꼴이라니. 그야말로 '부모가 반 팔자'라는 옛말이 딱 들어맞았다. 그렇지만 도화서도 그만둔 그를 이런 사절단에 넣어준 지인들의 후의에 까닭모를 부담을 느끼며 먼 산을 바라보는 것이었다.

나는 평생 게을러 장대한 경치를 보지 못하였는데 (拙懶平生欠壯觀)
하늘 밖 기이한 유람 파란을 격했네 (奇遊天外隔波瀾)
해 뜨는 일본 땅의 참된 형상을 (扶桑枝上眞形日)
그림으로 그려 와 장차 나와 함께 보세나 (描畵將來與我看)

이것은 북이 일본 통신사 대열에 합류한다는 얘기를 듣고 성호(星湖) 이익이 지은 시 「최칠칠의 일본 행에 부치는 시(送崔七七之日本)」의 말미 부분이다. 북은 지루하고 갑갑할 때면 가끔 안산으로 바람을 쐬러 가곤 했는데, 그는 거기에서 강세황과 허필 그리고 농사를 지으며 실학사상을 설파한 이익과도 교유하였다. 사부처럼 여겼던 둘째형 이잠이 장희빈을 두둔하는 상소를 올렸다가 온갖 고초를 겪고 죽기까지 이 모든 것을 목도한 이익은 평생 벼슬에 나서지 않았다. 대신 이익은 사람들이 억울한 일을 겪지 않아도 되는 평등한 세상을 만들기 위한 사상을 설파했다. 양반들의 지나친 부와 횡포를 목도하면서 개인이 소유할 수 있는 토지를 한정하여 사람들이 균등한 토지를 소유하게 하자는 한전론을 폈는가 하면, 중국 중심의 세계관에서 탈피하여 조선 고유의 정통성을 세우고, 양반도 생산에 참여해야 한다는 당시로서는 급진적인 사상을 피력하여 이를 따르는 제자들과 함께 '성호학파'를 이루어 영·정조 대 실학파의 기틀을 잡은 인물이었다. 정권 획득이라는 망국의 당파 싸움을 멈추고 경제를 일으키고 빈부 양극화를 막고자 했던 그의 사상은 향후 다산 정약용에게로 이어져 더욱 발전하게 되었다. 이런 이익이 애틋한 마음으로 북의 원행을 응원하였으니 북은 그저 황감할 따름이었다.

동래에 이십여 일 머물며 바람이 잦아들기를 기다리던 통신사 일행은 드디어 배에 올랐다. 검고 짙푸른 바다, 너울이 이는 바다를 건너는 일은 쉽지는 않았다. 북은 배를 탄 며칠 동안은 술을 마시지 않았다. 같은 방을 쓰는 동료가 배 멀미가 심했기도 했지만 기실 북도 이때 처음으로 배를 타보았는지라 파도의 거친 너울에 흔들거리는 몸을 가누기도 힘들었기 때문이다.
그렇게 며칠이 지나고 마침 바람과 너울이 잦아진 날 아침, 일행은 해가 떠오르는 풍광을 바라보게 되었다. 일출이었다. 멀리 바다의 표면이 들끓듯 붉고 노란색으로 휘황하더니 무언가가 조금씩 떠올랐다. 맨눈으로는 쳐다보기도 힘든 강력한 빛이었다. 북은 시거운 눈을 애써 찡그리며 끝끝내 쳐다보았다. 희부옇게 조금씩 떠오르던 해는 어느새 불쑥 붉은 동그라미를 표면 위로 띄워 올렸다. 북은 그 순간 이익의 시를 떠올렸을지 모르겠다. 자신을 아끼며 배웅해주던 그 목소리가 떠올랐는지도 모를 일이었다. 어쨌든 준비해 두었던 지필묵을 꺼냈다. 지금 자기 앞에 펼쳐진 풍광을 생생하게 그려야 했다. 세필로 파도를 그렸고, 그보다 더한 세필로 포말과 물방울을 그렸다. 파도의 움직임을 일일이 그려야 했기에 시간이 많이 걸렸다. 물결을 그리던 북은 재빨리 붉은 유약을 뭉개 파도에 발목쯤이 걸린 둥그런 해를 그렸다. 그렇지 않으면 또 지금의 모습에 속을 것 같았기 때문이었다. 이어 푸른 듯 젖은 듯 물결에 농담을 주었다. 오래오래 정성을 다해 그렸다. 이 모습을 본 갑판장이 술을 한 잔 따라 북에게 건넸다.

"호생관 나리께서 술도 안 마시고 그림도 안 그리셔서 세상의 헛소문인가 보다 했지요. 그런데 과연 이런 파도며 이런 해를 그리시다니요. 식전이지만 목을 좀 축이시지요."

북은 싱긋 웃으며 술을 받자마자 한입에 털어 넣었다. 그러고는 두말없이 다시 그림에 집중했다. 이윽고 화제를 쓸 시간이었다. 북은 눈짓으로 술을 한 잔 더 청해 술을 마셨고 사람들도 미소를 띠며 이 모습을 바라보았다. 북은 아끼던 황모필을 꺼내 화제와 호생관 낙관을 찍었다. 〈창해관일본(滄海觀日本)〉. '너른 바다에서 일본을 보다'라는 뜻이다. 물론 이 자리에서는 일본은 보이지 않았다. 하지만 북은 지금 광활한 바다 한가운데서 일본을 보았다고 느낀 것이다. 해가 날의 근본이기도 하였지만 어차피 일본 전체를 그려낼 수도 없는 것 아닌가 하는 생각도 없지 않았다. 어쨌든 이 일로 같이 일행들의 북을 보는 눈빛이 부드러워졌고, 북은 하던 대로 조석으로 술을 마시기 시작하였다.

갈매기도 따라오지 않은 심해를 다시 몇 날 며칠 동안 건너 마침내 멀리 머리와 어깨에 하얀 눈을 둘러쓴 후지산(富士山, 부사산)이 보이자 배에서는 '살았다'는 탄성이 쏟아졌다. 그래서인지 파도도 한결 잔잔해지고 조금 살 만해졌다. 그제야 사람들은 아무렇게나 팽개쳐놓았던 짐 등속을 찾느라 또 한참 난리판이었다. 갑판장은 이 소란을 줄이느라 애를 쓰다 나중에는 몽둥이까지 들고 설쳤다. 이런 난리굿은 예견된 바, 일본에 가서 한밑천 잡으려는 속셈들이 묘한 활기를 만들어내고 있었다. 언어 소통이 원활하지 않은 일본인과 대화할 경우 한시와 그림을 매개로 하는 것이 관행처럼 되다 보니, 문인화처럼 정선된 것보다는 서얼(庶孼)이나 중인 계층의 그림이 더 인기가 많았다. 게다가 통신사절단에는 재능이 뛰어난 사람들이 주로 선발되었는데, 황병권은 시를 잘 짓는다 하여 뽑혔다는 뒷말이 돌았다.
무사히 일본에 도착한 첫날, 일본인들이 자리다툼까지 하면서 시를 적어달라고 했다. 야마모도(山本)라는 일본 승려는 첫 기착지인 쓰시마에서 교토를 거쳐 오사까, 에도(도쿄)까지 안내하면서 틈만

나면 지필묵을 꺼내 황병권과 시를 지어 나눴다. 황병권도 싫지 않았던 것이 일본인들에게 시를 지어주고 받은 글 값이 화원의 그림 값과 비슷했기 때문이었다. 에도로 가기 위해서는 '토모노우라'는 동네를 거쳐야 했다. 이곳에 후쿠젠지(福禪寺)라는 사찰이 있는데 조선의 통신사 일행이나 중국의 사신들을 맞는 일종의 영빈관 역할을 하는 곳이다. 그도 그럴 것이 이곳의 풍광이 또한 절경이었다. 그중 바다가 내려다보이는 누각이 있는데 이곳에 날아갈 듯 쓰인 '일동제일형승(日東第一形勝)'이라는 현판이 있다. 이 글씨는 북이 이곳에 도착하기 40년쯤 전에 통신사로 왔던 종사관 이방언(李邦彦)이 남긴 서예였다. 통신사 일행 또한 이곳 후쿠젠지 절에서 머물게 됐는데, 이들을 접대하기 위해 나온 술이 호메이슈, 즉 보명주(保命酒)였다. 생명을 보전해주는 술이라는 이름을 지닌 술답게 소주에 감초, 설탕, 계피, 홍화 등을 우려낸 것으로 뒷맛이 달았다. 북은 말로만 듣던 이 술에 혹하여서 앉자마자 술을 마시며 웃음 띤 얼굴로 그림을 그려주었다. 평소 먼저 '그림을 그려주겠다'는 말을 결코 하지 않는 최북이지만 어쩐 일인지 이 날은 술이 떨어지면 주위를 둘러보며 호객 행위까지 하는 것이었다.

"자, 다음! 그림 받을 사람이 없소? 술 한 됫박이면 메추라기가 한 마리요!"

그렇게 술을 마셔댔으니 한밤중에는 완전히 취하여 붓을 들고 잠이 들 정도였다. 그리고 다음 날 아침, 일행이 다음 일정을 위해 짐을 꾸리는데 북은 왠지 머뭇거리는 것이었다.

"이곳이 일본 동쪽에서 제일가는 명승지라지 않소. 나는 예서 며칠 더 머물며 그림을 그리다 갈 것이니 먼저들 가시라."

자기는 남겠다며 자리에 드러누운 북은 그림 핑계를 대었지만 기실 보명주 때문이었다. 그렇지만 누군들 모르겠는가. 최북의 이런 뻔한 꾀를 보자 일행 중 반은 박수를 치며 놀려대고 또 반은 혀를 찼다. 그런데 평소에 딱딱하기만 했던 황병권만은 달랐다.

"하긴 이렇게 멋진 풍광을 품고 있는 누각에 이름이 없다는 것은 말이 안 되지 않소. 이참에 새로 이름을 지어 달면 어떻겠소?"

황병권이 갑작스레 복선사 주지에게 이런 제안을 한 것이었다.

"허허, 갑작스런 일이나 조선의 명필께서 써주시면 누대로 또한 즐거움이 아니겠소이까. 얼른 지필묵 준비하라고 이르겠습니다."

주지는 흔쾌히 제안을 받아들였고 이에 수하들은 새로이 먹을 간다, 종이를 마련한다, 한바탕 소동이 벌어졌다. 황병권은 통신사 무리를 한 바퀴 둘러보다가 눈짓으로 허진석을 가리켰다. 허진석은 성균관 유생으로 글씨가 좋아 통신사 일행으로 따라온 이로 모든 필법이 엄중했지만 그중 예서체가 일품이라는 소리를 듣는 터였다. 비록 아직은 미관의 말직이었지만 그래도 조선을 대표하는 글씨를 쓰는 것이었기에 조금 긴장된 얼굴이었다.

'대조루(對潮樓)'라는 이름으로 정해졌다. '바다의 물결을 마주 대하는 정자'라는 뜻으로 일본 발음으로는 '이초로'라고 읽었다. 따뜻한 차 한 잔 마실 시간 정도가 흐르자 멋진 글씨가 완성되었다. 이렇게 하루를 더 번 일행은 주지의 푸짐한 대접을 받았고 아침부터 술을 마시던 최북은 초저녁에는 대취해서 널브러졌다가 이튿날 아침, 겨우겨우 뒤꽁무니를 따라나섰다.

예로부터 조선의 통신사 일행이 지나는 번(藩)마다 번주들은 통신사 일행을 국빈으로 대우하였다. 가는 길마다 일본의 문인이나 예술가들이 진을 치고 서로의 작품을 내보였고 이는 자연히 그들의 기층문화, 민중문화에 영향을 주었다. 이 과정에서 조선이 중국과의 교역에서 그랬듯 조선과 일본도 서로 교역하였다.
최북을 포함한 통신사 일행이 방문했을 당시 일본은 개방의 물결이 한참일 때였다. 일찍이 국가의 빗장을 연 일본은 여러 방면에서 선진 기술과 국제화의 세례를 맞고 있던 시기였다. (당시 일본의 미술은 훗날 파리의 인상파 화가들에게 '자포니즘'이라는 열광을 낳게 되는 작품들이 막 탄생하던 순간이어서 수준이 매우 높았다.) 북은 이들의 작품을 보고 내심 놀라고 있었다. 통신사 파견은 에도 막부에 새로운 왕이 취임할 때, 국제적인 비준을 받는 매우 정치적인 형식을 띤 것으로 드물게는 정치 외교적인 현안에 관련된 협상을 진행하기도 하였다. 이것이 차차 양국의 문물이 교환되고 문화의 수준을 가늠하는 계기가 되었던 것인데 북은 이번 방문에서 보게 된 일본의 그림들에 새삼 감동을 받은 것이다.

통신사 일행은 에도에 도착하자마자 쇼군과 함께 산치에 참석하여 일본의 예인들과 서로 그림을 그려 나누었는데, 그중에서도 북의 그림은 단연 돋보였다. 급기야 저잣거리까지 불려 다닐 만큼 북의 그림은 에도에서도 인기를 끌었다. 북이 그림을 그리면 사람들이 소리를 지르며 그 주위에 몰려들었다. 사람들이 모두 최북에게만 그려달라고 돈을 내밀었으니 메추라기나 벼이삭, 새나 게 한 마리 등 간략한 소품이었음에도 다 그려주기 벅찰 정도였다. 그림을 받는 데 성공한 사람들은 옆 사람에게 소리를 지르며 자랑을 했다. 북은 이렇게 그린 그림에 '거기재(居基齋)'라는 별호를 붙였는데, 그것이 '거기 있다'라는 뜻임을 일본 사람들이 알 리 없었다. 특유의 장난기가 발동한 것이었다.

한번은 어떤 일본인이 멋진 산수화를 그려달라고 하자 슬쩍 후지산을 바라보던 북이 쓱쓱 산 하나만 덜렁 그려주었다. 그러자 이 일본인이 물었다.

"산수화에 산만 있고 물이 없으니 괴이하잖소?"

"허허, 여기 산 빼고는 전부 물이 아니오."

북이 그리 말하며 껄껄 웃었다. 그러자 그 일본인이 그림을 다시 들여다보더니 따라 웃으며 그림을 고이 싸서 가져가는 것이었다. 주변에 빙 둘러 서서 이 수작을 보던 사람들도 모두 파안대소를 했다. 그런 날은 저녁에 절에 마련된 숙소에 들어와 뜨거운 온천을 하고 앉으면 말할 수 없이 개운했으며 기분이 좋았다. 북은 일본의 맑은 청주를 마시며 옛날의 그 넓던 만주와 부여 땅을 헤맬 때도 그랬고, 지금 이역만리 배를 타고 들어온 일본 땅도 그렇고, 그림이 갖고 있는, 연대랄까 이해랄까 말이 통하지 않아도 공감을 만들어 내는 그 요체가 무엇인지 이런 저런 생각을 하다 잠이 들었다.

일본의 화가들도 조선의 도화서 화원들이 그랬듯 통신사 일행의 움직임을 두루마리나 대형 병풍에 옮겨 그렸다. 이런 통신사 방문 그림들은 지금까지도 많이 전해지고 있으며 개별적으로 통신사 일행에게서 받은 그림이나 사소한 선물도 잘 보관되어 나중에 문화재로 지정되고는 하였다. 이외에도 통신사가 보여준 시나 그림, 패션, 노래 등은 곧바로 유행이 되었으니 이른바 지금의 한류, 조선의 붐이 일어났다. 이를 두고 일본 내에서도 조선의 붐을 통제하기 위한 움직임이 나타나기도 했지만 이는 어찌 보면 물이 아래로 흐르는 것만큼이나 자연스러운 문화적 흐름이었다. 물론 당시 일본은 더 이상 지난날의 미개한 수준의 나라가 아니었다. 네덜란드를 비롯한 서구 선진국들에게 나라의 문호를 활짝 열어 바짝 마른 화선지처럼 그들의 선진 과학 기술이며 신문물을 빨아들여 놀라운 발전을 거듭하고 있던 때였다. 그런 까닭으로 조선 실학파의 태두였던 실용주의자 박제가는 청나라뿐 아니라 일본이나 그 외의 나라들에서도 배울 것은 배우자며 문호 개방과 해외 무역의 시급함을 주장하기도 했다. 어쨌거나 이렇게 두어 달여 일본에 머문 통신사 일행은 공식 비공식 일정을 모두 마치고 조선으로 향하는 배에 올랐다.

눈 오는 겨울 밤

일본에서 돌아온 지 달포쯤 지나고 있었는데 북은 어쩐 일인지 그림이 마음대로 잘 되지 않았다. 그냥 조금 마음에 안 드는 정도가 아니라 며칠째 잠을 못 자서 자고 싶어 미치겠는데 잠을 이루지 못하는 것과 비슷한, 이전에는 한 번도 느껴보지 못한 그야말로 고통스러운 침체를 겪고 있었다. 이렇게 그림이 그려지지 않을 때면 북은 책을 읽거나 한가로이 시전을 돌아보거나 주막 한구석에 틀어박혀 죽어라 술을 퍼마셨다. 물론 책을 읽거나 시장을 걸어 다니면서도 술을 손에서 놓는 법이 없었다. '화가가 그림을 못 그리면 그게 어디 화가냐? 그래도 좋다고 이래 술은 줄기차게 먹어대니 아무래도 내가 칠칠한 게 칠칠이가 맞구나.' 술잔을 바라보던 북은 혼자 중얼거리며 낄낄 웃었다. 북은 술을 먹다가 웃다가 붓을 들고 한참을 화선지를 노려보다가 붓을 던져버렸다. 그러고는 손가락에 먹을 묻혀 화선지 위에 그리기 시작했다. 지두화(指頭畵)였다. 손가락 끝과 손톱, 손바닥을 붓 대신 이용해 그리는 것으로 날카로움과 투박한 맛을 살릴 수 있어 당시 강세황이나 심사정, 허필 등등이 모이면 장난삼아 지두화를 그리곤 하였다. 일명 지화(指畵)라고도 하는데 손 외에 부지깽이, 인두

풍설야귀인(風雪夜歸人)

등을 써서 그리기도 했다.

북은 손끝에 먹을 묻혀 조심조심 그려나가기 시작했다. 매서운 바람이 불고 눈보라가 치는 어느 겨울밤, 구부정한 어깨를 하고 집으로 돌아오는 한 늙은이와 그 뒤를 따르는 동자, 이를 보고 사립문 쪽에서 검은 개가 반갑다는 듯 뛰어들고 나무는 눈을 흠뻑 뒤집어쓴 채 바람에 쓰러질 듯 잔뜩 휘어져 있다. 그 뒤로 산도 집도 바위도 흰 눈에 덮여 묵묵히 제자리에 서 있다. 기실 이 그림은 북이 어렸을 때 훈장 선생과 이웃 마을을 다녀왔던 날의 기억을 살린 것이었다. 아랫마을에 장사가 나서 제문을 써달라는 부탁을 받고 눈보라 휘날리는 궂은 날씨임에도 나선 길이었다. 보통은 양반가가 아니면 나서지 않은 선생이었으나 기어코 눈발을 뚫고 간 데는 이유가 있었다. 조그만 상회를 하는 집이었는데 때마다 남는 것이라며, 싸게 들어왔다며, 양식과 함께 집안에 기물을 심심치 않게 들여온 것을 알기 때문이었다. 아직은 젊고 평소 아프지도 않았는데 급작스레 맞은 횡액이라 모두의 마음을 무겁게 했다. 그 때문인지 선생은 잘 마시지 않는 술을 제법 마셨고, 동리 사람들이 나귀에 태워 집 언덕까지 배웅을 해주었다. 술에 취한 선생은 나귀 위에서 흥얼거리며 노래를 불렀다. 나귀에서 내려 십여 장 남은 집으로 걸어가는 동안에도 어깨는 더욱 기울었는데도 선생은 노래를 부르며 허허 웃었다. 한편으로 우스운데 한편으로 한없이 쓸쓸한 그런

광경을 북은 그때 처음 보았다. 북은 그때의 기억과 함께 훈장 선생이 '명운(明運)'이라 이름을 지어 기르던 검정개도 생각이 났다. 당시 선생은 아들이 과시에 합격하여 기운 가세를 회복해주길 바라는 마음으로 개 이름을 명운이라 지었다고 했다. 밝은 운명이라 자꾸 되뇌면 실제로 그런 운이 열리는 거라고 선생은 쓸쓸히 웃으며 얘기하곤 했다. 그래서 북도 개를 부르며 '명운이 이리와', '명운이 그러는 거 아니야' 하며 놀기도 하였다.

그런데 어쩐 일인지 북에게는 30년도 더 지난 그때의 기억이 생생하게 박혀 있었다. 집과 산은 정확치 않아 그동안 보아온 다른 것으로 대체하였지만 그렇다고 맥 빠지게 그리고 싶지는 않았다. 거친 선으로 힘차게 내리긋고 산 정상을 손톱을 이용해 도끼로 찍듯 굵고 간명하게 표현하였다. 하얀 조개를 곱게 갈아 만든 호분(胡粉)을 손가락에 묻혀 흰 산봉우리도 그렸다. 나무들은 밑에서 위로 가는 선으로 여러 번 반복해 그리니 제법 생각대로 그림이 나와주었다. 아, 스승님…, 그림을 그리면서 북은 새삼 스승의 자애로웠던 여러 일들이 떠올랐다. 북은 더욱 조심스럽게 붓을 들고 화제를 썼다. 〈풍설야귀인(風雪夜歸人)〉. '눈보라 치는 밤 집으로 돌아오는 사람'이라고 간명하게 달았다.

한여름을 조금 지난 때여서 조금만 움직여도 땀이 저절로 흐르는 더운 날씨였는데, 그림을 한참 들여다보던 북은 자기도 모르게 으

스스 몸을 떨었다. 북은 중국의 황공망이 한 말을 늘 기억하고 있었다. '그림에도 풍수가 존재하는데 수구(水口) 그리기가 가장 어렵다'는 것이었다. 수구란 좌청룡과 우백호의 기운이 만나는 곳으로 그 골을 따라 물이 빠져나가는 지점을 뜻한다. 그래서 북은 그림을 그릴 때마다 자기도 모르게 은근히 신경을 쓰고는 하였는데 오늘은 문득 그것도 다 나를 얽매는 틀이라는 생각이 들었다. 하여 '그림은 그림이지 그림이 무슨 부적인가? 이젠 내 마음대로 그릴라네.' 하는 마음을 먹은 것이었는데, 화제를 쓰고 나서 그림을 흘깃 넘겨다보니 바람의 골과 기의 흐름이 너무 잘 배치된 것이라, 북은 은연중에 놀라서는 으스스 몸까지 떨렸던 것이었다. 그것은 좋다기보다는 무슨 습(習)이 이리 질긴가 하는 씁쓸한 정조였다. 새 새끼의 하얀 날개에 습관처럼 배어든 운명이라니, 북은 하염없이 씁쓸해졌다.

금강산 가는 길

몇 년의 시간이 덧없이 흘렀다. 기세 좋게 피어나던 꽃이 뜸해지고 새로운 잎새를 틔운 산이 한창 푸르러지는 오월 말의 어느 날이었다. 북은 몇몇 지인들과 금강산 행을 도모하고 짐을 싸고 있었다. 몇 년을 벼르던 금강산이었으니 절로 콧노래가 흘러나왔다.

왕의 명으로 금강산을 그려 유명해진 이가 겸재 정선이었다. 직접 원행을 하기 어려웠던 왕들은 가끔 도화서 화인들에게 금강산이나 설악산 등 먼 곳의 절경을 그려오게 하였는데, 겸재의 〈금강산도〉도 그렇게 그려진 것이었다. 금강산은 조선 천지의 온 산을 통틀어 가장 명산이라 할 만하였다. 백성들에게는 생전에 금강산을 한 번이라도 보고 죽어야 나쁜 업이 없어진다는 속설이 퍼져 평생에 한 번쯤은 꼭 가보는 것이 소원이 될 정도였다. 그리하여 문인들과 화인(畫人)들 사이에서 특별히 왕명과 관계없이 이렇게 뜻을 같이하는 사람들이 서로 여행에 소용되는 돈을 모으는 계가 생길 정도였다. 또한 금강산은 중국 당나라에서도 '원생고려국 일견금강산(願生高麗國 一見金剛山)'이라는 말이 생길 정도로 신성시되는 산이었다.

표훈사도(表訓寺圖)

예전 도화서 동료였던 이명섭도 휴가를 내고 따라나섰고 음악을 하는 김창배도 가볍게 개량된 가야금을 들고 나타났다. 그러고 있는데 갑작스레 앞마당이 떠들썩했다. 얼마 전에 황해도 황주 성불사에서 주석한다는 얘기가 들리던 단월이 온 것이었다. 단월 옆에는 활을 만든다는 상방궁인(尙房弓人) 민형식이라는 이가 활을 등에 매고 서 있었는데, 단월의 눈치를 보고는 일행들에게 꾸벅 인사를 하였다. 연로한 어머니의 병세 때문에 이번 금강산 행을 포기한 필재를 빼고는 다 모인 셈이었다.

대장정을 나서는데 떠나기 전에 출정식을 해야 하지 않겠냐는 단월의 건의로 근처 단골집을 찾았다. 이명섭과 김창배는 처음 본 사이라 수인사를 나눈 후 배짱이 맞았는지 서로 권커니 잣거니 하며 대화가 무르익었다. 북과 단월은 예전 북한산 시절의 얘기로 서로 침이 튀었다.

"그때 내가 아니었으면 울 호생관 나리는 굶어 죽었지. 내가 잡아다 준 곰이 열 마리는 넘었지 아마?"

"아니 호랑이는 안 잡아다 놨소? 우리 단월 형님이야말로 내가 담근 술이 없었더라면 벌써 파계를 했을 것인데…."

그때 이명섭이 단월과 민형식을 바라보며 호생관이 정승이 됐었다는 얘길 못 들었냐며 좌중의 이목을 끌었다.

"어느 날 호생관이 어느 양반 집을 방문했지 뭐요. 그런데 그 집 하인이 나와서는 최북의 이름을 막 부르는 것이 미안해서 그랬는지 안채를 향해 '최직장 오셨습니다.'라고 고했겠지요. 아시다시피 직장은 종7품의 벼슬인지라 우리의 호생관이 펄펄 화를 내며 말하기를 '너는 어찌하여 나를 정승이라 하지 않고 직장이라고 부른 것이냐?' 하니까 그 하인이 웃으며 '언제 정승이 되었습니까?' 했겠지요. 그러자 호생관이 '이놈아, 그러면 내가 은제 직장이 되었단 말이더냐? 기왕 벼슬을 시킬 것이면 정승으로 부를 것이지 에이 퉤~' 하고는 그길로 되돌아 와버렸다지 뭡니까. 당시 그 양반집에서는 얼마 전 딸 혼사를 성대히 치루고 사돈집에 전해줄 그림을 잘 그려준 북에게 한상 가득 준비를 하고 불렀다는데 말입니다."

이 말을 들은 단월과 민형식이 입맛을 다시며 혀를 찼다.

"하여튼, 그놈의 성질머리 때문에 지 밥을 지가 걷어차는구려. 쯧쯧."

다음 날, 일행은 나귀에 솥과 짐을 가득 싣고 길을 떠났다. 처음에는 사람들이 많이 다니던 철원 쪽으로 해서 갈까 했는데, 한강 나루에서 배를 타고 양평, 가평을 거쳐 춘천에 가는 것으로 노정을 바꾸었다. 마침 뗏목패들을 싣고 올라가는 배가 웬일인지 빈 배로 가는 것을 알게 되어 헐값에 때 아닌 호사를 누리게 된 것이었다. 노련한 뱃사공의 노질로 이틀 정도 올라가니 가평을 지나 왼쪽으로 남이섬이 보였다. 그동안 일행 중 몇몇은 낚시나 투망으로 고기를 잡았는데 특히나 활을 만든다는 민형식의 재주가 놀라웠다. 그는 보통 사람의 서너 배를 잡아 올려 어부 일도 한다는 뱃사공마저 놀랄 지경이었다. 게다가 그가 끓인 잡어 매운탕은 궁중 요리를 빰치는 일품이었다. 이제 곧 도착한다는 춘천을 앞두고 날이 저물어 남이섬에서 하룻밤을 지내기로 하였다.

한양에서 조그만 책방을 운영하는 강환식이 남이 장군에 대한 이야기를 줄줄 풀어놨다. 강환식은 중인 출신으로 시도 짓고 당대의 많은 문사들과 어울리는 사람이었는데 평소 가보고 싶어 하던 금강산 행 소식을 듣고는 부랴부랴 뒤늦게 숙박비 전체를 낸다는 조건을 내걸며 거의 어거지로 합류한 터였다. 그는 남이 장군의 이야기로 밤을 새울 기세였는데 남이 장군의 짧은 생애를 애도하며 눈물까지 흘려 일행을 숙연하게 했다. 다음날 아침, 배에 오른 일행은 반나절 만에 춘천에 닿았다. 신연강과 소양강이 만나는 고산(孤山)에 도착한 일행은 그새 정든 뱃사공과 아쉬운 작별을 하며 배에서 내렸다.

'고산은 석양이 으뜸'이라는 단월의 말에 일행은 짐을 풀고 석양이 깔리기를 기다리기로 했다. 이런 절경에 어찌 술이 없을까, 술판이 벌어지고 좌중의 성화로 가야금을 끼고 있던 김창배가 손가락을 풀고 간만에 진양조로 연주를 시작했다. 조용한 물소리에 가야금 소리가 얹혀 흐르는 사이 어느덧 석양이 깔리고 멀리 삼악산 협곡 너머로 해가 떨어졌다. 학암탄(鶴巖灘)으로 불리던 이곳은 나중에

다산 정약용이 지나가며 '높이 선 푸른 벼랑이 서로 칠 기세'라며 '현등협(懸燈峽)'이라 표현할 만큼 절경이었다. 칼날 같은 협곡 양쪽에 우뚝 선 바위틈으로 한 세상이 지고 있었다. 검붉은 세상이었다. 이를 바라보던 단월이 입을 열었다.

"이보게들, 지금 이 물이 금강산과 설악산에서 내려오는 물이 합쳐지는 게 아닌가. 미리 인사 삼아 물속에 들어가 멱이라도 감으시게들 흐흣."

하지만 유월, 초여름이긴 해도 계곡물은 차가웠다. 일행 중 누구도 물에 들어갈 엄두를 내지는 못했는데, 단월만은 허리까지 몸을 담근 채 태연하게 노랫가락을 불러댔다.

이제부터는 육로로 걸어가야 했다. 북과 이명섭 등은 마침 신북장이 열린다는 소식을 듣고 노잣돈이나 벌자며 몰려가 그림을 그렸는데 예상보다 많은 사람들이 다투어 그림을 사 갔다. 기대 이상의 결과였다. 일행은 좋은 징조라며 한껏 기대에 부풀어 본격적인 육로로 접어들었다. 낭천을 지나고 양구에 이르자 일행 중에 물집이 잡힌 이도 나왔고 슬슬 지쳐가는 기색이었다. 오늘은 여기서 짐을 풀기로 했다. 이른 저녁을 먹은 일행은 각자 휴식을 취했는데, 몇몇은 바지나 짚신을 수선하기도 했다. 북이 장인에게 어깨너머로 배운 요령으로 동료들의 신발을 고쳐주고 있을 때, 단월이 나섰다.

"여보게들, 양구 이쪽에 팔랑리라고 있는데, 왜 팔랑리인지 연유를 아는가?"
"글쎄, 물이 많던데 물이 팔랑팔랑 파도를 쳐서 그런 거 아니오?"
"아, 모르겠소. 가뜩이나 힘든데 얼른 말해보시오."
다들 연유를 알지 못했고 단월이 답을 말하기만을 기다렸다. 단월은 담뱃대를 한 번 빨고는 잠시 뜸을 들이다가 에헴, 하고는 입을 열었다.
"거기에 얽힌 재미난 이야기가 있으니 들어들 보시오. 옛날 함경도 살던 사내가 살기 좋은 곳을 찾아 정착한 곳이 바로 팔랑리라오. 사내가 집을 짓고 그 동리에서 참하다는 규수를 아내로 맞아 첫날밤을 치르려는데 아 글쎄 신부의 젖통이 네 개이지 뭐요. 사내는 기겁했지만 어쩔 도리가 없어 그냥 받아들이기로 한 것인데, 이 부인이 놀랍게도 네 쌍둥이를 두 번이나 낳은 것이오. 그제야 사내는 아내의 젖이 네 개인 게 다 하늘의 뜻이었다는 것을 깨달았지 않았겠소. 네 개의 젖통 덕분에 쌍둥이 아들 여덟을 무사히 키워냈으니 말이오. 그런 여덟 쌍둥이들이 장성해서 한 날 한 시에 과거에 급제하고, 한 날 한 시에 결혼을 하고, 다 같이 낭관 벼슬에 올랐다 해서 마을의 이름이 팔랑리(八郎里)가 되었다는 뭐 그런 얘기라오. 하하."
"에고 시시해라. 신부 젖통이 네 개면 신랑 부랄도 넷이 돼야 짝이 맞는 거 아닌가?"
강환식이 심통을 놓으며 타박을 하자 단월이 쯧쯧 혀를 찼다.

"거 꼭 이런 얘기를 하면 아랫도리로 빠지는 저 중생을 어쩌누? 양잿물에 푹 담갔다가 저기 팔랑리 강물에다 확 풀어놓을까 보다."
일행은 한바탕 껄껄 웃고는 이내 피곤한 몸을 잠에다 부렸다.

다음 날 아침, 일행은 양구 두타연 계곡을 따라 걸었다. 한참을 가다 보니 엉뚱하게도 인제 쪽으로 접어들게 되었다. 다들 우왕자왕하는데 단월은 금강산을 가는데 건봉사를 안 보고 간다면 그런 맹탕이 없다며 오히려 박수를 치고 좋아했다. 일행은 용대리 인근에서 새이령을 넘고 마장터를 지나고 다시 대간령을 넘어 병풍바위봉을 오르고서야 간신히 간성에 이르렀다. 힘센 장정들도 힘들어한다는 소문대로 일행은 기진맥진이었다. 과연 백두산부터 뻗은 산줄기는 우뚝우뚝 줄지어 서 있고 이름도 모르는 봉우리들이 파도처럼 끝없이 서로 어깨를 걸고 있었다. 멀리 건봉사의 처마가 보이고 그 아름답다는 능파교의 빼어난 아름다움이 어스름하게 보이자 누구랄 것도 없이 감탄사를 내뱉었다. 건봉사는 천 년도 넘는 고찰로 부처의 치아 진신 사리가 있는 곳이자 선조 대 사명대사가 머리를 깍은 곳으로 '관동최승지구(關東最勝之區)'라 손꼽히는 곳이었다. 게다가 이곳은 일만 일(27년 5개월) 동안 염불을 외는 염불만일회(念佛萬日會)가 시작된 곳으로 기층 민중들의 불심이 돈독한 곳이기도 했다. 이명섭은 어느새 붓을 들고 능파교를 그리고 있었다. 이틀을 머물면서 각자 염불도 하고 절도 하고 시도 짓고 그림도 그렸다. 그렇게 휴식을 취한 후 일행은 다시 북쪽으로 길잡이를 돌렸다. 이제 백 리 인근이 금강산이었다. 금강산의 영경(靈境)은 고성·금화·준양·통천의 4개 군에 인접해 주위 이백여 리에 걸쳐져 있었다. 금강 연봉을 중심으로 서쪽을 내금강, 동쪽을 외금강, 바다에 잠긴 곳을 해금강이라 하는데 보이는 바위나 봉우리마다 스스로 빛을 쏘아내는 듯 빼어났다. '보는 것만으로도 이리 희열에 젖게 하다니.' 북이 속으로 중얼거렸다. 드디어 금강산 기슭의 온정리에 도착했다. 온몸이 땀으로 젖고 목도 마를 즈음 맑은 강물이 나타났다. 강환식이 느닷없이 첨벙 물속으로 뛰어들었다.

"야호! 시원해라. 이 강은 무슨 강인가. 참으로 고마운 강이로구나."

민황식이 주위를 빙 둘러보며 말했다.

"남강이라 하더이다. 내가 예전에 이곳에서 사냥을 하며 몇 년을 살았소. 인제 위쪽에 있는 무산(巫山)에서 시작된 물이 동쪽 삼일포로 해서 동해로 빠지는 강이라오."

"거, 금강산 근처에 있는 강이라 그런지 더 시원한 것 같소."

일행은 너나 할 것 없이 땀에 젖은 몸을 강물에 담갔다.

금강산에는 장안사, 표훈사, 신계사, 유점사 등 이름만 들어도 알 만한 대가람들뿐 아니라 절경에 깃든 크고 작은 암자와 사찰들이 그 수를 헤아리기 어려울 정도로 많았다. 한 걸음 뗄 때마다 탄성을 토해내던 일행은 신계사에 도착해 짐을 풀고 예의 각자 그림을 그리거나 시를 지었다. 평소에는 그토록 실없고 허깨비처럼 보였지만 종단 내에서 단월의 위치는 꽤나 높았던 모양이었다. 일행이 방문하자 주지가 직접 버선발로 뛰어나와 단월을 사형이라 부르며 깍듯이 대우했다. 게다가 각자 한 방씩 정해주고는 한 달여쯤 머물러도 된다는 것이었다.

신계사 옆으로 병풍처럼 둘러친 관음연봉은 눈길 닿는 곳마다 절경이었다. 북은 금강산에 들어온 다음부터 웬일인지 거의 말이 없었는데, 금강산의 빼어난 풍광에 압도된 때문이기도 하였다. 그날도 가까운 문필봉, 관음봉을 둘러보고 멀리 세존봉, 채하봉 등 기암고봉을 구경하다가 일찍 자리에 든 것인데 도무지 잠이 오지 않았다. 이리저리 뒤척이던 북이 자리를 털고 나와서는 절 근처 옥류동 계곡물에 발을 담구고 있는데, 어느새 단월이 따라온 것이었다.

"이보게 호생관. 어째 기운이 빠지셨는가? 조용하시네."

"조용하긴요. 이렇게 옥류동 계곡에 붓을 담그고 있지 않소. 심심하시면 알알이 옥돌이 구르는 듯한 계곡 소리에 귀나 적시시우."

"혹 자네, 호생관의 호생(毫生)이 어디에서 왔는지 알고 계신가? 그걸 알면 자네를 부처님이라고 부르겠네."

"싱겁긴요. 아, 내가 붓 덕분에 먹고 사니 그리 불렀지 달리 무슨 이유가 있겠소?"

"어허! 몰라도 한참 모르고 떠들어대기는… 들어보시게. 알다시피

생(生)은 우주의 정기와 인연이 뭉쳐 일어나는 일 아니겠는가. 중생(衆生)은 각기 인연대로 태어난 것을 총칭하는 것이니 배에서 나오면 태생(胎生)이요 알에서 나오면 난생(卵生)이네. 그뿐인가. 습생(濕生), 풍생(風生), 화생(化生), 여기에 도력이 높으면 뜻만으로도 가능하다는 의생(意生)도 있다네. 그렇다면 호생(毫生)은 어디서 나왔다는 뜻이겠는가. 붓이지. 바로 붓 끝에서 탄생하는 보살, 즉 그림이나 글씨를 뜻하는 것이라네. 부처님도 '이런저런 뜻이 몸을 만들어내니 모두 마음이 만든 것'이라고 하셨다네. 이처럼 자네의 손끝에서 빛이 나고 새로운 형용이 나오니 화원은 다 이렇게 새로운 창조물을 만드는 부처님이다 그 말이라네. 허허."

"허허, 내가 부처면 어찌 그대는 냉큼 예를 취하지 않는가?"

두 사람이 계곡물에 발을 담근 채 껄껄껄 웃자 부엉이가 놀랐는지 부엉부엉 울었다.

오늘은 다 같이 금강문을 거쳐 옥류폭포를 넘어 구룡폭포까지 올라갈 예정이다. 금강산의 주봉인 비로봉에서 발원한 물줄기가 흐르고 흘러 이곳의 까마득한 수직 절벽을 낙하하면서 만들어낸 거대한 연못이 바로 구룡연(九龍淵)이다.

구룡연은 파란빛이 돌 만큼 맑고 투명한 탓에 천길 아래의 바닥이 겨우 한 키도 안 될 것처럼 얕아 보였다. 누구라 할 것 없이 구룡연의 풍광에 탄성을 터뜨리던 일행은 어느새 이곳저곳에 자리를 잡고는, 누구는 그림을 그리고 누구는 가야금을 타고 누구는 통소를 불고 또 누구는 시를 짓고 그도 아니면 멍을 때리면서 저마다 풍광을 즐기고 있었다.

북은 슬그머니 소매 사이에 숨겨 온 술을 마시며 미처 이르지 못했던 것들을 골똘히 떠올리고 있었다. 진(眞)이라는 말이 떠올랐다. 진리를 찾는 길, 그걸 일러 심진(尋眞)이라 했겠다. 절의 바람벽마다 심우도(尋牛圖)를 그려놓은 까닭도 소를 찾는 것이 진리를 찾는 일이라 했겠다. 이곳에 오니 비로소 진경(眞景)이라는 말이 절로 떠올랐다. 삿된 것, 비슷한 것, 헛된 것, 남의 것… 허물이 벗겨지는 느낌이었다. 진경산수화가 과연 무언지 그토록 궁구했던 지난날들이 주마등처럼 흐르면서 북은 헛웃음이 절로 나왔다. 아까 금강문을 지나며 무언가 가슴속에 자리를 잡던 것이 이제 확연한 어떤 것으로 구체화되고 있었다. '저리 활달하고 자유자재한 물에 무슨 제도가 있고, 무슨 법도가 있겠나. 자유, 새로움, 충만함이 곧 진경산수가 아니겠는가.' 북은 미친놈처럼 낄낄 웃으며 혼잣말을 떠들었다. 가야금을 타던 김창배가 북을 힐끗 보더니 가야금을 밀어놓고 북 옆으로 와서는 술을 권하는 것이었다.

"그러세. 이런 자리에 술이 없으면 그보다 서운한 게 또 있겠나."

두 사람은 단숨에 잔을 비우고는 자리를 털고 일어나 위쪽 상팔담으로 올라갔다. 비로봉에서 발원한 물줄기가 천년 또 천년 그렇게 흐르며 바위를 패어 물웅덩이를 만들었을 것이다. 오랜 세월 바위에 패인 물웅덩이는 세숫대야 같은 작은 담(潭)에서 제법 큰 연못 같은 담까지 일견 보기에도 열대여섯 개는 넘는 듯하였다. 연못마다 채워진 물이 세존봉을 비추고 있었다. 상팔담(上八潭)이라는 말은 아마도 많은 물웅덩이 중에 큰 여덟 개를 추려 이름을 붙인 듯했다. 그렇게 알알이 퍼져 있던 물이 모아져 깎아지른 절벽 아래로 쏟아져 마침내 구룡폭포를 이루는 것이었다. 상팔담에서 바라보는 세존봉, 채하봉, 장군봉, 비로봉의 위용에 두 사람은 가슴이 터질 듯하였다. 두 사람은 크게 심호흡을 몇 번 하고는 다시 일행이 있는 구룡연으로 자리를 옮겼다. 구룡폭포에서 쏟아져 내리는 거대한 물줄기와 물보라는 장엄했고, 흩어진 물방울들이 빚어낸 무지개는 영롱했다. 수정처럼 투명하고 맑은 물을 들여다보던 북은 문득 처음 붓을 잡았을 때를 떠올렸다. 아니 붓을 잡기까지 걸어야 했던 모진 세월을 떠올렸다. 그러고 보니 오직 붓을 붙잡고 붓이 가는 대로 살아온 길이고 세월이었다. 왜 그림을 그려야 하는가 하는 의심 따위는 없었다. 그저 혼신을 다해 그리고 또 그렸을 뿐이었다. 그렇지 않으면 죽었을 것이다. 술에 취해서든, 끼니를 굶어서든, 또 양반 자제와 다투다 치도곤을 당해 정신을 잃어서든, 구천으로나 떠돈다는 명계(冥界)의 입구까지 가본 게 어디 한두 번이었던가. 가까이서 보았던 명계 그 어둠의 아가리는 깊고 검고 냉혹했지만 어쩐지 무섭지는 않았었다. 오히려 그 속을 들여다보면 편안한 느낌이었다. 그렇게 그 입구에 들어서려 할 때마다 억지로 참아내고 되돌아온 것은 오로지 그림 때문이었다. 그런저런 생각을 떠올리며 북은 미친놈처럼 슬퍼 웃다가 좋아 울었다. 그러다 갑자기 속에 뜨거운 것이 솟구쳤다. '내가 그림 속으로 들어가고 그림이 내 안으로 들어오고 그래서 내가 붓이 되고 내가 그림이 되는 경지….' 북은 눈을 감았다. '지금까지 그림은 고맙게도 내게 가장 큰 위로가 되었고 응원이 되었고 힘이 되었다. 이제 내가 그림이 될 차례다.' 북은 감았던 눈을 떴다. 눈동자에는 퍼런 광채가 서려 있었다.

"천하 명인 최북은 천하 명산에서 죽어야 마땅하다."

이렇게 외친 북은 웃옷을 벗고 그 자리에서 구룡연에 뛰어들었다. '풍덩' 소리와 함께 물속으로 쑤욱 들어간 북은 한참을 나오지 않았다. 잠시 후 물 밖으로 고개를 내민 북은 술에 취해서 허우적거렸다. 뒤늦게 이를 본 민형식이 물에 뛰어들었다. 간신히 그를 끌고 나와 근처 바위에 뉘이고는 급히 가슴과 배를 주무르기 시작했다. 일행 모두가 주위로 모여들었을 때, 다행히 북은 물을 토하고는 깨어났다. 머리를 흔들며 일어나 앉은 북은 무슨 일이 있었냐 하는 표정으로 주위를 한 번 둘러보고는 한탄하듯 긴 휘파람을 불었다. 그러자 근처에 있던 까마귀들이 일제히 날아올랐다.

동료들에게 업히고 기대 겨우 신계사로 내려온 북은 자기 방에서 며칠을 앓았다. 그러고는 이틀을 면벽한 채 명상에 잠겼는데, 이후

방을 나와서도 별 말없이 주변의 풍광을 바라볼 뿐이었다. 북의 모습을 지켜보던 단월은 아무래도 이제 내금강으로 가는 것이 좋겠다 생각했다. 단월은 일행을 불러 이제 내금강 표훈사 쪽을 돌아보자고 제안했다.

표훈사는 금강을 거쳐 단발령 쪽으로 돌아서 가야 하는데 백 리가 넘는 힘든 길이었다. 굳이 그 힘든 길을 택한 데는 그럴 만한 이유가 있었다. 내금강 초입의 단발령에서 바라보는 금강산의 풍광이 워낙 좋아서 금강산을 그릴 때면 대부분 단발령에서 바라보는 구도를 취하기 마련이었다. 그런 탓에 금강산 그림의 화제로 '단발령 망(望)금강'이 단골로 쓰일 정도였다. 신계사에서 빌려준 나귀들도 숨을 헐떡이며 먼 길을 걸어 장안사에 도착했을 때는 벌써 밤이 깊었다. 일행은 일단 이곳에서 쉬기로 하고 여장을 풀었다. 조금만 더 가면 표훈사가 나올 것이었지만 밤이 깊었고 무엇보다 너무 지쳐 있었다. 새벽 별을 보고 출발해 별이 뜬 한밤중에 도착할 만큼 힘든 여정이었다. 아침나절만 해도 소풍을 나선 것처럼 시끄러웠던 행렬은 점심을 지나며 지치기 시작했고 저녁을 지나면서는 말할 기운도 없어 땅만 보며 걸어온 길이었다.

다음 날, 아침에 보는 장안사 터는 넓고 평안하였다. 대웅전 2층 누각은 이를 지켜보던 일행의 가슴을 뛰게 할 만큼 웅장했다. 피곤한 몸을 일으킨 일행은 아침 공양을 하고 부지런히 절을 나섰다. 문바위를 지나 자리 잡은 표훈사는 날아갈 듯한 합작지붕이 인상적이었다. 이 절을 세운 표훈은 의상의 으뜸 제자로 이곳에서 화엄사상을 전파할 요량이었다. 북은 여전히 말이 없었다. 입을 다문 채 함영교와 내금강 만폭동 줄기를 바라볼 뿐이었다. 그런 중에도 붓을 들고 그림을 그리는 데에는 누구보다 열심이었다.

이번 금강산 여행 중에 북은 여러 작품을 그렸는데 그중 두 작품이 심중에 들었다. 〈금강산도(金剛山圖)〉와 〈표훈사도(表訓寺圖)〉였다. 〈금강산도〉는 부채형으로 처음에는 가볍게 시작한 것이었는데 웬일인지 그림이 자꾸만 마음을 끌어당기는 것이었다. 우뚝 솟아 절벽을 이룬 바위들이며 봉우리들을 안개와 구름이 휘감고 있는 그 모습이 당장이라도 그림 밖으로 튀어나올 듯 생생하고 생동하는 느낌이라 정말로 내가 그린 건가 싶기도 하고 보면 볼수록 흐뭇하였다. 〈표훈사도〉는 비로봉의 아름다운 풍경을 배경으로 하여 신비한 바위산의 절경을 굵고 얇은 선들과 먹의 농담으로 강약과 원근을 표현하였고, 그렇게 표현된 봉우리들이 표훈사와 함영교 그리고 능파루를 품에 감싸고 있는 모습이었다. 이것은 후대에 북의 그림을 대표하는 걸작으로 꼽혔다.

북의 산수화는 기실 기성의 관념이나 필법에 구애받지 않고 눈앞에 펼쳐진 산천(山川)을 오로지 자신의 정서적 체험을 바탕으로 직설적이면서 우아한 필치로 그려낸 것이었다. 북의 산수화를 본 민형식은 놀라움을 금치 못했다.

"어허! 칠칠이의 반골적인 기질에서 어찌 이리 기품 있고 중후하고도 세련된 그림이 나오는지 알 수 없구먼. 도대체 진짜 자네는 누구인가?"

민형식은 도무지 믿을 수 없다며 혀를 끌끌 찼다. 구룡연에 빠지고 난 후 과연 북은 변한 것일까. 북은 민형식의 말에 껄껄 웃으며 대답했다.

"이보시오! 누구긴 누구겠소? 내 비록 붓으로 목구멍에 풀칠을 하지만 엄연히 그림 그리는 이 아니겠소. 내 시선, 내 느낌을 내 마음대로 나만의 먹으로 표현하고 싶은 그림쟁이 말이오!"

그러자 옆에 있던 이명섭이 한마디 거들었다.

"어이, 호생관! 이 그림들은 채색횡권본(彩色橫卷本)으로 따로 제작해 왕에게 진상해야 하는 것 아니오? 참으로 같은 화원이 봐도 훌륭하오!"

"구룡연에 빠졌을 때는 영락없이 비 맞은 서생원이더니, 이 무슨 반전인가? 그래도 밥값은 하는구나! 좋다 좋아!"

옆에 있던 단월이 북에게 술을 권하며 껄껄 웃었다. 이렇게 금강산 유람도 끝나가고 있었다. 다음 날, 3개월여 동안의 금강산 여행을 끝내고 일행은 한양으로 발길을 돌렸다.

그림 값은 누가 매기나

'내 팔자에 역마살이 든 것은 확실한가 보네. 금강산을 댕겨오니 그렇게 아팠던 무릎이며 가슴의 통증도 사라지고 울화가 맺힌 듯 답답했던 마음도 이래 나았으야.' 한양에 돌아온 북은 바람벽에 대고 마치 대화를 나누듯 혼잣말을 속삭였다. 하지만 그것도 잠시였다.

천하 명승이요 조선 사람으로 태어나 한 번은 꼭 다녀와야 한다는 금강산을 다녀왔어도 사는 것은 매한가지, 그림을 팔지 못 하면 쌀 바꿔 먹을 돈이 없었다. 아비에게 물려받은 도봉산 기슭의 집은 벌써 어찌어찌 야금야금 팔아서 종이며 술 사는 데다 슬금슬금 다 날리고 그예 유일한 식솔이었던 강아지마저 보내고 없는 상황이었다.

'은제 내 신세가 돈 싸놓고 살았나. 이렇게 바람 막고 비 가릴 초가 한 채라도 있으니 다행이로고.' 북은 깊게 장죽을 빨며 방안을 둘러보았다. 가구라고 할 것도 없이 개다리소반에 책 두어 권 올려 있고, 바람벽에는 족자 그림 두어 개와 옷가지 서너 개가 걸려 있고, 조그만 앉은뱅이 탁자 위에는 손바닥 두 개를 합쳐놓은 크기의 오래된 색경 하나와 등잔과 호롱불이 놓여 있었다. 북은 색경을 들여다보았다. 어느새 눈꼬리에 주름이 가득하고 수염이 수북한 사내가 북을 쳐다보고 있었다. 북은 색경을 들어 수건으로 닦으며 혀를 끌끌 찼다. 그러고는 탁자 빼닫이를 열어 주섬주섬 무언가를 찾았다. 굵은 소가죽으로 둘러싼 봉투였다. 봉투 안에서 그림을 하나 꺼냈는데 바로 '란'의 초상화였다. 젊은 날 만주에서 그린 것이었다. 이십 년 가까이 지났는데도 별로 구겨진 곳 없이 괜찮은 상태를 유지하고 있었다. 그림 속의 란은 여전히 이십 년도 더 된 과거 속에 그대로 있었다. 북은 다시 그 시절로 돌아간 듯 살짝 가슴이 뛰었다. 그러다 다시 색경 속의 자신을 들여다보면서 쓸쓸한 웃음을 지었다.

북은 간만에 먹을 갈았다. 이번에는 누구에게 팔려는 것이 아닌 자신을 위해 가는 먹이었다. 북은 가장 가느다란 세필을 들었다. 이참에 자화상을 그려볼 생각이었다. 한쪽 눈도 성치 않은 것이 무슨 자화상인가 하고 치우려다가 그래도 명색이 화원인데 제 얼굴 그림 하나 없다는 게 영 마음에 걸렸다. 대략의 윤곽을 잡고 미간 사이를 파고 들어가는데 바깥에서 인기척이 났다. 북은 혀를 끌끌 차며 붓을 놓고는 누구냐! 소리쳤다.

"저 창석이외다. 아직 식전이면 국밥이나 같이 드시자고 왔지요."

좀 전과 달리 북의 얼굴에 금세 얕은 미소가 돌았다. 알고 지낸 것은 불과 얼마 되지 않았지만, 창석은 참으로 유쾌한 친구였다. 성은 무어라 듣긴 들었는데 생각이 나지 않았다. 그도 그럴 것이 성을 붙이지 않고 '창석'이라는 이름만 불러주는 것을 더 좋아했기 에 일상 창석이라 불렀던 것이었다. 그의 직업은 일수(日收)였다. 당시 장안에는 장리(長利), 계채(採債), 시변(市邊), 낙변(落邊), 월수(月收) 등의 사금융이 있었는데, 그중 일수가 가장 인기였고 오래 살아남은 형식이었다. 쉽게 말하면 고리대금업이라 할 수 있는데, 통상 이자 비율이 '이할' 정도였다. 이는 영조 22년(1746년)에 반포된 법전 『속대전(續大典)』「호전(戶典)」의 〈징채(徵債)조〉에 실린 "모든 채무의 징수에서 공과 사를 막론하고 10분의 2가 넘는 이자를 받는 자는 장(杖) 80대, 도(徒) 2년에 처한다."라는 규정에 근거하고 있었다. 물론 이것은 서울 장안의 기준이었고, 급전이 필요한 경우 혹은 시골의 사금융이나 전당포 등에서는 잘 지켜지지 않았다. 어찌 됐든 이할 이자율이 사람들에게 상식으로 통하던 때였다. 창석은 이렇게 돈을 빌려주고 하루하루 일수를 찍으러 다니는 반건달이었으나 어쩐지 북에게는 밥도 사고 술도 사고 친절하게 대했다.

북과 창석은 우연히 국밥집에서 밥을 먹다가 처음 알게 됐는데, 북이 장안에 이름난 화원이고 또 연상이라는 것을 알게 된 창석은 나름 깍듯하게 북을 대우했다. 창석이 남대문 부근 상가를 주름잡는 왈패이자 일수꾼이라는 것을 북이 안 것은 물론 이미 친해지고 난 뒤였다. 그만큼 창석의 행동에는 절도와 배려가 있었고 나름 품위가 있었던 것이다.

한참 국밥을 먹던 창석이 북의 잔이 빈 것을 보고는 다시 한 잔을 따랐다. 그러고는 주모를 부르더니 머리고기 한 양푼을 더 시키는 것이었다.

"형님, 요새 그림이 잘 되십니까? 뭘 좀 잘 드셔야 그림이 된다 아입니까."

"이 사람아. 이걸 누가 다 먹는다고?"

"형님, 남으면 싸갖고 가셔도 되고 담에 와서 드셔도 됩니다."

"아니 맨날 미안해 그렇지. 내가 변변히 뭘 해준 것도 없는데."

"아닙니다. 형님은 이렇게 사시는 것만으로도 우리에겐 전설입니다. 지도 중인 상놈 출신인데 어데 양반놈들한티 그래 속 션하게 댓거릴 해봤어야죠."

"어허, 이사람. 그 얘기라면 그만두세. 자 한잔하시게."

북은 이렇게 예전의 일화로 자기를 따르는 사람들을 보면 성가시기도 하고 또 면구하기도 했다. 그래봐야 한낱 그림쟁이가 아닌가. 아무리 자기 그림을 고집한다 해도 결국은 그들의 요구대로 그림을 그려야 하는 신세가 아니던가. 북은 이런 현실에 염증이 났지만, 한편으로는 그나마 양반들이 있어 대화가 되고, 그들이 사줘야 돈이 되는, 그야말로 이도저도 못할 애매하게 종속된 관계이기도 했다. 북은 늘 더 자유로운 삶을 궁리했지만 결국은 이 해묵은 고민에서 한 치도 벗어나지 못했다.

"형님! 재미있는 얘기 하나 해드릴까요?"

창석은 가끔 저잣거리의 얘길 해주며 북을 즐겁게 했다.

"형님, 우리 일이 나름 신용 사업이라 하고 싶다고 아무나 하는 게 아니에요. 저기 돈의문 너머 석교에서 이쪽 청파동을 지나 석우(石隅)까지가 우리 관할 구역이거든요. 거기가 아무 뜨내기나 막 섞이는 것처럼 보여도 그렇지가 않습니다. 근데 거기서 나오는 이런저런 얘기가 제법 많아요. 어제 들은 얘기는 말이죠…."

드디어 창석의 입이 터졌다. 그렇다고 그가 수다스럽다는 뜻은 아니다. 오히려 그는 아무나 붙들고 되든 말든 떠드는 부류는 아니었고, 나름 꼭 필요할 때에 맞게 요긴한 말을 하는 재주가 있었다.

"요 아래 선혜청에서 이문동 쪽으로 내려가다 보면 왼쪽으로 구부러지는 길이 나오는데 바로 그쯤에 송 아무개란 사람이 살아요. 들리는 얘기로는 예전에 경상도 상주 어디쯤에서 노비로 있다가 어찌어찌 면천이 되었다고 하는데 지금으로선 확인할 길이 없지요. 어쨌든 이 친구가 엄청 부지런한 사람이어서 새벽부터 해가 지고도 일을 해요. 그래 땅강아지처럼 일을 하니 엄청 잘 살겠다 하고 집을 들여다보면 그건 또 아닌 거라요. 게다가 근 달포마다 한 번씩 돈을 꾸어요. 것도 일반 여염집에서 쓰기에는 큰돈인 거라. 근데 또 한 번도 밀린 일 없이 돈을 따박따박 갚아요. 그래 쪼매 궁금해져서리 왔다 갔다 하면서 들여다봤는데 아 글쎄 그 송 아무개가 밤마다 밤이슬을 맞는 거라요."

"아니 밤이슬이라니? 그렇다면 담 넘는 도둑이란 말인가?"

"아 글쎄 얘기를 좀 더 들어보라고요. 낮에는 흙투성이가 되어 흙강아지처럼 일을 한 이 친구가 밤이면 창포물에 머리를 감고 단정히 상투를 틀어요. 또 여기에 새로 빤 옷에 풀을 먹여 정성껏 다리미질을 하고 각을 잡지요. 그 귀한 소금을 한 주먹씩이나 넣고 잇몸에서 피가 나올 정도 이빨을 닦지요. 이렇게 온몸을 깨끗이 하고 무얼 하는 줄 아세요? 바로 아랫말 여염집을 찾아가는 거예요. 그래 어쩌나 봤더니 문밖에서 대문을 세 번 두드리면 두 번 응답을 하고 다시 세 번을 두드리면 문이 열리더라고요. 아주 익숙해 보였어요. 근데 그 집이 ㅁ자로 생겨서 밖에서는 안을 볼 수가 없는 거예요. 근데 그 아낙이 예전에 행수 기생까지 했던 유명한 기생 출신이라고 해요. 그러다가 권세가의 첩이 되면서 기생 짓을 그만뒀다지 뭡니까. 보통 첩이라면 자기 집에 거두는 경우가 많은데 이 권세가는 첩이 살 집을 따로 마련해서는 거기서 첩과 살았다는 겁니다. 그렇게 알콩달콩 살면서 십여 년 넘게 두 내외가 일체 바깥출입을 하지 않았다네요. 이상하지 않나요? 아무리 아낙 우물이 깊고 정해도 몇 년이면 다 끝나지 않습디까? 형님, 근데 여기에 그 송 아무개가 끼어든 거죠. 소문에는 그 권세가가 죽었다고도 하는데 확실한 것은 아니고, 어떻든 이 송 아무개가 불문곡직 과수댁의 장지문을 두드리고 만 것이지요."

"거 뭐 재미가 없구먼. 남녀상열지사 뻔한 가사 아니겠는가. 쓸데없는 얘기 때려치우고 술이나 따르게."

"아따 형님, 그놈의 성질머리하고는 진짜 재미는 지금부터예요. 알고 봤더니 이 아낙과 송 아무개가 젊을 적에 미륵신앙에 빠져 검계(劍契) 조직원으로 활동했다는 겁니다. 듣기로는 그 권세가도 이들의 꼬임에 미륵신앙에 빠진 건데 늦바람이 무섭다고 이 양반이 더 독실해져서 집안 재산을 몽땅 바쳤다는 거 아니요. 나중에 나라에서 집중단속을 하기도 했지만 기근이 해결되어 사람들이 그럭저럭 먹고살 만하게 되니까 자연 이 검계도 흐지부지된 것인데, 그때 권세가가 몹쓸 병에 걸려 몸져누웠는데 검계가 깨졌다는 얘길 들으면 충격에 잘못되기라도 할까 봐 두 사람은 비밀에 부쳤고, 자기들끼리 매달 보름 한밤중에 모여 미륵신을 모시는 종교 의식을 십 년 넘게 해왔더란 거지요. 송 아무개가 그렇게 일 해서 돈을 벌고도 모자라 일수까지 쓴 게 다 제사 비용이며 권세가 그러니까 아낙의 신랑 약값이며 마련하려 그랬던 거지요. 그것도 십 년 넘게 말입니다."

"그것 참, 희한한 사람들일세. 거 얘기로만 듣던 검계 사람들이 이곳에 산다는 것이 아닌가. 하긴 미륵이 비록 미망이라지만 그들의 간절함을 뭐라 할 수는 없는 노릇이지."

북은 헛기침을 하며 술을 한 잔 들이켰다. 북은 술을 마시면서 안주를 거의 먹지 않았다. 예전에도 그랬지만 요즘에는 더 심해졌는데, 그래서 그런지 더욱 깡마른 듯했다.

"아 형님, 근데 이 두 사람이 말이요. 송 아무개는 건강한 데다가 또 아낙은 그 긴 세월 병든 신랑 병수발하며 집구석에 틀어박혀 있었으니 얼마나 갑갑했겠소. 그래 사달이 난 것이지요. 언제부턴가 신랑을 재우고는 웅숭깊은 우물에 두레박이 오르내리듯 밀물썰물이 용솟음치는 밤을 보낸 게 아니었겠소. 그러다 신랑이 죽어 급한 대로 마당에 묻어놓고 이미 길은 난 것이라 본격적으로 밤이슬 맞으며 그렇게 살았다지 뭡니까. 송 아무개가 글케나 이를 닦고 광을 낸 것도 제사보다 젯밥을 먹는 일이었으니 그리 땅강아지처럼 일을 해도 신바람이 났던 거지요. 꼬리가 길면 밟힌다고 결국 얼마 전 관아에서 이 둘을 불러 조사를 했는데, 사체를 유기한 죄로 곤장 삼십 장씩을 맞고 방면되었다고 합니다."

"어허 세상 사는 게 어찌 제 마음대로 될 것인가. 그 둘 사정이야 그렇다 해도, 죽을 때까지 암것도 모르고 죽은 그 남자는 무어란 말인가? 딱한 사람들 같으니… 쯧쯧."

북이 혀를 차자 창석도 하던 이야기를 멈추었다. 두 사람은 말없이 본격적으로 술을 마시기 시작했다.

"참 그런데 형님, 하나 궁금한 게 있소."

"대명천지에 또 무어가 궁금하다는 말이냐?"

"그림 값 말입니다. 이건 얼마다 저건 얼마다 이런 그림 값은 누가 매기는 거유? 사는 사람들은 어떡하든 깎으려 할 거고, 화원들은 또 많이 받으려 할 것 아닙니까."

"에끼 이놈! 장사치 아니랄까 봐…."

북은 허허 웃으며 창석의 빈 잔에 술을 가득 채웠다.

"그러니 그게 웃기는 일이지. 보통은 살 사람이 그림을 보고 마음에 들어 하면 그린 이가 얼마에 팔겠다 하여 그 값에 맞춰 거래가 성사가 되는 법인데, 어디 그림이 매일 똑같이 나오는가. 그림 보는 눈들도 다르고 또 그림도 다르고… 그러니 일정한 값이 형성되기가 어렵지. 자네 그 거시기도 날마다 아침마다 항시 빠닥빠닥 서는 게 아니잖는가."

북이 느닷없이 창석의 아랫도리를 툭 건드리자 창석의 얼굴이 발개졌다.

"형님도 참 짓궂기는! 하긴 이거이 아주 지 맘이요 지 맘. 하여튼 사는 사람이나 그리는 사람이나 죽이 잘 맞아야겠네요."

"그러니까 말임세. 근데 그림을 사는 것들이 그걸 몰라. 환쟁이가 그림을 그리는데 말이지 자기 생각대로 잘 그려졌어. 그 그림을 뭐라고 하는 줄 아는가. 그걸 득의작(得意作)이라고 하는 거야. 그런 작품을 그려냈을 때는 그야말로 당장 죽어도 여한이 없을 만큼 기쁜 법이지. 근데 그런 그림을 하품 취급하고 값을 후려치려 하면 당연히 화가 나지 않겠나. 그렇지만 그렇게라도 팔아야 하는 게 현실이라 대부분은 참고 넘어가지만 진짜 기분이 똥 같을 때도 있다네. 아예 그림을 북북 찢고 화를 내며 쫓아낸 적도 두어 번 있지.

결국 그린 사람도 사는 사람도 다 입장이 다르니 대개는 파는 사람이 얼마간 기준을 정해놔야 하네. 물론 그때그때 다르지만 말임세."

술잔을 한입에 털어 넣은 북은 문득 예전의 일들을 떠올리는 듯했다.

"근데 더 웃긴 것은 말일세. 분명 잘못됐고 마음에 안 드는 그림인데 이게 좋다고 돈을 더 많이 주겠다는 경우라네. 얼마나 웃긴 일인가. 그러면 허허 하며 돈을 도로 내주며 속으로는 저 녀석 그림값도 모르는 놈일세 하고 돌아서 버린다네."

"아따 우리 형님, 배짱이 하늘을 찌르네요. 근데 그림을 팔지 못하면 먹지도 못하고 굶을 거 아니요? 그래 어찌 살겠소?"

북이 목소리를 높였다.

"이놈! 천하의 최북이 굶어 죽을까 보냐. 아니지. 그림도 모르는 것들한테 능멸당하기 싫은 거지. 자식과 진배없는 그림이 아니던가. 차라리 그 더러운 돈 안 받아먹고 굶고 말지. 굶어 죽고 말지."

백성을 위한 국가는 없다

지금에 와서야 그나마 조금 먹고살만해진 것이지 불과 얼마 전인 숙종, 경종대까지만 해도 기층 민중들의 삶은 가히 목불인견의 상황이었다. 몇 년 동안 이어진 기근과 역병, 한발 등의 사태로 한양 안팎의 길바닥에는 굶주림에 부황 든 사람들이 줄을 이었고, 부모처자가 함께 자진을 하거나 젖먹이가 이미 죽은 어미의 젖을 빨다 배가 고파 서럽게 우는 모습이 일상이 되었다. 이보다 심한 곳은 배고픔에 미친 부모가 애를 삶아 먹는 등 차마 입에 담을 수조차 없을 인상식(人相食)의 살풍경이 벌어지기도 했다. 왕실과 조정에서는 이미 손을 놓고 그저 사태가 잦아들기만 기다릴 뿐 아무런 대책도 세우지 못하였다. 이런 어려움은 영조대에 와서도 여전하였다. 영조 25년(1749년)에는 전국에 전염병이 돌아 50만여 명이 죽었고, 그 다음해에도 30만여 명이 죽었다. 이처럼 한차례 죽음의 회오리가 몰아치고 나면 채 묻지도 못한 시체가 전국 고을마다 산을 이루었다. 제주에서 함경도까지 조선 팔도에 기근이 겹치고 먹을 것이 없어 풀뿌리와 나무껍질만 먹고 연명을 하는 와중에 수많은 사람들이 토악질을 해대며 며칠씩 피똥을 싸다가 눈이 희멀겋게 뒤집혀 죽어나갔다. 기근과 역병의 쌍두마차가 조선 중기 백성들의 삶을 더욱 힘들게 하였다. 여기에 농작법의 발전으로 일손을 잃은 무전농민(無田農民)이 경상도와 충청도에서만 5만 명 넘게 발생했다. 이들은 고스란히 유민(流民)이 되어 광산을 찾아가거나 명화적, 거사패, 향도계, 사당패, 유발승, 괴뢰패가 되어 횡행하였으니 이래저래 사회가 엉망으로 뒤숭숭하였다. '경가(耕家)는 하나요, 식가(食家)는 열'이라는 말도 이런 연유에서 나온 것이었다.

그럼에도 불구하고 사회 전체의 생산관계의 발전은 되돌릴 수 없는 흐름이었다. 기근과 돌림병에도 불구하고 물산이 풍부해져 이미 전국적으로 천여 개의 향시(鄕市)가 그물망처럼 깔려 나갔다. 한양뿐만 아니라 전국 각지에 생산 물량이 동시다발적으로 늘어났는데 그중 15개 정도의 큰 장시가 형성이 되었다. 한양, 평양, 함흥, 원산, 송도, 대구, 전주, 강경, 동래 등과 같은 도시가 상공업 중심지로 변해가고 있었다. 개성상인(松商) 같은 지역 사상(私商)의 난전 활동이 강화되면서 기존의 시전 체제는 휘청거렸지만 이른바 전국 시장권의 형성을 촉진하고 있었다. 여기에 금광을 위주로 한 잠채광업(潛採鑛業)이 전국적인 각광을 받으며 구묘(邱墓)나 전답을 가리지 않고 파헤쳐 여러 마을이 소란해지고 곡식 값이 오르고 도둑질이 끊이지 않았으며 농업에 힘쓰던 농민들도 농사일을 집어치우고 이를 쫓아가는 일이 허다해졌다. 농민층의 분해 현상은 점점 더 격심해졌고 이는 곧 봉건적인 신분제의 붕괴로 이어졌다.

문제는 이래저래 돈 없는 기층민들은 여전히 고달프다는 것이었다. 농작법의 발달로 일손이 남아돌아 부쳐 먹던 농토에서 쫓겨나 아예 가족 전체가 유민이 되는 경우는 이미 일도 아니었다. 그나마 임진과 병자년의 양란이라는 큰 병화가 휩쓸고 지나간 지 100여 년 동안 전쟁도 없었고 각종의 농작 기술이나 생산 설비가 발달하면서 전체적인 생산량이 배 이상 늘어 기층민들의 불만이 겨우겨우 진정되고 있었다. 이에 더해 화폐경제 등의 발달은 문화적 물산을 풍족하게 했으니 이는 곧 백성들의 의식에도 조금씩 변화를 불러왔다. 왕실과 조정, 양반들에 대한 백성들의 생각도 많이 달라졌다. 당연하게 여겨졌던 엄혹한 신분제에 대한 의문이 생기기 시작했다. 이러한 변화는 기실 효종대에 시작되었다. 청나라에 인질로 끌려가 8년이나 볼모로 잡혀 있어야 했던 효종의 굴욕 이후 백성들에게 국가와 왕조의 존재에 대한 회의가 내비치기 시작했고, 중국 삼번의 난 등으로 국내외 정황이 출렁거리며 일반 백성의 생활에까지 크게 영향을 미쳤다. 이런 분위기는 숙종 대로 이어지면서 무르익었는데, 이는 달이 차면 기우는 것처럼 차라리 자연스러운 것이었다.

격변의 상황 속에서 백성은 기아와 질병, 신분 질곡에서의 해방을 갈구하게 되었으며, 이런 흐름을 타고 도시에서는 향도계가 중심이 되는 비밀결사 무리가 생겼으니 숙종 10년(1684년)에는 검계살

주계사건(劍契殺主契事件)이 벌어지기도 했다. 이 일에 가담한 사람들은 주로 하천인 노비와 가난한 양민들이었고, 신분적으로 멸시와 천대를 받긴 했지만 다양한 분야에서 재능을 발휘하던 서얼층이 적극 호응한 것이었는데, 그들의 최종 목표는 양반이 존재하지 않는 평등 사회, 이상 사회였다. 사회가 어찌 변하든 말든 당시 양반층은 관료 진출의 관문이던 과거 시험에 집착하였는데, 3년마다 있는 식년시(式年試) 때마다 문과 응시자가 11만, 무과는 3만 5천 등 15만 명에 이르는 응시자가 서울로 몰려드는 기현상도 나타나고 있었다. 당시 한양의 인구가 20만 명, 조선 전체의 인구가 7백만 명인 것에 비추어보면 엄청난 숫자였다. 이렇다 보니 수원의 유생 장경순 같은 이는 열두 번의 과거 시험에 떨어지기도 했는데 이를 위해 보낸 세월이 자그마치 36년이었다. 시험에 붙지 못한 이들은 하다하다 결국에는 훈장(舌耕), 의생(醫生), 풍수(地師) 등으로 생계를 이어가고 아주 일부분만 상공업, 농업에 종사하였다.

한편, 이러한 왕조 사회의 전면적인 붕괴와 해체라는 사회 흐름에 맞서 조선 왕조는 백성을 위한 과감한 개혁보다는 변화의 문을 잠그고 자신들의 권력을 확고히 하는 쪽으로 방향을 잡았다. 이는 영조대에 경종 독살설을 주장한 소론의 나주벽서사건을 계기로 노론이 정권을 잡으면서 더욱 공고해졌다. 정권을 잡은 노론은 소론 강경파 오백여 명을 사형시키고 노론에 반기를 든 사도세자를 제거하여 자신들의 세력을 더욱 공고히 하였는데, 이는 왕위에 오르기 위해 노론의 힘을 빌려야 했던 영조의 태생적 한계와 맞물린 것이었다.

특히 나주벽서사건으로 이광사는 고단한 생의 막바지 23년간을 유배지를 떠돌다 마감해야 하는 처지가 되었다. 소론이었던 큰아버지 이천유가 처형되었고 이에 연좌되어 자신은 함경도 부령에 유배되었는데, 그곳에서 청년들에게 서예와 학문을 가르치며 세상을 비방 선동하였다는 이유로 다시 전라도의 섬, 진도로 갔다가 신지도로 이배되었다. 이광사의 부인은 나주벽서사건 때 이광사가 사사(賜死)된 줄 알고 자결을 했고 그때 당시 여덟 살 어린 딸은 며느리에게 맡겨졌으니 이게 다 권력을 향해 뛰어드는 불나방들이 벌인 일이었다.

아무튼, 나라는 이제 노론의 뜻대로 움직였으니 정조대에 이르러서는 지식인들의 사상적 검열을 강화하는 기사순정(其辭醇正), 즉 문체반정(文體反正)을 선포하기에 이르렀다. 문체반정은 정조가 박지원, 박제가, 유득공 등 신진 문장가들의 새로운 문장들을 패관소품이라 규정하고, 기존 고문(古文)으로 돌아가라며 패관소설과 잡서 등의 수입을 금하는 조치를 단행한 일을 가리킨다. 당연한 결과이지만 이것은 실사구시(實事求是), 현실에 뿌리를 둔 한국적인 학문과 문화의 성장을 막고 다시금 나라 전체의 방향을 유가와 명나라로 들이박는 자가당착으로 나타났다.

이광사의 연속되는 귀양 소식에 가슴이 찢어질 듯 아팠던 북과 지인 문사들은 권력의 위선과 안목의 비루함을 한탄하였다. 멀리 앞을 내다보며 큰 그림을 그릴 줄 몰랐던 우물 안 개구리들의 치기라고 보기에는 만백성의 고초가 너무 심하였다. 이를 두고 최북은 어느 술자리에서 '소경이 소경을 이끌고 종이 종을 다스리는 형국'이라 얘기하기도 했다.

사방의 온갖 오랑캐 나라들이 (四夷八蠻)
모두 스스로 황제로 호칭하는데 (皆呼稱帝)
유독 조선만이 왕 호칭을 쓰며 (惟獨朝鮮)
중국을 섬기며 살고 있네 (入住中國)
내가 산들 어떠하고 (我生何爲)
내가 죽은 들 어떠하리 (我死何爲)
곡하지 말라 (勿哭)!

이는 조선 중기, 천재 시인으로 불렸던 임제(林悌)의 「곡하지 말라는 글(勿哭辭)」이라는 시이다. 자신만의 그림을 고민하던 북에게 이광사의 잇단 귀양 소식은 모든 의욕을 빼어버렸다. 그토록 조선의 그림, 글씨를 염원하던 시인 묵객들의 열망이 꽃잎처럼 날아간 셈이 되었다. 이후 북은 술만 먹으면 임제의 이 시를 읊어댔다. 명나라에 이어 청나라에 종속되고 양반들의 권력 놀음으로 무고하게 피를 흘려야 하는 18세기 조선의 아픔이었다. 이런 세태를 보는 북은 점점 무력해지고 있었다. 어떻게 이런 고통을 그림에 녹여낼 것인가 하는 고민 따위는 치워버린 채 술의 양을 늘려갈 뿐이었다.

빈산에 꽃이 피고 물이 흐른다

무슨 연유로 이 땅에 꽃이 피고 나무가 자라고 물이 흐르는가. 산과 들 지천에 피는 꽃이 어디 사람들 보고 즐기라고 그리 찬란하게 피어나고, 강물이 사람들 즐거우라고 그토록 도도하게 흐르겠는가. 머리 검은 짐승, 고작 사람을 위해 온 천지에 바람이 불고 비가 나리고 하루도 쉬지 않고 낮과 밤이 바뀌고 달이 돌아가겠는가. 어느 한 치도 조임이 없어 성긴 듯하지만 또 어디에도 아무렇게나 이루어지는 일은 없었다. 나비는 나비의 길을 날고 새는 새의 길을 갈 뿐이다. 산의 주인은 오롯이 산 그 자체이니 산중에 사람이 없다고 공산(空山)일 리는 없겠으나 시인묵객은 늘 그리 표현했다. 땅의 주인을 따로 두고 오로지 저이들끼리 찧고 까부는 것이니 철저히 사대부 중심의 시각이었다.

북은 며칠째 그리고 싶은 어떤 장면을 떠올리며 골똘해 있었다. 오십을 넘기고 어느새 환갑을 바라보는 나이가 됐지만, 무어라 가닥하나 잡히지 않는 세월이었다. 방향타를 잃어버린 채 길 위에 나앉은 나그네의 회한이랄까. 그나마 술이 아니었다면 어찌 이 세상을

공산무인도(空山無人圖)

버텨왔을 것인가. 그래도 봄이면 산에 들에 꽃이 피니 이 얼마나 고맙고 또 경이로운 일인가. 하여 지금 그가 구상하고 있는 것이 그 유명한 시구(詩句) '공산무인 수류화개(空山無人 水流花開)'를 그림으로 형상화하는 것이었다. 이미 당나라 때부터 많이 쓰인 시 구절이고 산(山)이 곡(谷)으로 된다거나 개(開)가 사(謝)로 변용되기도 하면서 후대로 계속 이어졌지만 그중 유명한 것은 송나라 때 대문호 소동파의 「십팔대아라한송(十八大阿羅漢頌)」에 나오는 대목을 꼽는다. 또한 비슷한 시기 송나라 시인 황정견이 쓴 시 「수류화개(水流花開)」도 널리 알려졌다.

북은 '가없는 푸른 하늘에(萬里靑天) 구름 일고 비 오는데(雲起雨來), 빈산에 사람 없어도(空山無人) 물이 흐르고 꽃이 핀다네(水流花開)'라는 황정견의 시구를 떠올리다가 시인이자 문사였던 왕유(王維)의 「녹채(鹿柴)」 중 한 구절도 떠올렸다. '공산불견인(空山不見人), 단문인어향(但聞人語響), 빈산에 사람은 보이지 않고 사람의 말소리만 들려오네.' 어찌됐든 '공산무인 수류화개'는 지금도 저 산중에서 벌어지는 필시의 일이었다. 북은 지금까지 자기가 듣고 본 이 모든 정조들을 모아 그림으로 완성해볼 생각이었다.

공산무인 수류화개라, 이 구절에 맞는 서체라면… 아무래도 고절한 소나무의 가지와 같은 것이라 고민하던 북은 그래 낙랑장송, 초서체로 정했다. 그런 다음 달마의 이마처럼 넓고 시원하게 놓인 바위산 아래로 초가지붕을 얹은 자그마한 정자, 수려하게 자란 소나무 몇 그루를 그려놓고 북은 한숨을 내리쉬었다. 산이야 사람이 있든 말든 상관도 안 할 것이지만, 물이 흐르고 꽃이 피는 것은 큰 사건이고 사태였다. 이 둘을 구만리를 흐르는 긴 강물처럼 오래도록 여운이 흘러 그 향기가 퍼지도록 그려야 했다. 공산무인 수류화개라! 북은 쉬는 중간 중간 술잔을 기울이면서도 이 구절을 거듭 떠올렸다. 산은 사람이 없어서 더욱 산다운 것이고, 뭐랄까 저들만의 은밀함이 더 살아나는 것 같았다. 어릴 적 올려다보던 도봉산과 북한산의 그 무구한 바위들과 끝없이 너울거리며 어깨를 늘려가던 산봉우리들. 압록강으로 두만강으로 만주 땅으로 흑룡강으로 가는 길목마다 산과 산과 산, 강과 강과 강, 들과 들과 들 위로 붉게 넘어가던 아찔한 색조의 황혼과 구름들…. 붓 한 자루 드는 잠깐 순간에 지난 50년의 세월이 다 지나가는 것 같았다. 그만큼 북은 이번 그림을 대하는 마음가짐부터가 남달랐다. 오래전부터 꿈인 듯 불쑥 불쑥 떠오르던 이 장면을 제대로 그려보아야겠다고 결심한 것이 한 달 전쯤의 일이었고, 한 달의 고민 끝에 오늘 마침내 붓을 들었던 것이었다. 그림을 시작하기 전에 목욕재계하고 명상의 시간을 가진 것은 지금 이 그림이 북에게 어떤 것인지, 북의 심정을 대변하는 일이었다.

너무 흔해져서 그렇지 진실로 꽃이 피고 물이 흐른다는 것은 사태이며 일대 사건이 아니겠는가. 나무를 베고 물길을 돌리고 꽃 대궁을 꺾어댈 뿐인 인간이 뉘라서 이 사태에 대해 이 일대의 사건에 대해 깊은 생각을 했을 것이며 뉘라서 엎드려 이들에 대한 고마움을 표했을 것인가. 산과 바위 아래 지붕 낮은 집을 짓고 없는 듯 엎드려 사는 일이 그나마 사람도 아주 작아져서 꽃이 되고 물이 되는 게 아닐까 하는 생각에 미친 북은 다시 붓을 들었다.

초가지붕을 얹은 정자와 소나무 두어 그루, 이제 그 옆으로 바위 몇 개와 돌 틈으로 흘러내리는 폭포와 그 아래로 굽이쳐 흐르는 도랑을 그릴 차례였다. 정자와 나무는 간략하게 깊은 묵의 선으로 묘사한 반면에 계곡과 산 정상 바위 부분은 옅은 담청과 농묵으로 덧칠하여 적절한 조화를 이루어야 했다. 북은 조심스럽게 씻어 조금 말려둔 풀을 짓이겼다. 물기가 없어야 색이 선명하고 오래갔다. 꽃이 지고 난 자리에는 돋아난 밝고 연하고 빛나는 연두를 그려야 했다. 겨우내 움츠렸던 산과 나무가 마음껏 물을 빨아올리듯 한껏 생동하는 느낌을 살려야 했다. 그러자면 굳이 산등성이를 그릴 이유가 없었다. 집 뒤로 넘어가는 커다란 바위에 음영을 나뭇가지와 겹쳐 아스라이 그려주면 충분했다. 북의 이마에는 어느새 땀이 맺혀 도르르 떨어졌다.

초가가 성글게 덮인 정자는 저 혼자일 뿐 아무도 없고, 계곡물은 그저 무연하게 흐르는 것이니 어디선가 새가 우는 소리가 들릴 듯했다. 북은 마지막까지 신중하게 붓을 놀렸다. 아무 형상이 없는 여백이되 그냥 비어 있지 않아야 했다. 마지막으로 하단부의 여백을 처리하고는 북은 마침내 붓을 내려놓았다. 그리 크지 않은 규모였으나 근래 드물게 혼신의 힘을 다한 그림이었다.

먹이 마르기를 기다린 북은 조심스럽게 낙관을 찍었다. 〈공산무인도(空山無人圖)〉. 산은 사람이 없어서 더욱 마음에 들었다. 인적 없는 산, 물은 흐르지만 더없이 고요한 세상, 절기 맞춰 피는 꽃은 사람을 기다리는지 벌을 기다리는지 기척도 없고, 그 옆으로 선 나무 두 그루와 초가집 한 채, 고요하고도 평화로운 풍경. 이제 이런 공간은 그림에만 남아 있을 것이었다. 북은 그림을 보면서 없음(無)과 고요(寂)의 편안함을 느꼈다. 지천명의 나이를 지나며 접한 물아일체(物我一體)의 선경(仙境), 그것은 신비한 체험이었다.

다시 균와아집도

오랜 숙제를 끝내고 북은 안산 야회를 찾았다. 따듯한 봄날이었고 정말 오랜만에 아무 격의 없이 아무 격동도 없이 지음들과 편안한 시간을 보냈다. 지음(知音)이라, 말이 필요 없는 시간이었다. 그야말로 봄날의 꿈결 같은 시간이었다. 북은 비로소 다 이룬 것 같았다. 손에 잡히는 것은 없었으나 이 나이에 또 무엇을 구하려고 뛰어다닐 것인가. 그저 이 정도면 되었다 하는 생각이 들었다. 그리고 이제 이틀 밤낮을 잘 놀고먹었으니 지인들과 헤어질 참이었다.

북은 지척에 있던 표암을 조용히 불렀다. 그러고는 품안에서 조심스럽게 편지를 꺼내 은밀히 건넸다. 이게 무엇인가? 눈빛으로 묻는 표암에게 북은 나지막이 얘기를 들려주었다.

"오래전 만주 대장정을 끝내고 돌아와 도봉산 아래 있던 집에 들렀을 때, 그곳에 보관해두었던 봇짐에서 이 편지가 나왔다네. 어린 날 훈장 선생께서 써준 편지였는데 알고 보니 훈장이 관아재(觀我齋) 조영석에게 보내는 것이더군. 서로의 안부를 묻는 편지였지만 실은 나를 소개하는 내용이었다네. '이 아이 비록 중인 신분에 천애고아이지만, 붓과 먹에 승한 재주가 있으니 모쪼록 거두어 이 아이가 가진 재주를 피울 수 있게 도와달라'고 말이야."

북은 잠시 그때를 떠올리는 듯했다. 훈장의 편지를 뒤늦게 발견했을 때 북은 하루 종일 울고 또 울었었다. 그 편지를 지금껏 고이 갖고 있다가 이제야 표암에게 보여주는 것이었다.

"세상에나 관아재라니…. 그 한미한 시골뜨기 훈장이 어찌 천하의 재사(才士) 조영석과 친분이 있어 자네를 천거했더란 말인가. 그때 삼기재 자네가 관아재에게 갔었더라면 글쎄 어땠을라나…. 난 말일세 오히려 안 간 게 다행이라 생각하네. 비록 자네 혼자서, 훨씬 고생스러웠겠지만 오히려 자네 스스로를 단단히 하는 시간을 거쳐 왔던 게 아니겠는가. 하마터면 이 술꾼을 망칠 뻔했지 뭔가. 허허."

"그럴까? 관아재 선생이 날 거두어 이 못 말리는 술이나 끊게 했으면 여간 좋지 않았겠는가. 술도 안 먹고 빤빤하게 세련되고 품위 있게 한 생 속아서 살았을 터인데. 껄껄."

"과연 우리 삼기재는 붓끝만 아니라 혀끝도 살아 있구려. 허허."

"그나저나 조선이야 대륙 동쪽에 붙은 작은 나라라 그렇다 해도 지금 청나라 그림은 어째 보는 것마다 작고 보잘 것 없으니 어찌 돌아가는 것인가? 나만 그렇게 생각하는 것인가?"

북이 정색을 하자, 표암도 표정을 바꾸고는 북에게 술을 한 잔 권했다.

"이보게, 내 보기에 시(詩)는 당에서 끝났고, 사(詞)와 그림(畵)은 송에서 절정을 이뤘던 거 아니겠나."

"허허, 그런가? 그렇다면 글씨는 어떤가. 이 조선 땅의 내로라하는 선량들이 그렇게나 궁구해왔던 글씨 말일세."

"글쎄, 글씨도 이미 왕희지, 구양순으로 끝난 게 아닐까 싶네. 이미 붓으로 할 수 있는 것은 글씨고 그림이고 다 해본 게 아닌가 싶네만…. 어찌 보면 우리네 이 일도 다 부질없는 짓일지 모르겠네."

"그런가? 그런데 그림이야, 우리에겐 자네의 애제자인 단원이 있지 않은가. 그리고 글씨도 좀 다를 듯하네. 원교 이광사… 우리에겐 그가 있지 않은가. 원교체라 불리는 이광사 말일세."

"아 그렇지. 글씨에 관한 한 우리에게도 진적(眞籍)이 있을 법하네. 하지만 보시게, 그 걸출한 글씨도 지금 당파에 붙들려 섬에 갇혀 있으니 그 명맥이 얼마나 갈지…. 글씨도 그림도 정쟁에 휘말리는 세상이라니… 쯧쯧."

북은 씁쓸하게 고개를 끄덕거리며 술잔을 한입에 들이켰다.

"난 그 사건을 보며 세상이 새삼 무서워졌다네. 아무리 권력에는 눈이 없다고 해도 어찌 이리 엄혹한가 말일세."

"그러게 말일세. 나도 부끄럽고 창피하고 두려워서 고개를 들 수 없다네. 그 순정한 먹에서 어찌 이리 피 냄새가 나는가 말일세."

어느새 표암의 눈가도 붉게 물들고 있었다.

"그나저나 늘 표암 자네에게 고마웠다네. 자네는 아무리 봐도 바다와 같단 말일세. 나 같은 물방울들, 서너 방울이 들고 나는 것은 아무것도 아니잖은가."

그러자 표암이 손사래를 쳤다.

"어허, 아니 이 사람아. 사실 나는 자네가 사는 모습을 보며 마음을 다잡곤 했다네. 내가 자네 같은 환경이었다면 단언컨대 자네처럼 하지는 못했을 걸세. 그 씩씩함, 그 기상, 그리고 사람들이 모르는 자네의 따뜻함… 그리고 그걸 알아보는 나도 대단하구 말일세. 껄껄."

말없이 웃던 두 사람은 이런 날이 또 올지, 어쩐지 좀 쓸쓸했다.

어느 봄날의 야회는 이렇게 간단없이 끝이 났다. 북은 긴 곰방대를 깊이 빨아서는 연기를 한참이나 가슴에 품었다가 내뱉었다. 그 한 모금에 한 생이 다하는 느낌이었다.

다시 거리에서

괴팍하긴 해도 개결하고 청렬한 품성이라는 소리를 듣던 북은 요즘 들어 결벽증이라는 소리를 들을 정도로 더 까칠하고 엄해지고 있었다. 게다가 주랑도 늘어 하루 대여섯 되의 술을 마셔야 했다. 기실 어쩌면 북의 성정에 꼭 어울리는 모습일지도 몰랐다. '필묵의 목적을 잊어야만 진경을 그릴 수 있다.' 들판의 토끼를 노리고 있는 매의 매서운 눈초리와 발톱을 강조한 그림 〈호취응토(豪鷲凝兎)〉를 그릴 때 북이 토로한 말이었다. 북은 이 그림을 그리며 마치 자신이 무방비의 토끼이고 이러한 한생(一生)을 몰고 온 시간은 저 매의 발톱과 같은 게 아니었던가 하는 생각이 들었다. 그러고 보면 북은 언제나 길 위에 있었다. 한 번도 자신의 안락을 위해 방문을 닫아걸지 않았다.

북은 자신이 그리고자 했던 것이 '보이는 것'이었는지, '보고 싶은 것'이었는지, '보이지 않는 것'이었는지도 헷갈리지만 그래도 현실을 왜곡하지는 않았다며 자부했다. 그러나 한편으로는 진경산수 혹은 자신의 그림을 그리겠다며 평생을 쏟아 부었지만 기실은 남종화풍의 문인화 몇 점이 고작인 것도 사실이지 않는가? 하고 절망도 했다. 그런 생각이 들 때마다 북은 술을 마셨다. 마시지 않고

금강산도(金剛山圖)

는 견딜 수 없었던 것이다.

물론 자신만의 그림을 그렸다는 세간의 평도 없지 않았다. 그가 그린 지두화 몇 점에서 보이는 세밀한 묘사가 그렇고, 보일 듯 말 듯 얇고 가는 선으로 표현하거나 아예 이마저도 끊어버린 산봉우리, 실제와 달리 제멋대로 뻗어 형상화한 나뭇가지 등이 그랬다. 여기에 점과 선, 농묵과 담채로 음영을 나타내되 최대한 간명하게 처리하는 일관성을 갖고 있었다. 언제 어디선가 북이 '그림 밖이 다 물이고, 하늘이다'라고 했던 것처럼 말이다. 이런 점에서 '성품이 깨끗하고 굳다'는 뜻의 '개결하다'는 말은 북에게 딱 알맞은 표현이었다. 물론 그려진 것보다 그려지지 않은 것이 더 많은 것을 시사하는 법인데 이것이야 북의 그림만 그렇다는 것이 아니고 문인화 일반의 특성이기도 하였다. 그러니 북으로서는 '나만의 그림'이 어떤 것인지 무참하고 애매하였던 것이다.

북은 산이며 강이며 들판에 나가 실경(實景)을 보며 대충의 밑그림을 그릴 때면, 과연 실제 풍경을 그린다는 것이 맞는 말인가 하고 자문할 때가 많았다. 실경이란 것이 같은 날에도 시시때때로 변하는 것이어서 실재를 그대로 모사하는 것은 불가능한 데다 기억이 어찌 이것을 완벽하게 재현할 수 있을까 하는 의문 때문이었다. 기억을 통한 재현은 이미 왜곡을 전제할 수밖에 없는 일이었기에 표암이나 겸재가 말하는 '진경(眞景)산수화'라는 것이 도대체 무엇일까? 하는 생각을 하곤 했었다. 또한 산수화 자체가 그런 이의 화의(畫意)에서 자유로울 수 없으니 그 진경이라는 말이 참으로 애매하였다.

어찌 그림이 내 쓰고 있는 안경처럼 보이는 그대로 사물을 그려낼 수 있을 것인가. 눈에 보이는 그대로 그려낸다면 이것은 또한 실경(實景)이라 하는 게 맞지 않은가. 그렇다면 진경은 무슨 의미인가. 이 안경만 해도 비록 외눈이긴 하지만 내 보고 싶은 것이거나 보고 싶은 곳을 더욱 집중해 보게 되지 않던가. 결국 표암이 말한 진경은 어느 풍경 안에 심어놓은 화원의 뜻을 알아보자는 게 아닌가. 근자에 북은 같은 풍경이라도 그리는 이에 따라 달리 보이는 것이고, 따라서 보는 이의 마음을 일정한 방향으로 건드려주는 목적을 갖고 있다고 할 수 있을진대, 굳이 시를 적거나 화제를 쓰는 연유는 무엇일까? 그림만 보고 느끼면 될 것을 왜 화제를 쓰고 시를 써야 하는가. 아마도 그것은 그림이 그림 자체만으로 완전히 서지 못한 까닭이 아닐까? 그렇다면 아직 그림은 양반들의 심사를 표현하고 즐기는 알량한 도구일 수밖에 없는가? 하는 의심이 들곤 했다.

북은 답답했지만 그렇다고 이런 얘기를 누구에게도 입 밖에 내지는 못하였다. 그것은 지금까지 살아온 자신의 생을 송두리째 뒤집는, 말하자면 지금껏 그려온 자기의 그림을 부정하는 자가당착이 아닌가 하는 두려움 때문이었다. 그럼에도 불구하고 북은 이렇게

야외에 나와 산이나 바위나 나무를 바라보는 일이 즐거웠다. 온몸으로 전달되는 신선한 공기가 좋았고, 시시각각 변하는 자연과의 교감이 그저 좋았다. 그가 평소 '풍경을 그리는 것은 일정한 공간에 시간을 덧입히는 것'이라는 지론을 펼친 것도 그런 연유였다. 공간은 그러니까 저 자연은 늘 그 자리에 있지만 봄, 여름, 가을, 겨울 계절에 따라 달라지고, 아침과 저녁으로 그 모습이 달라지고, 또한 그 풍경을 보는 이의 심사에 따라 달리 보이지 않던가.

북은 예전에 금강산에 갔을 때, 〈금강산도〉를 그리던 일을 떠올렸다. 전체적인 구도는 우뚝우뚝 기세 좋고 호방하게 그렸고, 부분마다는 세세하게 공을 들였던 기억. 금강산의 산등성이, 바위마다 그들을 훑고 지나갔을 시간과 그만큼의 평지풍파를 담아내고 싶었기 때문이었다. 아름드리나무 한 그루도 그 우람한 풍채만큼 크기 위해서 얼마나 많은 세월과 어려움을 견뎌내야 했을 것인가. 북은 이제 어떤 대상을 그릴 때마다 그것이 품고 있는 시간이 자동으로 떠올려지는 것이었다. 그것은 마치 문장에도 신품(神品), 묘품(妙品), 법품(法品)이 있듯이 그림도 또한 마찬가지라는 생각에서였다. 신품은 태어나면서 아는 자이고, 묘품은 배워서 아는 자이고, 법품은 노력해서 아는 자라 하였다. 신품은 태어나 스스로 아는 단계라 무어라 얘기할 것도 없었다. 그러나 이제 나이 들어보니 뭐 그런 얘기가 다 쓸데없는 허언이었다. 품, 품, 품 떠들어봐야 자신이 직접 겪지 않았다면 다 남의 논을 세는 일이었다. 어쨌든 북은 금강산에 들었던 그때, 진경의 실체를 보았다는 느낌이 들었다. 금강산의 바위 하나, 바람 한 점, 안개 한 줌, 꽃 한 송이, 물방울 하나가 그렇게 명징하고 부드럽게 다가올 수가 없었다. 보이는 것마다 신선이요 앉는 곳마다 금강석이었다. 북은 그때 '진경이라는 것이 별것이겠는가. 이렇게 보고, 듣고, 느끼는 것이 내 몸과 마음을 싸안아주고 환하고 상쾌하게 만드는 것이 진경이 아닌가' 하는 생각이 들었더랬다. 그런 마음들을 흩뜨리지 않기 위해, 평소에도 말수가 많은 건 아니었지만, 묵언수행이라도 하는 양 말을 아끼고 귀를 잔뜩 열어놓았던 것이었다. 진경이란 보는 순간 가슴이 시원해지고, 닿는 순간 마음을 따뜻하게 해주는 어떤 기운이 아닐까 생각했던 것이었다. 그 후 북은 자고로 그림이란 이런 경지가 돼야 그림이고, 그래야 진경을 이룰 수 있겠다는 생각을 지금까지 이어왔던 것이다. 이제 북에게 있어 그림은 이 진경을 나타나게 할 수 있는지 없는지가 가장 중요한 어쩌면 유일한 관건이 되고 있었다. 저잣거리에서 여전히 그림을 팔고 있기는 해도, 어딘가 확실히 달라져 있었다.

창에는 햇살이 가득하고
먹 향은 방안을 넘나드네

남산 밑으로 옮긴 처소는 작았지만 몸에 딱 맞는 옷이 그렇듯 아무런 불편이 없었다. 다만 지형상 동쪽을 보고 앉은 집은 창이 꼭 북쪽으로 나 있었다. 무릎 위쯤의 높이로 낸 창문은 창이라기엔 너무 크게 걸려 있었다. 겨울에는 추위 때문에 남은 옷가지나 헝겊으로 막아두었다가 봄이 되면 창문을 열었는데, 열린 창문으로 생강꽃이며 진달래며 봄꽃의 향기가 물씬 들어왔다. 하나의 줄기에서 핀 꽃이 떨어지면 그 자리에 새로 잎새가 틔었다. 하나의 줄기에 꽃이 하나만 피는 것이 아니어서 조금 이른 것과 늦은 꽃이 번갈아 피어서는 색을 환하게 하고 향기를 품으니 눈과 코를 즐겁게 하였다.

그러고 보면 한꺼번에 피었다가 한꺼번에 죽는 꽃들은 얼마나 대단한 결사체인가 하며 창밖을 바라보던 북은 희죽이 웃었다. 산 바로 밑이고 부엌 아궁이에 불을 계속 땔 수 있는 형편도 못 되었으니, 오월이 되었어도 해가 지면 북의 처소에는 냉기가 돌았다. 일생을 떨며 살았는데 새삼 추위라니, 북은 껄껄 웃으며 곰방대에 불을 붙였다. 해가 지려면 아직 좀 시간이 남은 오후였지만 북은 창

수하독서도(樹下讀書圖)

을 닫으려 일어났다. 해는 곧 지겠지만 그래도 하늘빛이 좋은 오후였다. 짝을 맞추는 시기인지 새들의 울음소리도 제법 소란스러웠다. '새들도 아마 그러하겠지? 잘 지저귀고 빠르고 먹이를 많이 물고 오는 새가 암컷을 차지하겠지? 먹을 것 따위는 쳐다보지 않는 고고한 학 같은 새는 평생 홀아비로 살아야겠지?' 북은 혼자 중얼거리고 혼자 웃으며 먹을 갈았다.

북은 먹을 갈면서 옛 사람들을 떠올렸다. 란은 하늘에서 잘 지내는지, 훈장 선생님도 그곳에서 이제 살이 좀 붙으셨는지, 벗 이광사는 귀양지에서 잘 있는지…. 그러다가 문득 얼굴은 못 봤지만 왕유 선생이나 소동파, 황정견을 떠올리며 생의 그 부침(浮沈)들이 다 무엇이었는지 아련해졌다. 특히 말년의 소동파처럼 왕에게 버림받은 원교의 마음이 어떨까 하는 생각에 미치자 마음이 무거워졌다. 아침 이슬 같은 권력이라 했던가. 아침 이슬이야 해가 뜨면 스러지지만 권력은 그대로 사라지지 않았다. 권력이란 방패가 되어주기도 하지만 일순 돌변하면 창과 칼이 되어 나를 찌르고 베는 그런 위험한 것이었다.

북은 이윽고 붓을 들고는 커다란 창을 그렸다. 이 좁은 땅덩이가 답답했던 것이다. 창 너머로는 푸른색이 번질 듯 오동나무 이파리가 넘실거렸고 유건(儒巾)을 쓴 한 선비가 허리쯤에 드는 문상(文床)에 앉아 한낮을 즐기는 모습이었다. 등 뒤 벽장에는 서책을 쌓아놓는 책장도 그려 넣었다. 붓통과 도자로 만든 문진 두어 개와 소반에 얹힌 향로도 그려 넣었다. 자, 이쯤이면 되었지 않은가. 날은 봄과 여름으로 넘어가는 그 사이였다. 대저 양반으로 산다는 게 어려서부터 공맹을 외우고 과시를 보고 관료가 되어서는 권력의 안팎에서 노심초사하는 것이니, 이 한 장의 그림보다 나을 게 무언가. 그들의 공부에 이렇게 한가로운 즐거움이 있었는가. 북은 서안 밑에 내려놓았던 찬물을 한 모금 마셨다. 얼핏 보면 자신 같기도 하고 얼핏 보면 원교였다가 또 보면 삼천대천세계로 너털웃음을 옮긴 단원 같기도 하였다. 북은 화제를 적을 붓을 잡았다. 비록 한쪽이었지만 보는 데 불편함은 없었는데 요사이 그 한쪽 눈마저 침침해졌다. 눈이 침침하니 잘 안 보이는 것도 문제였지만 더 큰 문제는 집중력이 자꾸만 흐트러진다는 것이었다. 잠시 긴 호흡을 하고 북은 화제를 적어 내려갔다. '북쪽 창에 서늘한 바람 불어오니 한가로이 황정경이나 한두 장 베껴볼거나.' 이 화제는 원나라 문인화가 조맹부(趙孟頫)가 지은 시 「즉사이수(卽事二首)」의 두 번째 연에 나오는 구절이었다.

옛 먹을 가니 향기 책상에 가득하고 (古墨輕磨滿几香)
벼루를 새로 씻으니 찬연히 빛나네 (硯池新浴燦生光)
북쪽 창에 때마침 서늘한 바람 불어오니 (北窓時有凉風至)
한가롭게 황정경이나 한두 장 베껴볼거나 (閒寫黃庭一兩章)

당시 조선의 사대부들은 대부분 이 시를 암송하고 다닐 정도였다. 특히 도교의 최상급 비서(秘書)인 『황정경』을 보는 것은 일대의 유행이 되었다. 조맹부는 시, 글씨, 그림, 음악까지 두루 능했는데, 송나라의 왕족이었음에도 송이 망한 이후 원나라 한림학사가 됐을 정도로 그 문화적 성취가 높았다. 특히 송설체로 불리는 그의 글씨는 이후 따라 쓰는 사람이 많았다. 조선 초에는 특이하게도 갑자기 이 글씨가 인기를 얻어 안평대군도 송설체의 대가로 불렸다. 그림에도 조예가 깊었던 조맹부는 당나라 이전의 산수화로 돌아가자는 복고주의 화풍을 주장하여 많은 호응을 얻기도 하였다. 『황정경』은 사람의 몸을 작은 우주로 신전(神殿)에 비유하였는데, 하늘의 기운을 몸에 들여 속된 몸을 하늘의 기운으로 바꿈으로써 신들이 몸 안으로 들어오게 한다는 이론을 설파한 최고의 양생 수련서였다.

조선 후기 사대부 선비들이 도교의 양생 수련에 관심을 갖는 이유는 무엇이었을까. 조선 후기에 접어들며 완고했던 성리학의 통제력은 점차 힘을 잃어갔고 또 뜻있는 사대부들도 왕권과 신권의 이합집산에 성리학에 대한 흥미를 점점 잃고 있었다. 오히려 도교와 불교, 심지어는 서학의 책들을 보기 시작했다. 『황정경』은 충효와 인의를 내세우는 가치 지향의 세계관에서 무위자연의 유기체적 세계관을 세워 이채를 띄었다. 삶을 고답적인 문자의 예속이 아니라 본래 생명이 갖고 있는 본성을 실현해가는 과정으로 보는 시각은 신선하였고, 자연 자기 몸에 대한 관심도 높아졌다. 사회적으로도 어찌 삶을 단지 태어난 자리로 규정지을 수 있는가? 하는 불만들이 쌓여갔다. 노비의 몸에서 태어났다고 어찌 노예가 되는 것인가. 어찌 같은 나라의 사람을 노예로 삼고 소와 말처럼 대할 수 있는가. 이런 의문이 터져 나왔다. 물론 실상은 좀 더 복잡했다. 이삼 년마다 찾아드는 가뭄과 역병으로 먹고살기 어려워진 부모들이 제 자식을 노비로 팔아넘기는 일도 속출했다. 예나 지금이나 삶은 변한 게 없었다. 그야말로 먹고살기 위해 펼쳐진 지옥도였다. 이러한 속진의 세법(世法)에 염증을 느끼는 이들이 많아질수록 기존의 질서는 힘을 잃기 마련이었다.

뒤죽박죽 질서가 무너진 혼란의 세상이었다. 하지만 북은 그 혼란 속에서 새로움은 시작되는 것이라 생각하며 붓을 내리그었다. 언제든 단번에 내리긋는 일은 자연에 배치되는 일이었다. 세상에 어디 곧기만 한 게 있었던가. 어떤 벼락이 일자(一字)를 그리며 쏟아지는가. 어떤 파도가, 어떤 바람이 일제히 한 줄을 그리며 떨어지고 불어오는가. 북은 그것을 표현해내야 했다. 하얀 종이 위에 먹을 질료로 자신의 세계를 그려내야 했다. 세상의 화선지에는 많은 세계가 세워지고 있었지만 새로워야 했다. 한 번에 칼로 잘라내 듯 이루어지는 일도 없었지만 언제나 관건은 새로움이었다. 새로움을 이루기 위해서는 자신부터 새로워져야 한다고 생각하던 북은 붓을 놓았다. 언제나 이런 생각들이 치받혀오면 목이 컬컬해지기 때문이다. 주막에라도 나갔다 올 생각에 주섬주섬 옷을 찾아 입은 북은 허둥지둥 짚신을 찾아 신었다.

원교에게 가는 길

하늘을 보고 땅을 보며 술도 먹고 그림도 그리며 그럭저럭 지내는 일상이었다. 그 일상을 깬 것은 저 멀리 원교 이광사가 아프다는 소식이었다. 평생을 올곧은 자세와 올곧은 생각으로 조선의 글씨를 확립한 그였지만, 영조 즉위 후 힘을 얻은 노론이 소론 타도를 노골화하며 집안은 풍비박산이 되었다. 노론의 흉계에 백부와 아버지를 잃었고, 이광사는 '역적의 아들'이 되었다. 당연히 과거도 포기하고 양명학과 서예에 몰두하며 비운의 시간을 버텼는데 영조 31년, 50세의 나이에 벌어진 '나주벽서(괘서)사건'은 이광사를 더 이상 회복할 수 없을 만큼 깊은 나락으로 떨어뜨렸다. '형(경종)을 죽이고 왕이 된 역적 영조'라는 대자보가 나주 객사에 붙었으니 이런 큰일도 없었다. 영조가 직접 심문에 나설 만큼 엄중한 사건이었지만 이광사로서는 기실 관련된 게 하나도 없었으니 억울하고도 억울한 일이었다. 하지만 이 사건으로 이광사는 부인까지 잃었다. 수많은 관련자들이 모두 능지처참을 당한 터였는데, 불행 중 다행이라고 해야 할까, 어쩐 일인지 영조는 이광사만큼은 유배를 보내는 것으로 마무리를 지었다. 아마 영조가 그의 글씨 재주를 높이 산 것이 아니었겠느냐는 게 당시의 중론이었다. 어쨌거나 이로부터 시작된 귀양살이와 그로 인해 생긴 병으로 이광사는 시난고난하였으니 인생의 말년에 하루도 편안한 날이 없었다. 너나없이 한 통속의 세상에서 오직 자신의 글씨를 세우려고 했던 이에게 쏟아진 너무도 가혹한 채찍이었다.

북은 흐르는 눈물을 닦을 생각도 않고, 예전에 원교와 배짱이 맞아 여기저기 다니며 술을 마시던 시절, 만주를 휘돌다 돌아와서 의기투합하여 원교와 함께 단양을 유람했던 그 시절을 떠올렸다. 돌이켜보면 그때가 두 사람의 황금기였다. 특히 이광사는 귀양살이 중에도 북에게 편지를 보내 그림에 대해 조언도 하고 응원해왔으니 북으로서는 원교가 평생의 은인이기도 하였다.
북은 이대로 그냥 있을 수는 없는 노릇이었다. 나중에 혼자 갔다는 사실을 알면 타박을 줄 것이 뻔한 필재에게도 연통을 넣고, 서둘러 채비를 하고는 집을 나섰다. 북은 마을 어귀에 있는 약방을 들렀다. 몸에 좋다는 한약 몇 첩을 지어 갈 생각이었다. 약방에서 나오니 마침 필재도 도착했다. 원교가 있는 전라도는 먼 길이었다. 두 사람의 마음은 한시가 급했으나 몸이 따라주질 않았다. 두 사람 모두 아직 마음은 젊다 생각했지만 세월을 못 이긴 몸은 낡았으니 걷는 속도는 더디고 더뎠다. 반나절을 그렇게 걸었을 때 북은 과거 원교와 나눴던 이야기를 떠올리고 있었다.

"내가 스무 살 때부터 지금까지 마신 술이 말이지, 하루 세 되라 평균을 잡아도 그 양이 꽤 될 것이야. 그런데 그렇게 술을 먹었어도 그림에 술 한 방울 남기지 못했으니 이거 허투루 먹은 게 아닌가. 술값의 반의반도 못 했으니 이를 어이할꼬. 껄껄."

"허허 그런가? 나도 웬만큼 마신다는 소릴 듣지만 자네만큼 취선의 경지에 이르지는 못했으니 뭐라 말을 하겠나? 그런데 말일세. 내 생각에는 말이야, 우리 삼기재는 꼭 그런 그림 하나 세상에 남겨놓을 것 같다는 예감이네. 그러니 더욱 더 마시게나. 하하."

북은 환하게 웃던 원교의 얼굴을 떠올렸다. 원교야말로 고금의 글씨를 두루 통달하였고 마침내 이 조선에서 자신만의 글씨를 완성했다 인정을 받은 대 서예가였고, 아직까지 누구도 이루지 못한 조선 글씨의 최고봉이었다. 유서 깊은 양반가에서 태어났고 자랐지만 그의 길은 결코 꽃길만은 아니었다. 역적의 자식이라는 낙인은 그가 가는 길 내내 따라다녔고 끝없는 고통을 안겨주었다. 이 조선에 자신의 글씨를 세우려 했던 열정은 누구보다 뜨거웠고, 집안의 권세에 기대 입신양명하고 거들먹거리는 부류와는 그 근본이 달랐던 원교였다. 그가 양명학에 깊숙이 빠졌던 것도 어쩌면 그의 기질과 꼭 맞았기 때문이었을 것이다. 양지(良知)를 바탕으로 모두 함께 잘사는 공동선을 꿈꾸었던 그는 늘 지행합일(知行合一)을 얘기했다. 그러한 원교였으니 곤궁한 자신의 처지와 함께 짊어져야 할 짐이 얼마나 크고 무거웠을지는 짐작조차 되지 않았다. 그 모든 것을 혼자 감당해야 했던 원교의 고통과 슬픔은 얼마나 컸을까. 그런 처지에도 불구하고 늘 자신의 든든한 바람막이가 돼준 원교를 생각하자니 어느새 북의 한쪽 눈이 젖어들었다. 혹여 필재가 볼까 봐 짐짓 딴 곳을 보며 걸었지만 눈치 빠른 필재가 그걸 놓칠 리 없었다.

"거 한쪽 눈으로 눈물을 뽑아내려면 남들보다 두 배는 걸릴 터이니 잠시 앉아 쉽시다. 나도 아침 먹은 게 얹혔는지 속이 불편합니다 그려."

마음만 바쁘고 걸음은 더디기만 했던 육로 길이 끝났지만, 전라도의 제일 남쪽 해남에서 두 사람은 다시 배를 타야 했다. 신지도(薪智島)를 찾아가는 길이었다. 그렇게 술을 먹어도 아무 탈이 없던 북이지만 그놈의 배 멀미만은 피하지 못했다. 필재는 연신 북의 등을 두드리며 덩달아 시집살이를 해야 했다. 그렇게 뱃길 내내 제대로 쉬지도 먹지도 못한 두 사람은 겨우 섬에 당도했다. 배에서 내린 두 사람이 걸음을 재촉해 마침내 원교의 집에 도착했을 때 북은 다 쓰러져 가는 초옥을 보고 울고, 너무나 마르고 야윈 원교를 보고 또 울었다. 이를 본 필재도 덩달아 울었다. 원교도 눈시울을 적시며 겨우 자리에서 일어나 벽에 반쯤 기대고 앉았다.

"이보게들, 이렇게 와주었는데 내 꼴이 이래서 대접이 영 마땅찮

네. 고생들 하셨네. 먼 길 내려왔으니 오늘은 푹 쉬시고, 내일은 섬 도 한 바퀴 둘러보고 올라들 가시게. 지금이야 이래 아픈 몸이지만 곧 일어나 내 발로 한양으로 갈 것이니 거기 미욱재(未旭齋)에서 예전처럼 한잔하세나."

미욱재(未旭齋)는 도화서 근처, 종루가 있던 길옆 청계천 변에 외진 곳에 있던 그들만의 안가(安家)였다. '이룬 것보다 이뤄야 할 게 많으니 더 노력하자'는 의미에서 원교가 이름 붙인 주막이었다. 그들은 미욱재에서 즐거웠던 시절을 떠올렸다. 그들이 바라던 새 세상은 그러나 언제 올지 몰랐다. 영조도 지나 정조의 시대가 되었어도 모화관(慕華館) 앞뜰의 전나무만이 더욱 푸르러갔을 뿐이었다. 세월이 이만큼 흘렀으면 틀에 얽매지 않는 다양한 글과 글씨, 그림들이 더욱 장려되어야 하는데, 그러기는커녕 권력을 지키기 위한 사전 검열 때문인지 시대는 오히려 점점 더 완고해지고 있었다. 그러니 미욱재에서 그들이 나누었던 술잔을 추억하면 즐거움이기도 했지만, 한편으로는 통한이기도 하였다. 즐거움이든 통한이든 십 년 넘게 서로의 추억을 쌓았던 그곳을 유배 온 지 어언 20년이 넘었음에도 원교는 잊지 않았던 것이었다. 그러나 어쩔 것인가. 세월은 흘렀고 마음과 달리 이렇게 모여 앉은 세 사람의 몸은 어느새 늘어지고 찢어진 마대자루가 되어 있었다.

두 사람이 큰절을 하려 하자 원교가 팔을 휘휘 저었지만 소용없는 노릇이었다. 두 사람은 그예 큰절을 했고, 필재가 먼저 입을 열었다.

"그럼요 형님, 당연히 미욱재에서 봐야지요! 그나저나 그동안 어찌 지내셨는지요. 그간 얼마나 고생이 많으셨어요. 글씨는 좀 쓰셨는지요."

"나야 뭐, 할 줄 아는 재주가 그것뿐이 아닌가. 이쪽 남도 사찰에 써놓은 현판과 주렴들만 해도 한 수레는 될 듯하이. 허허."

그러고 보니 그의 글씨는 전국에 널려 있었다. 강진 백련사, 해남 대흥사, 고창 선운사, 구례 천은사는 물론이고 서울 봉원사 등 내로라하는 절에는 어김없이 그의 글씨가 걸려 있었다. 함경도 부령에서부터 이곳 신지도까지 원교의 나이 오십 세를 넘긴 이후의 행로였지만, 그를 따라 그의 글씨도 전국으로 퍼진 셈이었다. 그 긴 유배 생활 결코 쉽지 않은 상황 속에서 원교는 기어코 『서결(書訣)』이라는 글쓰기 책을 남겼다. 그리고 그런 아버지, 원교의 오랜 고초와 비극을 근거리에서 목격한 아들 이긍익은 역사서 『연려실기술(燃藜室記述)』을 써서 이 모든 것을 기록하였다. 고난은 그것을 대하는 자의 자세에 따라 황금 같은 결실을 맺기도 하는 것이었다.

원교의 야윈 팔을 쓰다듬던 북도 입을 열었다.

"그래, 이 조선의 최고 글씨를 그 긴 세월 동안 이래 묶어두는 법이 어디 있소? 참으로 보석이 진창에 뿌려진 것 같소이다."

원교가 밭은기침과 함께 껄껄 웃었다.

"이보게들, 이리 지내다 보니 글씨는 자연을 닮아야 한다는 생각이 절로 들었다네. 내게 이런 이력이 없었다면 어찌 이 경지를 알았겠나. 그래도 부지런히 글씨 몇 점 세상에 내놨으니 이제 여한은 없다네. 먼 길 오느라 곤할 터이니 오늘은 이만들 주무시게."

두 사람은 윗목에 자리를 펴고 몸을 뉘였다. 몸은 피곤하였지만 수척한 원교의 모습이 자꾸만 아른거려 두 사람 모두 잠을 이루지 못하였다. 귀양지라 해도 달은 무심하게 밝았다.

"이보시게 삼기재, 필재, 내 여기 살아보니 이곳 섬이며 시골에도 훌륭한 공맹이 참으로 많다네. 학문이 높아 그런 것도 있지만, 인품이나 사는 모습이 참으로 진실되었다네. 그런데 왜 이렇게 시골뜨기들로 사는가 하고 봤더니 그들에게는 힘이 없었던 것이네. 아무리 공맹을 달달 외워도 힘이 없으니 과시를 통과 못 하는 것이지. 무슨 말이겠나. 시류에 편승하지 않은 죄. 바로 그거란 말일세. 고전이 해묵은 것과 같을 리는 없지만 한양에서는 청나라를 제쳐놓고 우리가 명이다 이러고 있는 데다가 일부 권세가에는 모범 답안이 값을 매겨가며 버젓이 나부끼고 있지 않은가. 과시가 돈이 되고 정보가 된 시절이지 않은가. 이렇게 바뀐 공맹의 비루함을 알 리 없는 때 묻지 않은 이들이니 과시에 붙을 리가 만무하지 않은가. 하기사 요즘은 굳이 꼴사나운 한양으로 가야 하는가 하는 마음들도 있는 거 같기도 하고…"

이튿날 아침, 조반을 먹고 기운을 차렸는지 원교의 말에 힘이 있었다. 몸은 조금 불편하였으나 정신만큼은 그 언제보다 맑아 보였다.

"맞아요. 형님. 세상에 출세하고 어쩌고 하는 게 꼭 실력 때문이 아니더란 말이지요. 그게 문벌일까요? 소위 운일까요. 세상은 노론도 넘어 안동 김가의 것이 되고 있는데 말입니다."

필재가 맞장구를 쳤다.

"과(科)가 무엇인가. 가을날 벼 뿌리를 뽑고 난 웅덩이를 뜻하지 않는가. 한 웅덩이가 가득 차야 또 다음 웅덩이를 채울 수 있는 이치, 이게 바로 우리가 공부를 하는 과정 아니겠는가. 그렇게 하나둘 빈 웅덩이들이 가득 찰 정도가 돼야 지식의 강이 흐른다 하는 것이네. 그러니 과거(科擧)라는 말도 이러한 과정을 제대로 잘 건넌 이를 뽑는다는 의미 아니겠는가. 하지만 옥석을 가려낸다는 게 어디 쉬운 일인가. 과시에 나오는 예상 문제집이 떠돌고, 모범 답안지까지 팔고 사는 세상이 아니던가. 과시마저 권력 향배에 따라 좌우되는 세상이다 이 말일세."

그 오랜 세월 핍박을 받으며 유배 생활을 했어도 고루한 주자학에 머물지 않고 여전히 젊고 진취적인 정신세계를 유지하고 있는 원교를 보며 두 사람은 술잔 아니 물 잔을 '건배' 하며 부딪치는 것이었다. 이를 본 원교도 씨익 웃으며 얼른 물 잔을 들었다.

"나를 빼놓고 건배를 하다니? 비록 물이지만 술이라 생각하고 오랜만에 셋이 잔을 부딪쳐보자고. 자, 건배! 먼저 간 술 친구들 생각해서라도 남은 날 하루하루 아껴들 쓰시게."

"거 형님, 안 되겠소. 형님은 그저 구경만 하시오. 아무래도 우린 진짜 한잔해야겠소."

필재가 주섬주섬 봇짐에서 술병을 꺼냈지만, 실은 빈 술병이었다. 원교가 몸이 쇠약해 술을 마시지 못한다는 말을 들었던 터라 오기 전에 일찌감치 비운 것이었다. 필재가 술병을 이리저리 흔들며 '이놈의 술병도 형님 뜻을 알아들은 모양이요' 하며 너스레를 떨었다. 원교가 허허 웃으며 다락을 가리켰다.

"내가 술을 못 마신다고 했지 술이 없다고 했나. 저기에 보면 좋아할 술이 있다네."

원교가 병을 얻기 전에는 그에게 글씨를 받고자 몰려드는 사람들로 마치 장터처럼 마당이 북적였다. 예전에 글씨 몇 점 써주었다가 곤욕을 치른 일도 있고 하여 사람들을 못 오게 하거나 병을 핑계로 방문객의 수를 조절해야 할 정도였다. 사람들은 쌀말이나 생선, 고기, 술 등을 들고 바다 건너 신지도까지 찾아온 것이니 차마 모른 척할 수 없어 미리 써놓았던 것을 나눠주기도 하였다. 필재가 다락에서 술병 하나를 꺼냈다.

"아니 형님, 이것은 석탄주(惜呑酒) 아닙니까? 술의 향이 달아 차마 목으로 넘기기 아깝다 하여 석탄주라 부르는 바로 그 술 말입니다."

"석탄주라! 예전에 이 술이 그리 좋다는 얘기에 병째 들이켰다가 그만 체해서 아주 죽을 뻔한 적이 있지요. 빙충이처럼 그 맛을 음

미하지 못했던 것을 내내 후회했는데 오늘에서야 그 소원을 풀 수 있겠습니다. 이게 다 형님 덕분입니다."

북은 술을 못 마시는 원교를 생각하면 미안했지만 어쩔 수 없다는 듯 침을 꿀꺽 삼키고는 헤벌쭉 입이 벌어졌다.

"저번에 근동의 현감이 들렀다가 인사치레로 놓고 간 것이네. 내 모르는 척 받아 챙겨놓은 것일세. 몸이 좋아지면 마시려 했다만 어서들 드시게. 동생들은 술 마실 때가 제일 빛나지 않겠나?"

모처럼 세 사람은 밤이 늦도록 술을 마시며 이야기를 나누었다. 물론 원교는 술잔 대신 물 잔이었다.

"아따 형님, 이게 멥쌀로 술을 먼저 담갔다가 거기에 찹쌀로 또 술을 담그는 거 아니요. 밑술에 덧술이 들어갔으니 과연 맛이 두 배라 기가 막힙니다. 제가 이번에 한양엘 올라가면 이걸 한 말은 구할 터이니 형님은 얼른 쾌차하셔서 한양으로 뛰어오시오. 미욱재에서 옛날처럼 거나하게 마시시지요."

필재가 일부러 흥을 돋우듯 떠들어댔지만 예전 같은 흥은 더 이상 오르지 않았다. 세 사람은 석양이 멀지 않았다는 것을 이미 노을이 번지고 있다는 것을 느낀 까닭이었다.

섬에 온 지 나흘 째 되는 날, 그만 돌아가라는 원교의 채근을 더 이상 이기지 못한 두 사람은 그예 누옥을 나섰다. 같은 걸음인데 오는 걸음은 그토록 더디더니 가는 걸음은 야속할 만큼 빨랐다.

어찌 이리 빨리 멀어지는가, 몇 번이고 걷다 멈추고 걷다 뒤돌아보기를 한 후에야 두 사람은 배에 올랐다. 파도는 잔잔했고 해는 뉘엿뉘엿 지고 있었다.

북의 마지막 그림

두 사람이 걷다 쉬다 울다 하며 천 리 길을 올라오는 사이 이미 한양에는 원교의 부음이 먼저 도착해 있었다. 두 사람은 짐을 풀 새도 없이 미욱재로 가서는 밤새 코가 비뚤어지도록 술을 마셨다. 그리고 이 년 후 필재도 유명을 달리했다. 봄바람에 꽃잎이 떨어지듯 지인들이 하나둘 지상을 떠나고 있었다. 회자정리 거자필반(會者定離去者必返)을 모르는 바 아니었으나 홀로 남은 북은 더 이상 남산 밑 자신의 거처에서 한 발자국도 나가고 싶지 않았다. 하지만 목숨이 붙어 있는 한 목구멍에 풀칠을 해야 하는 것이니 사는 일이 참 얄궂었다. 쌀도 술도 이내 떨어졌으니 심사와는 다르게 궁핍한 살림은 그를 여전히 구질구질한 골목으로 내몰았다. 그동안의 저축이 있을 리 없었으니 북은 오롯이 팔릴 그림을 그려야 했다.

초승달이 반달로 변하는 사이, 그림을 그리고 그리는 사이, 그 사이사이 자신의 모든 생이 그 사이에 빠져버리고, 그 사이가 너무 깊고 넓어 끝이 없는 허방다리가 아닌가 싶은 생각이 자꾸 들었다. 이제 힘도 빠져서 언필칭 산수는 드문드문 그릴 뿐이었고, 그저 작은 새나 꽃이나 게를 그려 저잣거리에 나가는 것인데 그나마도 가

게와 갈대(指頭蟹圖)

물에 콩 나듯 팔릴 뿐이었다. 그나마 그렇게라도 그림이 팔린 날이면 어김없이 그 돈으로 술을 마시고 휘적휘적 들어오는 생활이 반복되었다. 이제 술벗들은 다 가고 없지만 아니 그래서 더더욱 취하지 않으면 한시도 버틸 수 없었다. 북은 언젠가부터 내가 누울 곳은 저 바닥, 저 차디찬 골목 어디쯤일 거라는 생각을 달고 살았다. 그게 자신의 운명이며 타고난 팔자라 생각했다.
하루가 다르게 물산이 풍부해지니 일자리를 잃은 소작농들이 그 돈의 길을 따라 몰려들었다. 멀리 광교까지 낯모르는 사람들이 남에서 북에서 몰려와 북적거렸다. 예전에는 어디를 가든 그래도 예인이라고 시원치 않은 대접이나마 받았는데 지금의 북은 그저 애꾸눈에 추레한 늙은이일 뿐이었다. 어쩔 수 없는 일이었다. 그러던 어느 날이었다. 술 한잔하고 한가롭게 볕을 쐬던 북은 화선지를 꺼내 펼쳐서는 그림 대신 시를 한 수 써내려가는 것이었다.

벼루를 베고 종이를 이불 삼아 그림 속에선 죄수로 살았으나 (硯枕紙被畵中囚)
마음 가는 대로 세상을 주유하며 그림 밖에선 신선처럼 살았노라 (周遊世間畵外仙)
산을 세우고 물을 만들고 만물을 배짱대로 그렸으니 (造山設水萬物烈)
그림 그리는 일 외 다른 것은 난초 아래 개비름 꼴이었네 (此外何

事蘭下覓)

"그림 안에서는 죄수요, 그림 밖에서는 신선이라…" 북은 다시 한 번 찬찬히 읽어보며 실소를 터뜨렸다. 시를 지은들 누가 읽을 것이며 읽은들 누가 기억하겠는가. 이런들 어떻고 저런들 어쩔 것인가. 아직 목숨 붙어 있으니 이래 살아왔다고 뭐라도 하는 것이 아니겠는가. 이렇게라도 가끔 젊을 적 부렸던 치기들을 떠올리며 '그런 때가 있었지' 하고 생각하는 것이었다. 그러고 보면 좀 신기했다. 젊을 적 그렇게 주체를 못 하도록 치열하게 들끓던 힘들은 다 어디로 갔을까.

북은 자신의 나이가 어느새 칠십이 넘었다는 것을 얼마 전에 새삼 알았다. 오랜만에 북의 집을 찾은 창석이 술 닷 되와 쌀 한 말, 소금 한 됫박, 미역 한 다발을 들여다 놓으며 그러는 것이었다.

"제가 다른 것은 몰라도 형님 생일은 꼭 챙겨주라는 필재 형님의 당부를 어찌 잊을 수 있겠어요. 술은 조금 드시고 진지를 많이 드세요. 그래야 형님 좋아하는 그림을 오래 그릴 것 아니에요. 제가 가끔 들여다볼게요."

북은 필재를 떠올리며 코끝이 찡했다.

"요새 새로 시작한 일이 잘 안 풀려 곤궁한 처지라는 소문이 들리던데, 뭐 이런 것을 다 갖고 오나. 다음엔 그냥 오시게. 맨손으로라도 자주 보는 게 더 좋지 않겠나."

북은 예전에 그려놨던 그림 한 점을 꺼내 와서는 한사코 손사래를 치는 창석의 앞섶에 기어이 밀어 넣는 것이었다. 아이가 퉁소를 불며 소를 타고 가는 〈기우취적도(騎牛吹笛圖)〉였다.

"그림이야, 내 자네가 준 쌀을 먹고 또 그릴 것이니 무어이 문제인가."

북은 아직은 무언가 줄 수 있다는 사실이 좋았다. 창석이 돌아가고 나서 북은 '돌이켜보면 위든 아래든 받고만 살지 않았는가. 신세만 지고 살아오지 않았는가. 이제라도 그릴 수 있을 때까지 그려서 도움 준 사람들에게 선물을 해야겠다.' 다짐을 하는 것이었다. 하지만 그림을 그리려고 앉으면 손이 떨렸다. 한쪽에 낀 안경알이 망가졌는지, 눈이 안 좋아졌는지 시야도 흐릿했다.

아침부터 북은 떨리는 붓을 내려놓고 손끝에 먹을 묻혔다. 밤새 머리에 떠오른 그림 때문이었다. 크기는 작았지만 갈대를 배경으로 게를 하나 그려 넣을 작정이었다. 게는 기실 북이 좋아하는 그림 소재였다. 모두들 앞으로만 가려고 하는 시대에 한사코 옆으로 걷는 게들이 북은 흥미로웠다. 어디 그들이라고 옆으로 걷고 싶었을까. 어쩌면 게 또한 자신의 새끼를 보고 '애야, 너는 옆으로 걷지 마라.' 그랬을지 모르겠다. 그러면 새끼는 아비에게 '아버지, 저는 이게 앞입니다.' 그리 대답했겠지. 북은 혼자 중얼거리며 낄낄거렸다. 그렇지만 손끝은 야무지게 움직였다. 언제나 그랬듯, 갈대의 줄기와 게의 다리를 비슷한 분위기로 그렸다. 갈대 또한 한자리에 박혀 있으니 오죽이나 답답할까. 북이 게의 다리를 갈대 줄기와 비슷하게 그리는 것은 그런 갈대의 마음을 담으려는 의도였다. 옆으로 씽씽, 기왕이면 암수 한 마리씩, 하나는 흐리게 하나는 진하게 그려 넣는 것으로 끝, 그 외에는 과감한 생략이었다. '이놈들이 장차 새끼들을 낳고 한 가정을 이루리라.' 기존에 그렸던 게 그림들이 과시에 합격하고 벼슬을 얻는다는 기원을 담은 것이라면 이번은 달랐다. 그런 까닭에 손으로 그렸다는 것과 호생관이라는 것만 써 넣었다. 북은 손을 씻고 낙관을 찍었다. 완성된 그림을 들여다보면서 흡족해했다. 오랜만의 득의작이었다. 기분이 좋아진 북은 술을 한 잔 따라 마셨다. 마음에 드는 작품이 마르기를 기다리며 마시는 술은 언제나 꿀맛이었다.

다시 또 두어 해쯤이 지난 어느 여름날이었다. 아침에 일어나 북쪽을 향해 앉아서 명상을 하는 시간이 점점 길어졌다. 명상을 끝낸 북이 늦은 아침을 먹으려 부엌 찬장을 열어보고는 쓴웃음을 지었다. 가끔씩 창석이 들여다보고 이것저것 놔주기는 했지만 찬장 안이 휑했다. 북은 문득 그런 생각이 떠올랐다. 그림도 이처럼 휑하다면, 사람의 마음 곳간을 채우지 못한다면, 즐거움을 주거나 위로를 주지 못한다면, 그림이 무슨 소용일 텐가. 그렇다면 사람들은 나의 어떤 그림, 어떤 특색을 보고 좋아해주었을까. "저기 칠칠이가 간다. 술에 절어 똑바로도 못 가고 삐뚤삐뚤 간다. 칠칠이 칠칠이 삐뚤삐뚤 칠칠이가 간다." 북은 자신도 모르게 예전에 장난삼아 붙였던 노래를 흥얼거리고 있었다. 혹여 내가 술을 좀 줄였다면 더 좋은 작품을 그릴 수 있었을까? 문득 "그리 마시고도 그림에는 술기운이 전혀 없으니 어찌된 일인가?" 하며 자신을 놀리곤 했던 원교를 떠올렸다. 그러다가 문득 두보가 지은 「유소부가 그린 산수병풍을 노래함(劉少府新畵山水障歌)」이라는 시에서 "원기임리장유습 진재상소천응읍(元氣淋漓障猶濕 眞宰上訴天應泣)"이라는 구절을 떠올렸다. "천지의 기운이 젖고 질펀하여 병풍이 아직도 습하니, 진재가 상소함에 하늘이 응하여 눈물을 흘리노라." 왜 굳이 지금 이 구절을 떠올린 것인지는 모를 일이었다. 다만 자신은 평생 응달이었고 평생 습하게 살았다는 생각이 들었다. 이런 내 생도 하늘이 응하여 눈물을 흘리기는 할 것인지 뭐 그런 생각도 들었다. 나는 왜 태어났고 나는 누구고 나는 어디로 가는 것일까. 느닷없는 질문이었다. 답을 알 수 없는 질문이었다.

아아! 어쩌면, 오랜 벗 원교가 살아 있었다면 무어라 무어라 한두 줄로 정리를 해주었을 텐데…. 그렇다면 표암이라면? 북은 문득 표암을 떠올렸다. 물론 표암에게 갈 수는 없는 노릇이었다. 요사이 표암은 오랫동안 막혀 있던 관직의 길이 트여 이곳저곳으로 불려 다니다가 지금은 한성판윤이라는 그야말로 영의정에 버금가는 중책을 맡고 있었다. 북은 혹여 그에게 조금이라도 누를 끼칠까 싶어 일절 아는 체를 하지 않고 있었다. '표암이 누군가. 우리 화인들의 총수 아닌가. 아무렴, 표암은 장차 더욱 높이 올라야 할 사람 아니던가. 그저 건강하기만 빌 뿐이지.'

북은 마당으로 나와 멀리 북한산 자락을 쳐다보며 다시 흥얼거렸다. "저기 칠칠이가 간다. 술에 절어 똑바로도 못 가고 삐뚤삐뚤 간다. 칠칠이 칠칠이 삐뚤삐뚤 칠칠이가 간다." 가만히 생각해보면, 이게 다 토끼 사냥 같다는 생각이 들었다. 대부분의 동물들도 그렇지만, 토끼들은 자신들이 다니던 길목만 다닌다. 그렇다고 토끼가 꼭 바보는 아니어서 다니는 길을 대여섯 개쯤 만들어놓고 다닌다. 그래서 그 길에 올무나 덫을 놓는 방법도 있지만 그것은 좀 비겁하다는 생각을 했었다. 토끼 사냥의 진짜 재미는 눈 내린 겨울에 하는 것이었다. 눈 위에 토끼 발자국을 보고 근처 어딘가 숨어 있으면 토끼가 나타났다. 그러면 산 아래쪽으로 몰아야 했다. 토끼는 덩치는 작지만 대신 몸놀림이 엄청 재빠르다. 그 몸놀림에 탄력을 주느라 뒷다리가 길어졌고 근육이 발달했다. 천적들을 피해 살아남기 위한 방편이었을 것이다. 작다고 만만하게 보고 따라가다간 헛발치기 일쑤였다. 하지만 토끼는 치명적인 약점이 있었는데 바로 그 뒷다리가 길다는 것이었다. 뒷다리가 길어 산 위쪽으로는 껑충껑충 빠르게 오를 수 있지만, 산 아래로는 오히려 속도를 내는 데

방해가 되었다. 결정적인 장점이 곧 치명적인 약점인 셈이었다. 그러니 천지 사방이 하얀 눈에 덮여 숨을 곳이 사라지면 발이 느린 사람들도 뒤쫓아 쉬이 잡을 수 있었다.
겨울의 토끼 사냥이 어쩌면 지금의 조선에서 백주대낮에 횡행하고 있는 일인지도 몰랐다. 상대의 약점을 잡아 그 약점을 최대한 노출시켜 상대를 굴복시키고 짓밟는 것이 지금의 권력이었고 권력의 교활함이었다. 어쩌면 토끼의 뒷다리처럼 장단점의 양면을 가진 것이 이 땅을 사는 모든 사람들의 운명일지도 모를 일이었다. 토끼의 뒷다리처럼 지금은 산등성으로 뛰어오르고 있는 저 권력자들도….
원교는 어쩌다 내리막길에 놓여 있었던 것인가.

그동안 양반들이 쳐놓은 덫에 걸리지 않으려 얼마나 많은 노력을 했던가. 양반들은 저마다의 깜냥대로 크든 작든 자신의 권력을 이용해 도처에 보이지 않는 덫을 쳐놓고 있었다. 그들은 그 시커먼 덫을 숨긴 채 겉으로는 늘 인자하고 넉넉한 웃음을 짓고 있었다. 이것은 개인의 문제라기보다는 양반 사회, 계급 사회라는 그 수탈 구조의 문제였다. 어느 양반이 나는 아니다 부정한들 그것은 단지 덫의 크고 작음일 뿐, 없고 있음의 차원이 아니었다. 나만은 오로지 학문을 수양하고 궁구했다고 우긴들 대부분 말장난에 불과했다. 자신 혹은 자신의 가족, 친족, 계층의 안위가 확보된 다음의 수양이고 공부였다.

북은 나름으로 이 덫을 잘 피해왔고, 또 이 조선에서 예외적인, 진짜로 인품이 훌륭한 양반들을 연이어 만나 사귀는 행운도 누려왔다. 물론 그 대가로 한쪽 눈을 바쳐야 하기도 했다. 북은 허탈한 웃음을 지으며 다친 눈을 어루만졌다. 움푹 팬 눈자위는 이제 이마나 볼처럼 얼굴의 다른 부위를 만지는 것 같았다.

'그림이 대저 무어길래 나는 내 눈까지 찔렀던 것일까.' 토끼 사냥에서 시작된 생각은 어느새 그림으로 옮겨졌다. 겸재의 그림을 진경산수화라 이르고, 그것이 우리 조선의 새로운 산수화인 양 붓들을 놀렸지만, 북으로서는 도대체 무엇이 우리 것인지 여전히 헛갈렸다. 명나라인지 청나라인지 암튼 중국 그림과 뭐가 다른지도 몰랐다. 보이는 것을 그대로 그리는 실경화가 애당초 불가능하다면, 실경과 진경은 어떻게 다른 것인지 도무지 모를 일이었다. 기실 표암이 진경산수화라는 말을 처음으로 썼던 것인데, 그에게 물어본 적도 있는데, '그림 속에 이야기를 싣는 것'이라는 알 듯 말 듯한 대답을 들려줄 뿐이었다. 그래서 고문 고서에 정치한 양반들의 또 다른 언어가 아닐까 하고 치워버렸던 것이다. 물론 금강산에 갔을 때 "아! 진경이로구나! 진경이 이렇게 우뚝우뚝 서 있구나!" 하는 감탄을 내뱉은 적도 있었다. 당시 북은 '진경은 따로 그림을 그리는 어떤 방식이 아니라 그림 자체로 무언가 감동을 주는 것!'이란 결론을 내렸던 것이었다. 세월이 지난 지금 북은 그때 그 결론조차 의심이 들었다. 진실(眞實). 진(眞)과 실(實)은 가깝고도 먼, 하나이면서 동시에 둘인 동전의 양면과도 같은 그런 것일까. 어쨌든 겸재는 진경산수화라는 그림 하나로 당상관까지 올랐고 그 때문에 주위의 질시도 많이 받았지만, 그를 후원하고 비호한 장동 김씨의 입김이 거센지라 유야무야 넘어갔다는 얘기가 한때 장안에 떠돌았다. 북은 꽤 오래전이었지만 그 당시 필재랑 나누었던 농을 떠올렸다. 겸재에 대한 소문을 얘기하던 중이었는데, "붓으로 먹고산다면 저 겸재 정도는 돼야 호생관일 텐데, 어이 우리 호생관 나리. 자네는 어찌 생각하우?" 하며 낄낄거리던 필재 생각이 떠올라 북은 헛웃음을 지었다. "하긴 그래, 겸재 정도는 돼야 호생관인데, 호생관은커녕 평생 쌀독에 쌀 들어앉기도 이렇게 힘드니 원." 북이 무어라 혼잣말을 떠들거나 말거나 상관없이 날은 또 다시 저물어갔다. 골목에는 노는 아이들을 부르는 어미들의 목소리가 그치자 이집 저집의 굴뚝마다 밥 짓는 푸른 연기가 피어올랐다.

여름 지나 가을 지나 어느새 겨울 초입에 접어든 어느 날이었다. 잔뜩 찌푸린 하늘이었지만 오늘따라 바람도 없는 날씨였다. 북은 전날 장터에서 그림을 두 점이나 팔았다. 얼마만인지 모를 일이었다. 그것도 생각보다 후하게 그림 값을 매겨줘서 간만에 주모에게도 선심을 썼다. 북은 사람을 보내 창석을 불러내어 간만에 주거니 받거니 즐거이 술을 마셨다. 창석은 남의 집 일수꾼 일을 때려치우고 나와서 직접 일수 집을 차렸는데 막상 하려고 보니 결코 만만한 일이 아니라며 그간의 고생을 침을 튀어가며 침이 마르도록 미주알고주알 한참을 떠들었다. 그래도 이제 어느 정도 자리를 잡았으니 북도 다행이다 싶었다. 그렇게 주거니 받거니 술잔을 기울이며 떠들다 보니 어느새 밤이 이슥해져 주막에 사람이라고는 두 사람만 남았다. 주모도 이제 문을 닫아야 한다며 눈치를 보냈다. 창석이 주모에게로 가서 뭐라 이야기를 나누고는 돌아와 너무 늦었으니 형님은 주막에서 주무시라며 고개를 꾸벅하고는 말릴 새도 없이 휑하니 가버리는 것이었다. 북은 못 이기는 척 주막 별채에 들어 잠을 청했다.

다음 날 아침, 북은 전날 과음했음에도 몸이 개운했다. 아마도 오랜만에 따뜻한 구들장에 몸을 지지고 잔 것이 효과가 있는 모양이다. 마침 주모가 개다리소반에 아침 국밥을 말아 방에 들었다.

"주모는 어찌 간밤에 처소에 들지 않았소?"

기분이 좋은 탓일까 북은 주모에게 농을 던지기까지 하였다. 주모는 실없는 늙은이라며 눈총을 주었지만 그렇다고 싫은 표정은 아니었다. 북이 해장으로 반주를 할 것이니 술 한 되 가져오라고 하자 주모는 엉덩이를 씰룩이며 방을 나갔다.

해장으로 반주를 마시겠다 시작한 것이었는데 밥을 다 먹고 나서도 북은 술을 한 되 더 시켰다. 술을 가져온 주모는 해장술에 취하면 에미 애비도 못 알아보는 법이라며 투덜거리면서도 북에게 술을 한 잔 따랐다. 거푸 세 잔을 내리 마신 북이 갑자기 방문을 열었다. 언제부터 내렸는지, 기미도 없이 눈이 내리고 있었다. 멀리 옹기를 지고 가는 사람들의 어깨와 옹기 위로 벌써 눈이 한 뼘이었다.

"사부작사부작 모닥불 타는 듯한 소리가 뭔가 했더니 눈이 오시는 소리였구랴. 기어이 오시는구랴. 주모, 나는 이 소리가 좋다네. 멀리서부터 날아드는 이 고요, 고요의 소리, 소리를 잡아먹는 눈송이들, 그 눈송이가 내는 소리, 소리 같지 않는 소리. 참 좋구나."

주모는 무슨 도깨비 씻나락 까먹는 소리를 하나 싶은 표정이었다. 북은 아무래도 다시 잔소리를 시작할 기세인 주모에게 은자 두 냥을 던져주고는 별채를 나왔다. 소피도 마려웠지만 실은 눈을 맞아보고 싶었다. 갑자기 젊을 적 눈보라를 헤치며 갔던 북해, 그 새파란 호수에서 맞던 눈이 떠오르기도 했다. 언제 따라 나왔는지 주모가 눈이 저래 많이 오니 하루 더 푹 쉬다 가라고 했지만, 북은 팔을 홰홰 저으며 지팡이를 찾아 들었다.

주막을 나온 북은 무슨 생각이었는지 집이 있는 남산이 아니라 한강변을 향해 휘적휘적 걷기 시작했다. 여기서 한강변까지는 십 리쯤 되는 거리였다. 술을 마신 늙은이가 걸어가기에는 제법 먼 길이었다. 게다가 눈발은 점점 거세지고 있었다. 북은 소경이 지팡이를 두들기며 걸어가듯 조심스럽게 걸었다. 얼마나 걸었을까. 진시(辰

時)가 막 지날 쯤 나섰는데 어느새 오시(吾時)를 지나고 있었다. 엄청나게 쏟아지는 눈발에 길에는 이미 발길이 끊겼고 사방이 조용하였다. 저만치 잠실 나루가 하얗게 보였다. 북은 피곤했는지 잠시 쉴 곳을 찾아 주위를 둘러보았다. 마침 어느 집 처마 밑 봉당에 눈을 피할 수 있는 작은 공간이 있었다. 머리와 어깨에 한 뼘도 넘는 눈이 쌓인 참이었다. 북은 눈을 털고 앉아 찬찬히 강을 내려다보았다. 살얼음 깔린 강물 위로 눈이 하얗게 쌓여 어디가 물인지 어디가 땅인지 구분하기 어려웠다. 그러고 보니 하늘도 산도 강도 들도 집도 눈으로 덮여 온통 사방 천지가 경계를 구분하기 어려울 만큼 하얬다. 여기가 조선인지 한강인지 만주인지 북해인지 꿈인지 생시인지… 하염없이 눈을 바라보던 북은 졸음이 몰려왔다. 자기도 모르는 사이 스르르 잠이 들었던 북은, 얼마나 지났을까 멀리 개짓는 소리에 깨어서는 몸을 부르르 떨었다.

"이제 붓은 네가 짚고 가는 지팡이이자 삿대이다. 캄캄한 어둠을 너 혼자 헤쳐 나갈 수밖에 없는 것이다. 붓 끝에 네 마음이 실릴 때까지 붓질의 강함과 약함, 느림과 빠름을 익히고 또 익혀야 한다. 그리고 무엇보다 무엇을 그려야 하는지를 항상 궁구하고 또 궁구해야 한다."

북은 어릴 때 자신을 무연히 바라보며 당부했던 훈장 선생의 이야기를 떠올렸다. 내 삶도 그랬어야 했는가? 굽힐 때는 굽히고, 힘을 주어야 할 때는 힘을 주고 그렇게 세상을 살았어야 했는가? 결혼을 하고 무엇부터 할지 삶의 목표를 정하고 그 목표를 이루기 위해 한 돌 한 돌 탑을 쌓듯 살았어야 했는가? 북은 머리를 흔들었다. 도대체가 모를 일이었다. 어찌 사는 것이 옳게 살았다는 것인지 이 나이를 먹고도 도무지 알 수가 없었다. 그러는 사이 눈발은 더 거세졌고 사방이 조금씩 회색빛을 띠기 시작했다. 북은 그제야 더 어두워지기 전에 일어서야 한다는 생각이 들었다.

더욱 거세진 눈은 도무지 그칠 줄 모르고, 어느새 허벅지 높이까지 쌓인 눈길이었다. 그 옛날 만주에서도 마주친 기억이 없을 정도의 폭설이었다. 북은 지팡이를 짚어가며 그나마 적게 쌓인 곳을 찾아 한 발 한 발 힘겹게 옮겼다. 취기가 남은 탓일까 안경을 썼다지만 노안으로 흐려진 한쪽 눈만으로는 구분하기가 어려웠던 것일까. 한 발 한 발 옮기며 조심한다고 했지만, 이미 헛디딘 발이었다. 이미 기울어진 몸이었다. 수직 낙하하는 구룡폭포의 물줄기처럼 북은 뚝방 아래로 구르고 미끄러져 한 길이 넘는 눈 속으로 빨려 들어갔다. 한참을 빠진 것 같았는데 도무지 발끝이 닿지 않았다. 북은 떨어진 안경을 찾아 손을 휘휘 내뻗다가 이내 포기했다. 그 순간 북의 눈에 하늘이 들어왔다. 찰나였지만 광활한 잿빛 하늘에 주먹만 한 눈송이들이 탐스럽게 날렸다. 그림이었다. 하얀 나비들이 춤을 추는 그림이었다. 이상한 일이었다. 이빨이 딱딱 부딪칠 정도로 춥다가도 또 한없이 따뜻해지는 느낌이었다. 문득 란이 떠올랐다. '란이가 기다릴 텐데… 오늘은 부엌 아궁지에 솔가지를 있는 대로 다 넣어야지….' 북은 서서히 잠에 빠져 들었다.

60년 만의 폭설이었던 그날의 눈은 하루를 더 내렸다. 눈이 그친 사흘째가 되었을 때 잠실 나루를 지나던 봇짐장수가 실개천변에서 눈에 덮인 채 누워 있는 북의 시체를 발견하였다. 지인들은 그의 방에 놓여 있던 붓과 란의 그림을 함께 관에 넣고 장사를 지내주었다. 북의 부고를 들은 신광하(申光河)는 그의 안타깝고 덧없는 죽음에 부쳐 「최북가(崔北歌)」를 지어 읊으며 애도했다.

그대는 보지 못했는가! 최북이 눈 속에 죽은 것을 (君不見崔北雪中死)
갖옷 입고 백마 탄 너희들은 대체 뉘 집 자식인가 (貂裘白馬誰家子)
너희들 제멋대로 하고 그의 죽음 슬퍼할 줄도 모르니 (汝曹飛揚不憐死)
최북의 미천한 처지 참으로 애달픈 일이라 (北也卑微眞可哀)
최북의 사람됨 매우 날래고 굳세니 (北也爲人甚精悍)
스스로 화사 호생관이라 했네 (自稱畵師毫生館)

체구는 작달막하고 눈은 한쪽이 멀었지만 (軀幹短小眇一目)
술이 석 잔을 넘으면 꺼리는 것이 없었더라 (酒過三酌無忌憚)
북으론 숙신에 다다라 흑삭까지 경유했고 (北窮肅愼經黑朔)
동으론 바다를 건너 일본 땅을 다녀왔다지 (東入日本過赤岸)
부귀한 집 병풍의 산수 그림은 (貴家屛障山水圖)
안견이나 이징을 무색케 만들었고 (安堅李澄一掃無)
술을 찾아 미친 듯 부르짖다가 비로소 붓을 들면 (索酒狂歌始放筆)
대낮 대청마루에 강호가 일어났다네 (高堂白日生江湖).
열흘이나 굶주리던 끝에 그림 한 폭을 팔아 (賣畵一幅十日饑)
대취하여 성 모퉁이에 누웠다네 (大醉夜歸臥城隅)
묻노라, 북망산에 진토된 만인의 뼈다귀여 (借問 北邙塵土萬人骨)
어찌하여 최북이 세 길 눈 속에 묻혔어야 하는가 (何如北也埋却三丈雪)
아! 최북이여 (嗚呼北也)
몸은 비록 얼어 죽었으나 이름은 길이 지워지지 않으리라 (身雖凍死名不滅)

끝

참고문헌

1. 이동주(李東洲), 『한국회화소사』
2. 규장각한국학연구원 엮음, 『조선전문가의 일생』
3. 정대혁. 신도법, 『북한불교답사기』
4. 조윤민, 『모멸의 조선사』, 글항아리 간
5. 풀빛 편집부, 『전통시대의 민중운동 上, 下』
6. 한국역사연구회, 『조선시대 사람들은 어떻게 살았을까 1, 2』, 청년사 간
7. 이성현.『노론의 화가, 겸재 정선』
8. 빈섬 이상국, 『추사에 미치다』
9. 이덕일, 『조선 왕을 말하다』
10. 곰브리치, 『예술과 환상』
11. 조용진, 『동양화 읽는 법』
12. 유홍준, 『화인열전 1, 2』
13. 이준구, 강호성, 『조선의 화가』
14. 조희룡(趙凞龍), 『호산외사(壺山外史)』
15. 이순원, 『신사임당』
16. 신봉승(辛奉承), 『신봉승의 조선사 나들이』
17. 박일환, 『국어사전에서 캐낸 술 이야기』
18. 김수중, 조남호, 천병돈 공편, 『강화학파 연구 문헌 해제』
19. 『영조, 정조실록(英祖, 正朝實錄)』
20. 곽충구, 『두만강 유역의 조선어 방언 사전』
21. 한국일보 등 조선조 문화와 사회 관련 신문 연재 기사
22. 위키백과

발문

생의 벼루에 갈린 휘황한 허무

이광택 • 화가

> "아, 형제들이여. 내가 인간을 사랑할 수 있는 것은 인간이 건너가는 존재이며 몰락하는 존재라는 점에서다."
>
> — 프리드리히 니체, 『차라투스트라는 이렇게 말했다』에서

도대체가 생산의 속도가 의미의 속도를 추월하고, 개발의 속도가 보존의 속도를 뛰어넘는 시대가 되어서일까. 아니면 화려함이 진지함보다 더 큰 위력을 발휘하는 때여서일까. 언제부터인지 우리 한국의 문화계 풍토가 성마르고 거칠고 강팍해졌다. 문학계 역시 마찬가지이다. 표현이 깔깔하고 사박스럽다. 말과 글도 시대를 반영하는 것인지라 우리 심성에 영향을 끼친 게 분명하다. 이렇듯 지나치게 속도와 자극을 추구하다 보니 구수하게 에두르고 암시가 살

아 있는 비유와 은유 화법은 멸종 직전이다. 전아한 만연체는 구경도 하기 힘들어졌거니와 온통 직설법만 판친다. 걸고 푸졌던 이문구 선생의 문체가 그래서 그립다.

내 짐작이 틀리지 않았다.
성품의 빛깔이 유현하더니! 저녁 산그늘 같은 말간 글로 독자의 깊숙한 곳을 건드리고 다독이던 최삼경 작가가 기어이 일을 냈다. '붓으로 호구를 해결했던 화가' 호생관 최북의 외전(外傳)을 또 하나 보탠 것이다. "사실이 달빛에 물들면 신화가 되고 햇빛에 바래면 역사가 된다"(이병주)고 하듯 일사(逸事)에 가려진 조선의 기인 화가의 삶을 이렇듯 야무진 직조처럼, 십자수처럼 올올이 치밀하게 엮어내 세상에 내놓다니! 역시나 허접한 소원 따위야 저만치 내던진 채 임원(林園)에서 교양을 갖추며 한평생을 마칠 것 같은 풍모의 문사에서나 나올 문장의 솜씨가 아닐 수 없다. 관찰의 미더움과 따뜻한 상상력이, 평정과 여유, 관조와 지혜가 도처에서 빛난다. 시대에 대한 비판적 안목과 따스한 마음씨가 단아한 문장으로 교직되어 있다. 크게 보되 작게 살피고, 작은 것 속에 큰 의미를 담았다. 송곳은 주머니에 들어 있어도 끝이 비어져 나오고 사향은 싸고 또 싸도 향내가 나게 마련이 아니던가.

그가 써낸 소설을 읽고 난 뒤 책을 흔들기라도 하면 월용(月容)의 여인이 뜯는 가야금 소리에 실려 오랜 시간이 쟁여놓은 웅숭깊고 아득하면서도 고즈넉한 향기가 날 것 같다. 그것만이 아니다. 소설 안에는 산맥으로서의 이 땅의 역사와 그 골짜기에서 벌레처럼 낮게 엎드려 살아온 뭇 백성들의 다채로운 삶의 결이 깊은 음각으로 새겨져 있다. 암석의 지층처럼 겹겹이 쌓인 조선 시대 민초들의 절망과 눈물로 응달진 고통스러운 상처가 사금파리처럼 엉켜 있다. 삶의 잡스러움, 그 이질적인 것들의 혼효 속에 현실이 있다고 하지 않던가. 그래서인지 소설에서는 왁자한 장바닥의 풍각 소리도 들리는 듯하다.

잘 알려져 있듯이 호생관 최북의 삶은 '칠칠이'라는 자(字)가 가리키듯 "똑바로도 못 가고 삐뚤삐뚤 걸어간" 비척걸음의 연속이었다. '추운 한뎃잠' 같은, '이겨도 곤장이요 져도 곤장'인 게 그의 인생이었다. 그가 즐겨 그린 게처럼 모두 앞으로만 가려는 시대에서 한사코 옆으로 가려던 화가가 최북이었다. 무쇠 티끌이 섞인 것보다 더 숨 막히는 세상이 삐거덕거리며 네모 바퀴로 구르면, 좀 옆으로 비켜선 채 아둔패기나 무골호인처럼 살아도 되거늘 최북은 꼬깃꼬깃한 성질머리가 불퉁스러워서 늘 아슬아슬하게 살았다.
그렇듯 파우스트와 메피스토펠레스가 맺은 계약처럼 삶을 담보로 하는 예인의 결과는 평탄할 리 없다. 요즘으로 치면 아무 곳에도 들어맞지 않는 나사 같은 신세가 된다. 소설을 읽으면 당대의 '아랫것'에 대한 무지막지한 '윗것'들의 행패가 또렷하게 나온다. 개가 닭 후리듯 양반들의 겁박에 치를 떠는 피장(皮匠)들, '온몸이 울분에 흥건히 젖은 화인'의 아픈 생애가 북어 몇 쾌로 엮기에도 부족하다. 못된 일가가 항렬만 높다는 속담대로 사람답지 못한 인간이 교만한 짓을 하기 마련이다. '무섭다니까 바스락거린다'고 하더니. 정녕 인간의 본성이란 남의 약점을 알고 일부러 곤란하게 하는 것이란 말인가. 소설의 말미에 있는 토끼사냥 장면이 그러한 인간 세태를 잘 보여준다.

> "겨울의 토끼 사냥이 어쩌면 지금의 조선에서 백주대낮에 횡행하고 있는 일인지도 몰랐다. 상대의 약점을 잡아 그 약점을 최대한 노출시켜 상대를 굴복시키고 짓밟는 것이 지금의 권력이었고 권력의 교활함이었다. 어쩌면 토끼의 뒷다리처럼 장단점의 양면을 가진 것이 이 땅을 사는 모든 사람들의 운명일지도 모를 일이었다. 토끼의 뒷다리처럼 지금은 산등성으로 뛰어오르고 있는 저 권력자들도…. 원교는 어쩌다 내리막길에 놓여 있었던 것인가."(333p)

"고생이 거름"이라는 말도 있긴 하지만, 인생이란 게 좋은 날은 잠깐이고 궂은날은 한평생이다. 돌아보면 첩첩산중이요 올려다보면 텅 빈 하늘인 호생관의 말년은 결국 그저 '애꾸눈에 추레한 늙은이'로 취급될 뿐이다. 배추밭에 버려진 개똥같은 존재로 전락한 것이다. 어디 안 그렇겠는가. 중국의 대화가 팔대산인조차 "그림으로 빌어먹는 거지" 대접을 받으며 평생을 살지 않았던가.

소설 속의 최북은 그림을 시작한 이래로 사실보다는 진실을 그리려고 애면글면 발싸심한다. 끝없이 '그린다는 것과 보이는 것', '사경(寫景)과 진경(眞景)의 본질'에 대해 질문한다. 그리고 도달할 수 없음에 괴로워한다. 그러나 당나귀 울음 같은 얼빠진 웃음 뒤에 깨달은 건 오직 하나, 사는 것이란 게 다 한낱 시늉이고 허망한 노릇이라는 사실이다.
결국 그는 당사주책처럼 잔뜩 해진 영혼으로 비탄과 회한과 갈증 속에 생을 마감한다. 그토록 '그림에 일생을 붙잡힌 자'였음에도 불구하고 서 발 막대 휘둘러도 아무것도 걸리지 않는 적빈무의(赤貧無依) 상태에서 '붓 한 자루의 생'이 되고 만다. 하늘의 뜻은 그렇게 무정한 것일까. 비루하기까지 한 삶의 시련으로서의 붓은 저승에 이르는 지팡이와 삿대는 될망정 최북만의 예술 세계로 향하는 징검다리는 되어주지 못한다. 하지만 끝까지 자신의 예술을 완성하는 화가가 과연 이 세상에 몇 명이나 되던가. 온몸을 바쳐 예술을 완성하려고 도전하지만 살신성예(殺身成藝)에 이르는 화가가 진정 몇이나 되던가. "예술이란 비와 같아서 모자라면 가뭄이라 하고 넘치면 홍수라 한다"라고 하지 않던가. 그만큼 예술은 어렵고 힘든 것이다. 노경(老境)에 최북은 휑하게 빈 부엌 찬장을 열어보며 쓴웃음 짓는다. 그리고 알게 된다.

'그림도 이처럼 휑하다면, 사람의 마음 곳간을 채우지 못한다면, 즐거움을 주거나 위로를 주지 못한다면, 그림이 무슨 소용일 텐가.'(330p)

어찌 보면 최북은 예술의 가장 깊은 곳을 본 것 같다. 예술이란 것의 본질이 결코 삶과 유리될 수 없고 삶의 마당에서 역할 하는 것이니까. 그리고 건조한 우리 삶을 촉촉하게 해주는 수분크림 같은 것이니까. 또한 살천스럽고 황량한 세상의 덤불에 걸리고 찢기며 속병 든 한생이었지만 최북은 그 '생의 한 철'을 잘 놀고 간 것 같기도 하다. 힘없는 백성들이 너나없이 비인칭 주어로 살던 험악한 시절이었음에도 호생관이야말로 세상의 주인공이 되어 정신만큼은 온전하게 '주체'로 깨어 있지 않았던가. 그의 죽음이 푸짐한 함박눈의 축복 아래에서 길마 벗은 황소마냥 편안했던 이유를 이제야 알겠다. 권력과 폐쇄성으로 꽉 조여진 조선 사회에서 '환기통' 같은 역할을 한 예인이 최북이 아니었을까 싶다. 그만하면 분복(分福)대로 살다 간 인생이라고 생각한다. 소설 속 최북처럼 술을 좋아하는 최삼경 작가가 부디 주(酒)보다 곡기를 선호하여 인생의 사리가 영롱하게 빛날 글을 많이 써주길 기대한다. 끝

달아실에서 펴낸 최삼경의 저서

그림에 붙잡힌 사람들-강원의 화인열전 1(2020)
그림에 붙잡힌 사람들-강원의 화인열전 2(2021)

조선의 반 고흐, 칠칠이 최북 외전

붓, 한 자루의 생

1판 1쇄 발행	2023년 4월 30일
1판 2쇄 발행	2023년 5월 25일
지은이	최삼경
발행인	윤미소
발행처	(주)달아실출판사
책임편집	박제영
디자인	전부다
법률자문	김용진, 이종진
주소	강원도 춘천시 춘천로 257, 2층
전화	033-241-7661
팩스	033-241-7662
이메일	dalasilmoongo@naver.com
출판등록	2016년 12월 30일 제494호

ISBN : 979-11-91668-74-2 03810

表訓寺